AF304114

Heike Beardsley erblickte 1976 in Augsburg das Licht der Welt. Lesen spielte schon von Kindesbeinen an eine große Rolle in ihrem Leben und ist bis heute ihre große Leidenschaft geblieben. Die wunderschöne Pfalz inspirierte sie für ihre beiden Werke. Gemeinsam mit ihrer Zwillingsschwester verfasste sie den Historienroman *Keltensonne*, der am Donnersberg spielt. Kurz darauf erschien ihr erstes Cosy-Crime-Werk *Tödliche Töne*, das in der Vorderpfalz angesiedelt ist.

HEIKE BEARDSLEY

TÖDLICHE TÖNE

MORD AUF DEM DORF

VORWORT

Liebe Leserinnen und Leser,

die wunderschöne Vorderpfalz im Bundesland Rheinland-Pfalz mit seiner berühmten „Deutschen Weinstraße" hat es mir seit langem besonders angetan. Sie zeichnet sich durch ein besonders mildes Klima aus und hat sich dadurch den Spitznamen „Toskana Deutschlands" mehr als verdient. Es ist ein einmaliges Erlebnis durch die pittoresken Weindörfer zu wandern oder zu radeln und dem stets fröhlich klingenden Dialekt der Bevölkerung zu lauschen, weshalb es mich in meiner Freizeit zusammen mit meinem Mann regelmäßig dorthin verschlägt. Gerade weil mir diese Gegend so am Herzen liegt, freut es mich, dass ich Sie in der Neuauflage von Tödliche Töne – Mord auf dem Dorf noch einmal in diese traumhafte Gegend mitnehmen darf.
Das fiktive Örtchen Ganzenheim steht hierbei repräsentativ für so viele kleine Dörfer entlang der Weinstraße und die ortskundigen Leser:innen werden sicher ein wenig aus der tatsächlichen Umgebung wiedererkennen. Denn ich habe mir in meiner Beschreibung erlaubt, den ein oder anderen Brunnen oder einige der Gebäude den realen Gegebenheiten vor Ort nachzuempfinden.

Da Cosy Crimes grundsätzlich Wohlfühlkrimis sind, die sich durch liebenswerte, aber oft auch recht eigene Ermittler und Charaktere auszeichnen, erwarten Sie in Ganzenheim ein paar eher schrullige Persönlichkeiten. Meine Protagonistin, die rüstige Rentnerin Lotte Meisner, die wie ich, eine Zugezogene ist, ihr Herz aber schon lange an ihre neue Heimat verloren hat, ist ein aktiver Teil der dörflichen Gemeinschaft. So singt sie beispielsweisem mit Inbrunst im örtlichen Kirchenchor. Immer an ihrer Seite findet man die kleine Bullydame Käthe, die Lotte auf Schritt und Tritt begleitet. Als dann eines Tages bei der Chorprobe die Solistin plötzlich tot zusammenbricht, verleitet die Reaktion der treuen Käthe ihr Frauchen dazu die Polizei zu rufen, die in Person des leicht verschrobenen Hauptkommissars Gruber erscheint. Dieser ist ganz und gar nicht davon angetan, dass eine alte Frau und ihr Hund ihm vorschreiben wollen, wie er seine Arbeit zu machen hat ... Sie können sich sicher denken, dass Lotte nicht lockerlässt und anfängt, auf eigene Faust zu ermitteln. Mehr möchte ich Ihnen an dieser Stelle nicht verraten, doch ich kann Ihnen versichern, dass Lottes Starrsinn gepaart mit Käthes Spürsinn und der Begegnung mit dem ein oder anderen kauzigen Dorfbewohner für viele spannende, aber auch lustige Momente sorgt.
Ich wünsche Ihnen viel Vergnügen im mörderischen Weindorf Ganzenheim mit Lotte und ihren rüstigen Freunden. Nicht zu vergessen mit Bullydame Käthe, der selbst immer wieder der ein oder andere „tödliche Ton" entfleucht. Wenn Sie Lotte und Käthe wiederse-

hen wollen, so versäumen Sie es nicht, sie auch auf ihrem zweiten Abenteuer der Fräulein Meisner ermittelt-Reihe zu begleiten.

Herzlichst,

Ihre Heike Beardsley (mit eigener Bullydame Käthe, die es sich gerade unter meinem Schreibtisch gemütlich gemacht hat)

*Für meine liebe Familie:
Tim, Sammy, Josie
und unsere Bullydame Käthe*

1

Ein letzter Blick in den Spiegel, ein kritisches Zupfen am bunten Hut und Lotte Meisner wandte sich mit einem zufriedenen Grunzen ab. Wie jedes Mal, wenn sie ihr kleines Häuschen verließ, kontrollierte die rüstige alte Dame den Sitz ihrer Kopfbedeckung. Das Haus ohne passenden Hut zu verlassen, würde Lotte niemals einfallen. So besaß sie mittlerweile eine beachtliche Sammlung, die sie in einem großen Regal im Hausflur aufbewahrte. Heute hatte sie sich für ein hellblaues Exemplar mit roter Feder entschieden.

Beim Heraustreten in den schmalen Gang konnte sich Lotte gerade noch abfangen, bevor sie stolperte. Entrüstet blickte sie auf das kleine, haarige Hindernis, das sie mit großen Augen ansah. „Willst du, dass ich mir den Hals breche, Käthe? Wer soll dich denn dann Gassi führen?"

Bei diesem Stichwort wedelte das Tier eifrig mit dem Schwanz. In ihrem Fall wackelte jedoch das gesamte Hinterteil, da sie rassebedingt nur ein kleines Stummelschwänzchen besaß.

„Gleich, Käthe, wir gehen ja gleich zur Probe", vertröstete Lotte ihre französische Bulldoggendame, die daraufhin direkt vor der Haustür parkte. Eines ihrer Ohren stand wie immer schnurgerade in die Höhe, während das andere schlaff nach unten hing.

Lotte ergriff ihre Handtasche, zupfte ein letztes Mal den Hut zurecht und verließ, in Begleitung einer aufgeregt hechelnden Käthe, das Haus. Da ein kühler Wind wehte, zog sie ihren Hut etwas tiefer in die Stirn. Für Ende März war es empfindlich kalt und es wurde noch früh dunkel. Lotte ließ sich davon nicht irritieren und stapfte entschlossen die schmale Straße entlang, in der ihr kleines Häuslein lag und die direkt an ein Weinfeld angrenzte. Sie liebte die Weinberge und freute sich schon auf die Zeit, wenn die ersten zarten Blätter an den Weinreben wachsen würden. Der kleine Weinort Ganzenheim in der Vorderpfalz war seit sechs Jahrzehnten Lottes Wahlheimat. Sie hatte das Dörfchen kennen- und lieben gelernt, als sie mit dem Chor ihrer Heimatgemeinde aus dem schwäbischen Augsburg hier ein Konzert gegeben und eine Woche vor Ort verbracht hatte. Nach dieser recht kurzen Zeit, in der sie unzählige Kilometer durch die Weinberge spaziert war, hatte sie sich eine Rückkehr in ihre Heimat nicht mehr vorstellen können. Da sie ungebunden war und noch nie Probleme mit spontanen Entscheidungen gehabt hatte, ließ sie sich kurzerhand in Ganzenheim nieder.

Das Konzert hatte damals in derselben Kirche stattgefunden, die Lotte nun flotten Schrittes ansteuerte. Sie lag, wie in so vielen Dörfern, in der Mitte der Ortschaft und war der Dreh- und Angelpunkt des Dorflebens. Hier fand samstags der Wochenmarkt statt und sämtliche Dorffeste wurden hier gefeiert.

Lotte bog nach rechts ab und folgte einem schmalen Fußpfad, der sie in Richtung Dorfzentrum führte. Dieses mündete in eine ziemlich ausladende Treppe, die sie trotz ihrer achtundsiebzig Jahre mühelos bewältigte.

Die täglichen Spaziergänge durch die Weinberge hielten sie fit. Oben angekommen, erblickte Lotte den roten Sandsteinbau der St. Marienkirche. Zweimal die Woche kam sie abends zur Probe des Chores hierher und unzählige Sonntagsmessen hatte sie auf der harten, hölzernen Bank in der Empore der Kirche verbracht.

Der Ganzenheimer Kirchenchor war die Besonderheit des kleinen Örtchens. Obwohl das Weindorf gerade mal zweitausendfünfhundert Einwohner zählte, war der Chor überregional bekannt und hatte zahlreiche Preise gewonnen. Lotte war sehr stolz darauf, Mitglied in dieser Gesangsgemeinschaft zu sein, und sang mit Inbrunst die zweite Stimme.

Am heutigen Dienstag hatten sich vor dem Portal der Kirche bereits eine Handvoll Damen und Herren versammelt und unterhielten sich vor Beginn der Probe miteinander.

„Ah, Fräulein Meisner, Sie haben wieder Ihren Hund mitgebracht", begrüßte sie ein älterer Herr. Die Missbilligung in seiner Stimme war kaum zu überhören. Lotte gönnte dem gedrungenen Gottlieb Meier mit dem graumelierten Haar nur einen kurzen, eisigen Blick und ging an dem Grüppchen vorbei in den Kircheneingang. Seine Abneigung gegenüber ihrer Hündin kannte sie schon. Sein Bruder Wolfgang, der neben ihm stand und ihn um zwei Köpfe überragte, warf ihr einen entschuldigenden Blick zu. Wie so oft dachte Lotte kurz darüber nach, wie zwei Brüder nur so unterschiedlich sein konnten. Während Gottlieb Meier keine Gelegenheit ausließ zu sticheln, war sein zwei Jahre jüngerer Bruder Wolfgang ein hilfsbereiter Mann, der sich um seine Mitmenschen kümmerte. Wenn es etwas zu reparieren gab, war Wolfgang immer zur Stelle. Seinem älteren Bruder wäre es niemals eingefallen, auch nur einen Finger für seine Mitmenschen krumm zu machen.

Nachdem sie mit Käthe die schmale Holztreppe zur Empore erklommen hatte, ließ sie sich mit einem leisen Seufzer auf ihrem Stammplatz in der ersten Sitzbank nieder und die kleine Bullydame legte sich darunter. Nach und nach füllten sich die Reihen, als die übrigen Chormitglieder ihre Plätze einnahmen. Die Organistin Margarete Neuhaus breitete sorgfältig ihre Noten aus und der Chorleiter Hermann Lang wippte auf den Fußballen auf und ab, wie es seine Art war. Im Geiste schien er bereits das erste Lied durchzugehen, was seine wild in der Luft fuchtelnden Arme verrieten. Die Kirchenbank knarrte laut, als sich neben ihr eine kleine, rundliche Frau mit kurzen, grauen Locken darauf plumpsen ließ. Obwohl es keine Anzeichen von Regen gab, hielt die alte Dame einen Regenschirm in den Händen. Diesen schob sie zu Käthe unter die Kirchenbank, was die Bullydame mit einem leichten Grunzen quittierte.

„Hallo, Lotte. Was für ein Mistwetter heute, oder?", wandte sich die alte Dame an Lotte. Das wilde Schnaufen, das wohl von den gerade erst erklommenen Treppenstufen herrührte, machte es Lotte schwer, ihre Banknachbarin zu verstehen. Als das Japsen endlich abgeklungen war, kramte diese wild in der überdimensionalen Handtasche, zog schließlich ein braunkariertes Stofftaschentuch hervor und schnäuzte ausgiebig hinein.

Lotte wartete das Ende des eher undamenhaften Getrötes ab und erwiderte: „Guten Abend, Agnes. Ja, da hast du wohl recht. Ich hoffe, dass der Frühling nicht mehr so lange auf sich warten lässt. Spätestens zur Ostermesse würde ich mich über wärmeres Wetter freuen." Freundlich lächelten sich die Frauen an. Die Banknachbarinnen verstanden sich gut und trafen sich öfter auf einen kleinen Sherry, um über dieses und jenes zu plaudern. Gerade Agnes' offenherzige Art hatte es Lotte angetan. Die Tatsache, dass diese ebenfalls nie verheiratet gewesen war, verband sie noch stärker.

„Oh ja, wenn sogar das Fernsehen zur Ostermesse kommt, muss es doch schönes Wetter haben, das geht ja quasi gar nicht anders", erwiderte Agnes.

Die Ostermesse war das Highlight im Jahresablauf des kleinen Ortes. Traditionellerweise fand direkt im Anschluss das erste Weinfest rund um die Dorfkirche statt. Eine Auftaktveranstaltung, die im ganzen Ort beliebt war und die jährlich viele Touristen anlockte. Der Ganzenheimer Kirchenchor probte schon seit dem Ende der Weihnachtszeit unermüdlich für seinen großen Auftritt. Dieses Jahr hatte sich sogar ein Team des Regionalfernsehens angekündigt, das die Messe filmen und im Anschluss einen kleinen Dokumentarfilm über den bekannten Chor drehen wollte. Seit Herr Lang dies verkündet hatte, gab es kaum ein anderes Gesprächsthema mehr zwischen den Mitgliedern.

Ein leises Pupsgeräusch unter der Kirchenbank verriet, dass die kleine Bullydame eingeschlafen war. Agnes kräuselte ein wenig die Nase, während Lotte die Ausdünstungen ihrer kleinen Gefährtin ignorierte. Wenn die Duftnote etwas zu gravierend wurde, fand sie stets eine andere Person, der sie diese zuschreiben konnte. Besonders die Banknachbarin ihrer hochbetagten Freundin Erna Meier, die direkt hinter Lotte saß und die die Mutter von Wolfgang und Gottlieb Meier war, hatte sich schon oft deren strengen Blick eingefangen und war, wie jedes Mal, sofort schuldbewusst errötet.

Herr Lang zog bedächtig seinen kleinen hölzernen Dirigierstab aus einem Lederetui und klopfte dreimal an den vor ihm stehenden Notenständer. Das Gemurmel und leise Gelächter der Chorgemeinschaft verebbte nach und nach und dreißig Augenpaare richteten sich aufmerksam auf Herrn Lang, der wie üblich auf einer Holzkiste stand. Warum er dies tat, war Lotte ein Rätsel, maß er doch mindestens zwei Meter und überragte somit die allesamt älteren Herrschaften.

„Wenn ich um Ihre Aufmerksamkeit bitten dürfte", erklang die hohe Stimme, die so ganz und gar nicht zu seiner hünenhaften Statur passen wollte. „Wir haben nur noch zwei Wochen Zeit bis zu unserem großen Fernsehauftritt und es gibt noch so einiges zu tun. Wir steigen in die heutige Probe direkt mit Aufwärmübungen ein und dann machen wir mit der Missa brevis weiter."

Lotte seufzte laut, was Herr Lang mit einem strafenden Blick quittierte. Die Missa brevis wäre nicht ihre erste Wahl für die Ostermesse gewesen. Sie schätzte zwar das Werk an sich, doch hatte es einen Solistenanteil von beachtlicher Zeitdauer und für Lottes Geschmack kam der Chor hierbei zu kurz.

„Frau Giebelhofer, wenn ich Sie dann bitten dürfte?" Der Chorleiter zeigte mit seinem Dirigentenstab auf den Platz neben der Orgel und eine relativ hochgewachsene, kräftige Dame in schickem Kostüm bewegte sich aufrecht und langsam voranschreitend in die gezeigte Richtung. Klara Giebelhofer durfte in diesem Jahr erstmals die Solistenrolle übernehmen, was sie offensichtlich mit großem Stolz erfüllte. Dass sogar das Fernsehen dabei sein würde, tat sein Übriges.

Lotte kräuselte leicht die Nase, als die Solistin an ihr vorbeischritt. „Wenn das so weitergeht, schwebt die Giebelhoferin demnächst nach vorne", wisperte sie Agnes zu, was diese mit einem Grinsen quittierte.

Nachdem Klara Giebelhofer endlich Aufstellung bezogen hatte, leitete Herr Lang zunächst Aufwärmübungen ein, die abwechselnd der Chor und die Solistin durchliefen. Als sie das hohe C ansang, wurde der helle Ton von einem leisen Krächzen begleitet. Etwas irritiert blickte Lotte auf. Klara Giebelhofer hatte doch sonst nie Probleme bei den hohen Tönen? Sie musste sich verhört haben. In der Tat, da war es wieder. Sobald sie das H beendet hatte und zum hohen C ansetzte, nahm ihre Stimme einen leicht krächzenden Ton an. Offensichtlich war sie nicht die Einzige, die das bemerkt hatte, denn hinter sich hörte Lotte den tiefen Bass von Fritz Engels sagen: „So eine kann wohl kaum die Solistenrolle angemessen ausfüllen." Seine Stimme klang verärgert.

Lotte schüttelte leicht den Kopf. Sie konnte verstehen, dass Fritz Engels nicht gut auf die neue Solistin zu sprechen war. Seine Frau hatte schließlich die letzten Jahre immer diese Rolle mit viel Bescheidenheit und Bravour ausgefüllt. Lotte hatte die alte Eva Engels gemocht, doch leider war diese vor zwei Monaten nach einer schweren Krebserkrankung verstorben.

Ein weiteres Krächzen ertönte und Lotte bemerkte, wie einige Schweißtropfen vom Gesicht der Sängerin perlten. Der Dirigent klopfte erneut mit dem Stab auf den Notenständer, diesmal deutlich lauter, und warf seiner Solistin einen strengen Blick zu.

„Nun mit ein bisschen mehr Ernsthaftigkeit, meine Damen und Herren. Schließlich feiern wir die Auferstehung des Herrn", wandte er sich an den gesamten Chor. Lotte war sich sicher, dass er eigentlich: „Schließlich kommt das Fernsehen", meinte.

Die Solistin räusperte sich, nahm einen großen Schluck Wasser aus dem bereitstehenden Glas und atmete tief durch. Ihre Hände nestelten an dem seidenen Schal um ihren Hals. Der Chor stimmte die ersten Töne der Messe an und Lotte gab sich der imposanten Musik hin. Schon setzte Frau Giebelhofer zu ihrem großen Einsatz an. Immer höher und höher erklangen die Töne, bis sie schließlich den Höhepunkt erreichten. Lotte schloss genießerisch die Augen. *Gar nicht so miserabel,* urteilte sie. Doch statt des langgezogenen silberhellen Tons, der nun folgen sollte, herrschte plötzlich Totenstille in der Ganzenheimer Kirche. Lotte riss überrascht die Augen auf.

Die Solistin lag zusammengesackt neben dem Klavier.

Wie versteinert starrten die Chormitglieder auf das Spektakel, einige hielten sich entsetzt die Hände vor das Gesicht. Lotte reagierte als Erste. Entschlossen schob sie sich an Agnes vorbei aus ihrem Platz in der vordersten Reihe und begab sich zur Orgel. Ein leises Kratzen von Hundekrallen auf den Holzdielen zeigte, dass Käthe ihrem Frauchen gefolgt war. Als sich Lotte zu der regungslosen Sängerin hinabbeugte, erkannte sie sofort an deren Gesichtsausdruck, dass Klara Giebelhofer tot war.

Die Holzkiste, auf der der Dirigent mit zitternden Knien stand, klapperte leise und Lotte vernahm ein gemurmeltes: „Oje, oje, oje." Die Organistin war an das äußerste Ende der Sitzbank gerückt und hielt die Augen fest zusammengepresst. Käthe schnupperte eifrig an Klara Giebelhofer und gab dabei die ihr eigenen, grunzenden Geräusche wieder, die ein wenig an einen Staubsauger erinnerten. Am Kopf der Solistin bellte sie zweimal. Obwohl ihr Bellen eher leise und fast heiser klang, wurde es durch den Hohlraum in der Kirche verstärkt, was dazu führte, dass einige Chormitglieder zusammenzuckten.

Lotte bedeutete ihrer Gefährtin mit der Hand, still zu sein und erhob sich langsam. Mit gefasster Stimme sagte sie: „Ich gehe jetzt in die Sakristei und verständige die Polizei."

„Die Polizei?", stöhnte Herr Lang, seine Jammerlitanei für eine Sekunde unterbrechend.

„Ja, eben die. Frau Giebelhofer ist tot und das scheint mir nicht mit rechten Dingen zugegangen zu sein."

Beiläufig ergriff sie das Glas der Solistin, als sie sich auf den Weg nach unten zum Telefonieren machte und ließ es in ihrer Handtasche verschwinden.

Es dauerte fast eine halbe Stunde, bis das Polizeiauto eintraf. Die gesamte Chorgemeinschaft, inklusive des zitternden Chorleiters, hatte sich mittlerweile vor der Dorfkirche versammelt. Ein aufgeregtes Gemurmel war zu hören, das abrupt stoppte, als der junge Streifenbeamte, der das Fahrzeug lenkte, geräuschvoll mit diesem direkt vor dem steinernen Portal zum Stehen kam. Lotte kam der junge Mann bekannt vor, konnte ihn aber nicht direkt einordnen. In seiner Begleitung erschien ein großer Herr mittleren Alters, der aussah, als hätte er sich in aller Eile in seinen Anzug geworfen. Während er sich aus dem Auto schälte, bemerkte Lotte, dass sein Hemd leicht zerknittert war und an einer Stelle aus der Hose hing. Die wenigen Haare, die er noch besaß, standen in verschiedene Richtungen ab und verliehen ihm das Aussehen eines Mannes, der eben erst aufgestanden war. Die Stirn krausziehend, trat Lotte ihm festen Schrittes entgegen und streckte ihre Hand aus: „Meisner, Lotte. Guten Abend, Herr Kommissar."

Der Mann erwiderte ihren Händedruck mit leicht schwitzigen Händen. Er musste sich aufgrund seiner Größe etwas zu der alten Dame hinabbeugen. „*Haupt*kommissar Gruber. 'N Abend", betonte er mit seiner tiefen Stimme.

Lotte reckte den Kopf, um den jungen Polizeibeamten zu begrüßen, der hinter dem Ermittler stand. „Guten Abend, Herr …?"

Dieser stellte den schwarzen Koffer, den er in der rechten Hand trug, kurz ab, trat neben seinen Vorgesetzten und streckte ihr schüchtern lächelnd die Hand hin. „Guten Abend. Mein Name ist Polizeimeister Martin Klopfer."

Martin Klopfer, natürlich! Lotte strahlte den jungen Mann an und schüttelte seine Hand. „Sie können sich bestimmt nicht mehr an mich erinnern, denn Sie waren noch ein Baby, als ich Sie zum letzten Mal gesehen habe. Ihr Großvater war damals Bürgermeister und ich seine Sekretärin und da –“

„Entschuldigen Sie bitte,“ unterbrach sie Hauptkommissar Gruber mit strengem Tonfall, „könnten Sie ihre Bekanntschaft vielleicht ein anderes Mal erneuern?“

Lotte ließ die Hand des jungen Beamten los und runzelte leicht verärgert die Stirn.

Der Ermittler ignorierte dies, blickte sich um und fragte dann wieder an Lotte gewandt: „Sind Sie hier die Chorleitung?“

„Nein. Das wäre unser Herr Lang.“ Sie deutete mit dem Kopf auf den zitternden Zweimetermann, der dazu übergegangen war, sich unablässig mit einem Taschentuch den Schweiß von der Stirn zu wischen. Irritiert blickte der Hauptkommissar von Lotte zum Chorleiter. „Wenn Sie mir dann bitte die Leiche zeigen würden?“, wandte er sich an den zitternden Mann.

Bei dem Wort *Leiche* wurde Herr Lang ganz grün im Gesicht und begann bedrohlich zu schwanken.

„Das übernehme ich“, verkündete Lotte, vergaß ihren Ärger über das ungehobelte Verhalten des Ermittlers und griff ihn am Ärmel. Ohne auf seinen Einwand zu achten, zog sie den verblüfften Mann in den Kirchenvorraum und ging die Treppe voraus nach oben. Der junge Polizist eilte, den Koffer mit sich schleppend, dem Duo nach. Oben deutete Lotte auf die Tote.

Langsam schritt der Ermittler auf diese zu und beugte sich hinab. „Wurde ein Arzt verständigt?“, fragte er, während er die Leiche betrachtete.

„Wozu? Frau Giebelhofer ist eindeutig tot", stellte Lotte nüchtern fest.

Hauptkommissar Gruber schüttelte den Kopf und murmelte etwas über „das Prozedere" und „Vorschriften". Er gab Polizeimeister Klopfer die Anweisung, sofort den zuständigen Mediziner zu informieren sowie den Leichenwagen zu rufen, woraufhin dieser, nach kurzem Blick aufs Handy, die Treppe hinuntereilte, wo er vermutlich einen besseren Empfang hatte.

„Was ist mit der Spurensicherung?", fragte Lotte.

„Die Spurensicherung? Was soll die denn hier?" Die Verblüffung in seiner Stimme war deutlich hörbar.

„Na, muss denn bei einem Mord der Tatort nicht untersucht werden?", fragte Lotte den Beamten, der sie mit offenem Mund anstarrte.

„Wie kommen Sie denn auf sowas, Frau Meisner?"

„*Fräulein* Meisner, wenn ich bitten darf."

„Äh, wie kommen Sie denn auf sowas, Fräulein Meisner?", wiederholte der Hauptkommissar seine Frage.

„Ganz einfach. Die Giebelhoferin war pumperlgesund, als sie hier zur Probe erschien. Während des Einsingens bemerkte ich jedoch, dass sie sich unwohl zu fühlen schien. Sie traf die hohen Töne nicht richtig und schien zu schwitzen", stellte Lotte fest.

Hauptkommissar Gruber kratzte sein schütteres Haupthaar: „Das heißt noch lange nicht, dass sie ermordet wurde. Sie ist vermutlich an plötzlichem Herzversagen gestorben. Ich meine, sie war ja auch nicht mehr die Jüngste", erwiderte er mit Blick auf die Tote.

Lotte zog eine Augenbraue hoch: „*Junger* Mann", dieses Wort betonte sie äußerst bewusst, „ich bin vielleicht auch nicht mehr die Jüngste, aber ich erkenne sehr wohl, dass das nicht mit rechten Dingen zugegangen ist." Lottes Worte klangen in der sich anschließenden Stille nach. Der Hauptkommissar schüttelte den Kopf und beugte sich über die tote Solistin.

Just in diesem Moment berührte etwas Feuchtes sein zwischen Socke und Hose nackt herausragendes Bein und er schrie entsetzt auf: „Igitt, was ist denn das?" Der Beamte sprang linkisch zur Seite und starrte auf das Wesen vor sich.

„Das ist nur meine Käthe. Kein Grund zur Sorge", erwiderte Lotte amüsiert.

Die kleine Bullydame war unbemerkt unter der Kirchenbank hervorgekrochen, wo sie sich seit dem Eintreffen der Polizei versteckt hatte, und wartete offensichtlich auf eine angemessene Begrüßung mit viel Kopfkraulen durch den Neuankömmling. Mit wackelndem Hintern stand sie vor dem Ermittler.

„Nehmen Sie das schreckliche Vieh weg, Frau Meisner!", kreischte dieser hektisch.

„Fräulein Meisner", korrigierte ihn Lotte, rief aber im Anschluss ihre Hundedame zu sich. Sie kraulte dem Bullymädchen den Kopf: „Das *Vieh*, wie sie meine Käthe nennen, hat im Übrigen ebenfalls bemerkt, dass hier etwas nicht stimmt. Im Gegensatz zu Ihnen."

Der aufgebrachte Mann starrte Lotte mit offenem Mund an. Sein Gesicht wurde immer röter und sein Bass hallte lautstark durch das Kirchengebäude: „Ich sage, das Vieh muss weg."

Lotte blickte dem Hauptkommissar ruhig entgegen und machte keinerlei Anstalten, ihre Bullydame nach draußen zu bringen. Stattdessen zog sie ein Wasserglas aus ihrer Handtasche und hielt es dem Ermittler hin.

„Dies ist das Glas, aus dem Frau Giebelhofer getrunken hat, kurz bevor sie tot umfiel. Sie werden es sicher untersuchen lassen wollen."

Diesmal, sichtlich entgeistert, starrte Hauptkommissar Gruber die alte Dame an. „Sie haben das Wasserglas der Toten in Ihrer Handtasche herumgetragen?" Mit jeder Silbe wurde seine Stimme einen Tonfall höher.

Vielleicht sollte er im Kirchenchor mitsingen, überlegte Lotte amüsiert.

„Das ist ja wohl das Allerhöchste. Ein Wasserglas in der Handtasche. Mit Wasser drin!" Der Beamte schüttelte, scheinbar verzweifelt, den Kopf. „Sie gehen jetzt zu den anderen", wiederholte er seine Aufforderung. „Sie können sagen, was Sie wollen. Hier sieht alles nach einem natürlichen Tod aus."

Mit diesen Worten drehte er sich um und murmelte: „Wasserglas, wie lächerlich", vor sich hin.

Lotte zuckte kurz die Schultern und ging die Treppe hinunter in Richtung Ausgang. Dort traf sie auf Polizeimeister Klopfer, der gerade das Telefonat mit dem Arzt beendet hatte und streckte ihm kurzerhand das Glas entgegen. „Das sollen Sie auf verdächtige Rückstände untersuchen lassen."

Verblüfft griff der junge Mann danach und nahm es Lotte vorsichtig ab. Dann holte er aus dem Koffer, der zu seinen Füßen stand, einen Plastikbehälter und kippte die im Glas befindliche Flüssigkeit hinein. Das Glas selbst steckte er in eine kleine Plastiktüte.

„Grüßen Sie bitte Ihren Vater von mir." Mit diesen Worten ging Lotte an dem jungen Mann vorbei und begab sich mit Käthe zu den anderen Chormitgliedern nach draußen, wo sofort das Gemurmel der älteren Damen und Herren erstarb.

„Und, Lotte? Was sagt die Polizei?", fragte Agnes mit großen Augen.

Lotte blieb auf der zweithöchsten Stufe stehen und blickte ihre Gesangskollegen an: „Hauptkommissar Gruber geht von einem natürlichen Tod von Frau Giebelhofer aus."

Lautes Gemurmel erhob sich unter den Chormitgliedern. Worte wie „Tragödie" und „Unglück" wurden stetig wiederholt, doch Lotte hörte auch Dinge wie „Fernsehen" und „Auftritt" heraus und wunderte sich, wie Leute das tragische Schicksal anderer aufgrund ihres eigenen Stolzes missachten konnten. So nickte sie Agnes nur kurz zum Abschied zu und machte sich dann mit Käthe auf den Heimweg.

2

Am nächsten Tag stand Lotte, wie jeden Morgen, um halb sechs in ihrer Küche. Sie genoss die frühen Morgenstunden und setzte sich gern mit einem Kaffee in der Hand auf die kleine, knarzige Holzbank in ihrem Vorgarten. Von hier aus konnte sie die Sonne über dem angrenzenden Weinberg aufgehen sehen. Selbst im Winter ließ sie sich diese Zeit nicht nehmen. Eine warme Decke bot ihr dann Schutz vor der Kälte und auch Käthe, die sich gern auf ihren Schoß legte, trug zu einer angenehmen Temperatur bei. Die warme Kaffeetasse in der Hand haltend, ließ sie sich noch einmal die Geschehnisse des Vorabends durch den Kopf gehen. Sie war davon überzeugt, dass die Solistin keines natürlichen Todes gestorben war. Was aber war geschehen? War Klara Giebelhofer vergiftet worden?

Lotte schüttelte den Kopf. Ihr quietschgelber Filzhut wackelte dabei beachtlich; auch in ihrem Vorgarten trug Lotte immer eine Kopfbedeckung. Für Gelegenheiten dieser Art bevorzugte sie das schlichte quietschgelbe Modell, da es ihr hierfür am passendsten schien. Nicht auszumalen, wenn sie jemand ohne Kopfbedeckung sehen würde. Nahezu unanständig!

Wieder schüttelte Lotte ihren Kopf. Ein Giftmord in einem kleinen Weindorf, das schien ihr zu weit hergeholt. Andererseits waren die Umstände des Todes doch verdächtig in ihren Augen und sie war froh, dass sie Polizeimeister Klopfer das Glas mitgegeben hatte. Wenn es Gift gewesen war, würde das die Untersuchung sicher hervorbringen. Lotte konnte sich einfach nicht vorstellen, dass jemand, der vor ein paar Tagen noch kerngesund durch das Dorf spaziert war, kurze Zeit später plötzlich tot zusammenbrach. Immerhin hatte die feine Spürnase von Käthe dies ebenfalls bestätigt. Sie bellte nie, es sei denn, sie bemerkte einen besonderen Geruch. Diese Fähigkeit hatte Käthe mehrfach unter Beweis gestellt. Einst waren sie bei einer Bekannten zu Besuch gewesen und Käthe hatte unvermittelt gebellt. Sie hatte sich kaum beruhigen lassen und so waren Lotte und die Hausbesitzerin auf die Suche gegangen. Nach einiger Zeit fanden die Frauen die Ursache. Ein Herdknopf des Gasherdes war nicht zugedreht gewesen und die Bullydame hatte den austretenden Gasgeruch angezeigt. Seit diesem Moment vertraute Lotte dem besonderen Näschen ihrer Hundedame.

Lotte fröstelte ein wenig an diesem kühlen Frühlingsmorgen und zog sich die karierte Wolldecke über die Knie. Klara Giebelhofer war nicht sonderlich beliebt im Ort gewesen, doch dass sie richtige Feinde gehabt hatte, bezweifelte sie. Frau Giebelhofer war dem Ganzenheimer Kirchenchor beigetreten, als ihr erwachsener Sohn vor zehn Jahren das Haus verlassen hatte. Damals hatte sie das Haus verkauft, da sie nach dem Tod ihres Gatten allein war. Sie hatte sich daraufhin bei Gottlieb Meier eine kleine Einliegerwohnung eingemietet, was Lotte bis heute nicht verstand, denn diesen als Vermieter zu haben, konnte nicht angenehm sein. Mit Eifer – für manchen Geschmack etwas übereifrig – hatte sich

Klara Giebelhofer in die Arbeit in der ersten Stimme gestürzt. Dass sie dabei immer wieder versuchte, das Ruder komplett an sich zu reißen, stieß so manchem Mitsänger etwas sauer auf. Es war jedoch unbestritten, dass die immer elegant gekleidete 73-Jährige eine kräftige, wohlklingende Stimme besaß, die sie passend einzusetzen wusste. Es war eher ihre leicht herrische Art, die ihr keine Freunde einbrachte. Lotte konnte sich gut erinnern, wie Klara Giebelhofer selbst am abendlichen Stammtisch nach den Proben versucht hatte alles zu kommentierte. Dabei fiel ihr ein, dass dies vor allem den anwesenden Herren nicht gefallen hatte. Neben Fritz Engels, dem Ehemann der verstorbenen Solistin, der einen beeindruckenden Bass sang, gab es vier weitere Männer, die sich im Chor engagierten. Der 80-jährige Karl Pfannenstiel war der Älteste der Truppe. Gottlieb Meier und sein Bruder Wolfgang sangen Bariton, während Hans Schirrach, der ehemalige Dorfmetzger, gemeinsam mit Fritz Engels und Karl Pfannenstiel die Bassstimme sang. Die fünf Herren bildeten eine eingeschweißte Truppe und trafen sich auch außerhalb des Chorstammtisches täglich im örtlichen Wirtshaus. Das Lokal *Zur goldenen Traube*, von den Einheimischen kurz *Traube* genannt, lag im Zentrum des Ortes, der Kirche gegenüber und verfügte über einen Biergarten, in dem großgewachsene Kastanien den Gästen Schatten spendeten. Zu Lottes Entzücken hatte der Biergarten auch typisch bayerische Speisen auf der Karte und so konnte sie hin und wieder Gerichte aus ihrer alten Heimat genießen. Ihre Erinnerungen schweiften zurück zu einem warmen Juliabend, als die

Chormitglieder gemeinsam an einem der langen Holztische im Biergarten gesessen hatten. Man hatte gerade erfahren, dass das Fernsehen die Ostermesse filmen wollte. Aufgeregt unterhielten sich die Damen und Herren über die Neuigkeiten und stießen mit so mancher Weinschorle oder Bier an. Es wäre ein durchweg netter Abend gewesen, hätte Klara Giebelhofer nicht immer wieder lautstark verlauten lassen, dass es ihr zu verdanken sei, dass das Fernsehen käme. Dies mochte in Teilen der Wahrheit entsprechen, da ihr Sohn bei dem Regionalsender arbeitete, der sich angekündigt hatte. Doch handelte es sich bei ihrem Sprössling um einen einfachen Kameratechniker und nicht um eine höhergestellte Person. Der Chor hatte sich mit einem kleinen Video beworben, als der Sender einen Aufruf zu einer Reihe namens *Vorderpfälzer Besonderheiten* gestartet hatte, wofür Beiträge gesucht worden waren. Neben dem Hambacher Schloss und den entzückenden Weinorten Edenkoben und Deidesheim wurde der Ganzenheimer Kirchenchor ausgewählt, um für die Sendung porträtiert zu werden. Es war mehr als fraglich, ob, beziehungsweise inwiefern, der Sohn von Klara Giebelhofer darauf Einfluss gehabt hatte. Diese verkündete jedoch vehement, wie ausgezeichnet sie das hinbekommen habe und versuchte ein ums andere Mal, Lob einzuheimsen. Irgendwann war es Karl Pfannenstiel zu dumm geworden und er hatte seinen Unmut mit einem Faustschlag auf den Tisch kundgetan. Kein Wort hatte er verloren, doch allen Beteiligten war klar, was seinen Ärger erregt hatte. Als die neue Solistin davon unbeeindruckt ein weiteres Mal ansetzte, ihre herausragende Rolle in der Vergabe der Fernsehrechte hervorzuheben, wurde es ihm und seinen männlichen Kollegen zu viel. Demonstrativ standen alle fünf auf und verließen den Stammtisch vorzeitig. Sie begaben sich ins Innere der *Traube* an den Tresen und tranken dort ihr Bier in Ruhe weiter. Lotte fand es peinlich, wie Klara Giebelhofer, ohne mit der Wimper zu zucken, weiterhin mit ihrem Eigenlob fortfuhr, ohne auf die Geschehnisse zu reagieren. Kurz darauf hatte sich Lotte verabschiedet und mit Käthe den Heimweg angetreten.

Lotte leerte ihre Kaffeetasse mit einem großen Schluck. Das Getränk war mittlerweile lauwarm, doch das störte sie nicht weiter. Fest nahm sie sich vor, den fünf Herren bald einen kleinen Besuch abzustatten. Es konnte nicht schaden, den männlichen Chorkollegen ein wenig auf den Zahn zu fühlen. Immerhin hatte die verstorbene Solistin bei einem von ihnen als Untermieterin gewohnt. Auch kannte sie Karl Pfannenstiel und Wolfgang Meier als recht besonnene Männer und sie war neugierig, wie diese die Situation einschätzten.

Seufzend stand sie auf, faltete ihre Karodecke ordentlich zusammen und verstaute diese in der Kiste neben der Holzbank, die ihr auch als Beistelltischchen diente. Es war Zeit für ihren allmorgendlichen Spaziergang mit Käthe. Dieser führte sie die kleine Straße am Rande des Weinfeldes entlang, die einfacherweise *Feldweg* hieß. Obwohl diese nicht geteert war, störte das Lotte nicht weiter. Käthe schnupperte zwischen den noch kahlen Rebstöcken und genoss den Auslauf sichtlich. Am Ende der Sackgasse tauchte das Haus von Magda Schuster, ihrer Freundin und Chorkollegin, auf. Die Vorderseite zierten grüngelbe Fliesen, die für die

Pfalz typisch waren. Hauptsache praktisch, lautete die Devise beim Hausbau in der Gegend. Lotte war froh, dass ihr Häuschen aus roten Klinkersteinen erbaut war. Auf diese spezielle Pfälzer Eigenart konnte sie, trotz ihrer Liebe zur Wahlheimat, gerne verzichten. Magda war jeden Morgen bereits sehr früh in ihrem Vordergarten tätig, wo sie mit Hingabe ihre Stauden und sonstigen Pflanzen pflegte. Die rüstige Endsiebzigerin, die bereits vor zwei Jahrzehnten ihren Mann beerdigt hatte, lebte seit dessen Tod allein in dem Haus am Ortsrand von Ganzenheim. Sie hatte eine Vorliebe für Kittelschürzen und trug auch heute ein graublaues Exemplar. In den weiten Taschen der Schürze fanden alle Gartenutensilien Platz. Als sie Lotte erblickte, streifte sie ihre mit Erde verklebten, gelben Gummihandschuhe ab und verstaute sie. Ihre kurzen, grauen Haare steckten unter einem roten Kopftuch. Obwohl Lotte selbst nie auf die Idee gekommen wäre, ein solches zu tragen, schließlich gab es spezielle Gartenhüte für diese Gelegenheit, fand sie es passender als offene Haare.

„Morgen, Lotte", rief ihr Magda Schuster entgegen. „Ihr zwei seid heute ja früh dran!"

Lotte lachte und versuchte, Käthe davon abzuhalten, an dem Gartentörchen hochzuspringen.

„Morgen, Magda. Käthe meinte, es wäre schon Zeit für ihren Spaziergang und da habe ich mich halt gefügt."

Die Damen lächelten sich an. Lotte mochte Magda. Sie war eher ruhig, jedoch immer freundlich. Meist saß sie nach den Chorproben neben Agnes und Lotte am Stammtisch.

„Was für ein furchtbares Ereignis, nicht wahr?“, spielte Lottes Gesprächspartnerin auf die Geschehnisse der letzten Chorprobe an. Tiefe Furchen bildeten sich auf der Stirn der 79-Jährigen und sie stützte sich mit einer Hand auf ihr Gartentörchen. Lotte nickte verständnisvoll und tätschelte den Handrücken der Gesangskollegin. Magda war in Lottes Augen eine sensible Seele. Die Geschehnisse der Welt gingen ihr allesamt sehr nahe. Am Stammtisch nach den Chorproben ließ sie sich oft über die Grausamkeiten dieser Welt, über die sie sich allabendlich in den 20-Uhr-Nachrichten informierte, aus. Den Tod eines Menschen live mitzuerleben, war etwas völlig anderes und schien sie sichtlich mitzunehmen. Gemeinsam standen sie, beide schweigend und in Gedanken versunken, kurz beieinander, bis Lotte sich verabschiedete und den Rückweg antrat. Keine von beiden war zum Plaudern aufgelegt und so fiel das allmorgendliche Schwätzchen kurz aus.

Zuhause schlug Lotte am Frühstückstisch die Tageszeitung auf. So sehr sie auch suchte, sie fand keinen Artikel über die Geschehnisse des letzten Abends. Den Kopf schüttelnd murmelte sie leise vor sich hin: „Typisch.“

Jäh hob Käthe den Kopf, sprang auf und rannte zur Eingangstür – ein untrügliches Zeichen dafür, dass sich jemand dem Haus näherte. Lotte erhob sich bereits, als die Türklingel ertönte. Käthe quittierte dies mit wildem auf und abspringen und konnte es offensichtlich kaum erwarten, bis ihr Frauchen die Haustür öffnete.

Im Eingang stand Agnes, bewaffnet mit einem Regenschirm, und versuchte Käthe am Hochspringen zu hindern: „Aus, Käthe. Lass das.“ Das wilde Herumfuchteln mit dem Schirm stachelte die kleine Bullydame jedoch noch mehr an und erst nach einiger Zeit ließ sie von der nun heftig schnaufenden Agnes ab, die sich an Lotte vorbei in die Wohnküche schob. Käthe folgte ihr hechelnd und ließ sich friedlich zu Füßen der betagten Dame nieder, nachdem ihr diese über den runden Kopf gestrichen hatte.

Lotte ging zu ihrer linoleumgrünen Küchenzeile und holte eine buntgemusterte Tasse aus ihrem Schrank.

„Auch einen Kaffee, Agnes?", frage sie die Seniorin, die in ihrer Handtasche nach ihrem Stofftaschentuch kramte.

„Gerne, Lotte." Ein lautes Tröten folgte dieser Aussage und verriet, dass sie fündig geworden war.

Lotte stellte die Tasse, die Zuckerschüssel und ein kleines Milchkännchen vor Agnes und ließ sich dann gegenüber auf einem Stuhl nieder.

„Ist das nicht einfach furchtbar, Lotte?", holte Agnes aus. „Die arme Frau Giebelhofer – Gott sei ihrer Seele gnädig! Sie war zwar eine Zicke, aber das hat sie nicht verdient."

Agnes tupfte sich mit dem gerade benutzten Taschentuch die Augen. Lotte grinste, als sie das Wort „Zicke" aus Agnes Mund vernahm. Sie kannte deren Abneigung gegen die Solistin. Diese ließ keine Gelegenheit verstreichen, Agnes „Ratschläge" zu geben. Erst war es ihre „altmodische" Kleidung, die Frau Giebelhofer kritisiert hatte, dann ihre „undamenhafte Art, sich die Nase zu putzen". Es stimmte zwar, dass Agnes' Kleidungsstil alles andere als modern war. Sie trug immer einen etwa wadenlangen Rock und liebte Twinsets in allen Farben. Diese bestanden aus einem Shirt und einer Strickjacke, die jeweils einfarbig waren. Heute trug sie das apricotfarbene Modell. Lotte fand an diesem Kleidungsstil grundsätzlich nichts auszusetzen, bevorzugte sie doch selbst die Rock- und Blusenvariante. Nur Twinsets suchte man vergebens bei Lotte im Kleiderschrank. Die waren ihr ein wenig zu altmodisch. Im Gegensatz zu Klara Giebelhofer wäre es Lotte aber nie eingefallen, Agnes diesbezüglich zu kritisieren. Die verstorbene Solistin selbst hatte immer Kostüme getragen, die farblich perfekt auf ihren Ohrschmuck und die Handtasche abgestimmt waren. Lotte hielt nichts von derlei Tand. Sie hatte nicht einmal Ohrlöcher. Der einzige Schmuck, den sie trug, war ihre silberne Armbanduhr, die sie von ihrer Schwester Josefine zum 50. Geburtstag geschenkt bekommen hatte.

Lotte wartete ab und nickte nur leicht. Agnes würde von allein über die weiteren Geschehnisse berichten.

Schon holte die rüstige Seniorin aus: „Kurz nachdem du gegangen warst, kam dieser Kommissar Griebler nach draußen."

„Hauptkommissar Gruber", korrigierte ihr Gegenüber sanft.

„Genau, der Kommissar Gruber kam also nach draußen und befragte Herrn Lang über die Geschehnisse. Der arme Mann brachte kaum mehr als ein Stottern zustande."

Agnes nahm das Milchkännchen und gab einen großen Schluck in ihre dampfende Kaffeetasse. Dann fügte sie drei Stück Würfelzucker hinzu. Während sie das Ganze verrührte, fuhr sie fort: „Der Gruber hat dann noch die Grete befragt und ist nach kurzer Rücksprache mit dem Arzt, der zwischenzeitlich eingetroffen war, abgedampft. Die arme Grete war auch ziemlich durch den Wind." Kopfschüttelnd nahm Agnes einen tiefen Schluck von ihrem Kaffee.

Aus Erzählungen war Lotte bekannt, dass Agnes und Margarete Neuhaus schon von Kindesbeinen an miteinander befreundet waren. Auch sie mochte die kauzige, kleine Organistin, der man die mächtigen Töne, die sie der gewaltigen Kirchenorgel entlocken konnte, auf den ersten Blick nicht zutraute.

Lotte nahm nun ebenfalls einen Schluck aus der Kaffeetasse. „Was ist danach passiert?", fragte sie Agnes, auch wenn sie die Antwort bereits erahnte.

„Nichts! Was soll schon passiert sein? Die meisten sind nach Hause gegangen. Nur Herr Lang, Grete und ich haben auf das Eintreffen des Leichenwagens gewartet."

Lotte schüttelte irritiert den Kopf: „Also ist keine Spurensicherung gekommen, um den Tatort –"

„*Tatort*?", unterbrach Agnes entsetzt. „Was denn für ein Tatort?"

Sie fächerte sich wild mit ihrer linken Hand Luft zu, während sie die rechte auf ihren üppigen Busen drückte. Lotte musste wieder ein Grinsen unterdrücken, kannte sie doch Agnes leicht theatralische Art. Sie wusste aus Erfahrung, wie sie diese schnell wieder beruhigen konnte. So stand sie auf und holte Sherry sowie zwei bauchige Gläser aus ihrer Kommode. Es war recht unüblich in der Pfalz, die für den Weinanbau bekannt war, Sherry zu trinken. Doch die beiden hatten diesen, nach einer gemeinsamen Chorfahrt, die sie nach Spanien geführt hatte, kennen – und lieben gelernt.

Nachdem Agnes einen großen Schluck genommen und sich sichtlich wieder beruhigt hatte, fuhr sie fort: „Der Kommissar Griebler hat gleich gesagt, dass die arme Giebelhoferin eines natürlichen Todes gestorben ist. Da gäbe es gar nichts dran zu rütteln."

Lotte unterdrückte diesmal ihren Impuls, Agnes zu korrigieren. Diese hatte es nicht so mit Namen, dafür aber ansonsten ein ausgezeichnetes Gedächtnis, für das Lotte sie bewunderte.

„Meinst du nicht, dass der Tod der Giebelhoferin äußerst verdächtig ist?", hakte Lotte nach und nippte an ihrem Sherryglas.

Agnes blickte Lotte bestürzt an. „Verdächtig? Wieso verdächtig? Die Arme hatte wohl einen Herzkasper, zumindest hat das der alte Doktor Lohe gesagt, der den Totenschein ausgestellt hat."

Interessiert horchte Lotte auf: „Ach, *er* hat die Untersuchung vorgenommen?"

Doktor Lohe war der Dorfarzt und somit der Hausarzt der meisten Dorfbewohner. Auch Lotte suchte ihn auf, wenn sie ein Gebrechen plagte, dem sie nicht mit einem ihrer unzähligen Hausmittelchen beikommen konnte. Sie nahm sich vor, gleich morgen einen Termin bei ihm zu vereinbaren. Vielleicht erfuhr sie dort ja mehr.

3

Vorsichtig trug Lotte die dampfende Kaffeetasse mit dem Blümchenmuster durch den engen Gang. Kurz vor der Haustür stellte sie die Tasse auf einem kleinen Beistelltischchen ab, griff nach ihrem geliebten knallgelben Filzhut und platzierte diesen geschwind auf ihren grauen Locken, die im Nacken zu einem ordentlichen Dutt zusammengesteckt waren.

Der frühe Morgen war noch kühl. Da Lotte wie jeden Tag einen Rock trug, der kurz unterhalb der Knie endete, kramte sie die karogemusterte Decke aus der kleinen Kiste neben der Holzbank hervor und breitete sie über ihren Beinen aus. Oft nahm Käthe dies als Aufforderung, sich zu ihr zu legen, aber diese drehte gerade ihre erste Runde durch den Garten. Neugierig beschnupperte sie die Krokusse, deren Köpfe sich bereits ihren Weg durch das Erdreich bahnten. *Der kleine Staubsauger läuft unermüdlich*, dachte Lotte amüsiert, als sie das typische Schnuppergeräusch der Bullydame vernahm. Eine kleine Amsel flatterte aufgeregt zu einer höher gelegenen Sitzgelegenheit, als ihr der Vierbeiner zu nahe kam.

Lotte lehnte sich zurück und genoss den leicht bitteren Geschmack des Kaffees. Die Wärme, die die Tasse in ihren Händen verbreitete, war angenehm. Zufrieden beobachtete sie ihre kleine Bullydame bei deren Erkundungstour. Niemals hätte sie gedacht, dass ausgerechnet sie einen Hund haben würde. Sie hatte Hunde immer als lästige, schmutzige und laute Kreaturen empfunden und wenn sie ehrlich war, hatte sich an dieser Einstellung, natürlich nur anderen Vierbeinern gegenüber, nicht viel geändert. Aber Käthe hatte sich Lotte ausgesucht und nicht andersrum, wie die alte Dame oft betonte.

Lotte erinnerte sich an den Frühlingsmorgen vor knapp zwei Jahren, als sie frühmorgens ihren Kaffee auf der kleinen Holzbank zu sich genommen hatte ...

Lotte genoss die Stille der Weinberge um sich herum, als sie plötzlich ein Geräusch vernahm. Zunächst konnte sie dieses nicht einordnen, denn es war leise und ertönte nur kurz. Als sie sich wieder zurückgelehnt und an ihrem Kaffee genippt hatte, vernahm sie das Geräusch erneut. Diesmal klang es ein bisschen lauter und Lotte vermeinte das Weinen eines Kindes zu hören. Sie stellte ihre Kaffeetasse auf die Kiste, die ihre Decke beherbergte, und stand auf. Mit langsamen Schritten ging sie den kurzen Weg zu ihrem Gartentürchen, aufmerksam nach links und rechts schauend, ob sich vielleicht etwas in ihrem Gebüsch verbarg. Am Gartentürchen bemerkte sie sofort den kleinen Karton, der genau gegenüber von ihrem Haus am Rande des Weinfeldes lag. Die Deckel waren eingeklappt und die Kiste schien sich leicht zu bewegen. Lotte zögerte nicht lange, riss ihr Gartentürchen auf und hastete zu dem unscheinbaren Karton. Ihr graute vor dem Anblick, vermutete sie doch, dass jemand ein Baby ausgesetzt hatte. Bei diesen kühlen Temperaturen käme dies einem Todesurteil gleich.

Die alte Dame nahm all ihren Mut zusammen, griff vorsichtig nach dem Karton und bog die Deckelhälften auseinander. Ein langgezogenes Wimmern erklang aus einer alten, schmutzigen Decke und Lotte bemühte sich, den kleinen Körper zu befreien. Sie glaubte, ihren Augen nicht zu trauen, als sie plötzlich ein schwarzhaariges Wesen in ihren Händen hielt. Es war klein genug, um in ihre Handflächen hineinzupassen und schmiegte sich vertrauensvoll an seine Retterin. Große, schwarze Augen blickten sie traurig an. Das Geräusch erklang wieder. Ein leises, leicht heiser klingendes Winseln. Lotte fackelte nicht lange, drückte das Fellbündel wärmend an sich und eilte zurück zu ihrem Haus. Dort platzierte sie das kleine, heftig zitternde Wesen erst mal auf ihren Küchentisch und betrachtete es. Sie konnte keine offensichtlichen Verletzungen erkennen, nur das Zittern deutete an, dass das Tier vermutlich unterkühlt war. Ihr war klar, dass es sich um einen Welpen handelte, doch schien ihr dieser winzig zu sein.

„Du armes Mäuschen, was hat man denn mit dir gemacht?", fragte sie das kleine Wesen. Auf unsicheren Pfoten tappte dieses, wie zur Antwort, zu seiner Retterin und schmiegte sich an sie. Lotte streichelte das Fellbündel beruhigend, nahm es dann hoch und trug es in ihre Wohnstube. Dort platzierte sie es, in eine saubere Decke gewickelt, direkt vor ihrem Kaminofen, in dem sie sofort ein Feuer entfachte. Lotte setzte sich zu dem kleinen Wesen auf den Boden und beobachtete, wie es erschöpft einschlief. „Sobald der Doktor aufmacht, bring ich dich hin. Keine Sorge, mein Kleines. Jetzt

schlaf aber erst mal schön und ruh dich aus", flüsterte
sie leise.

Über eine Stunde hatte Lotte auf dem Boden neben
dem Welpen verharrt, bis sie sich ächzend erhob. Ihre
Knie fühlten sich steif an, als sie in die Küche stapfte.
Ihr großer Weidenkorb lag auf der Eckbank. Diesen
polsterte sie mit karierten Küchentüchern aus und ging
damit zurück in die Wohnstube. Ihr Rücken knackte
leise, als sie sich nach unten beugte, um das kleine Fellbündel vorsichtig aufzuheben. Noch immer in seine
neue Decke geschmiegt, schlief es einfach weiter, als
Lotte das Bündel in ihren Korb packte. Nach einem kurzen Stopp im Hausflur, wo Lotte sich ihren Mantel und
ihren Ausgehhut, ein zart violettes Modell mit ausla-
dender Krempe, angezogen hatte, verließ sie das Haus.
Schnellen Schrittes eilte sie aus ihrem Vorgarten und
schlug den Weg in Richtung Dorfmitte ein, denn dort
befand sich der örtliche Tierarzt. Oft schon hatte sie das
große Schild mit dem „V" darauf gesehen, wenn sie auf
dem Weg zur Chorprobe war. *Doktor Gertrud Wagner
– Veterinärin* prangte in goldenen Lettern neben der
großen Holztür, die Einlass zu dem ehemaligen Win-
zeranwesen gab.

Als Lotte die Pforte durchschritt, bemerkte sie, dass
das ehemalige Weingut mit viel Liebe und Sorgfalt zu
einem heimeligen Hof und Wohnhaus umgebaut worden war. Im gepflasterten Hof befanden sich überdi-
mensionale Blumenkübel, deren bunte Blütenpracht
den grünen Daumen ihrer Besitzerin verriet. Dazwischen verteilten sich kleine Sitzgelegenheiten, die zum
Ausruhen einluden. Lotte hatte es eilig und steuerte direkt auf die große Glastür zu, hinter der sie die Praxis

vermutete. Die Kirchenuhr schlug sieben Mal, als Lotte die Klinke herunterdrückte. Entsetzt stellte sie fest, dass die Tür verschlossen war. Hastig blickte sie sich um und entdeckte am unteren Türrand eine Schrift. Sie ging leicht in die Hocke, kniff die Augen zusammen und las:

Mo-Mi, Fr 09:00 – 12:30, Do 09:00 – 18:00.

„Das ist ja wohl die Höhe, mein Kleines. Erst um neun Uhr arbeiten. Wo gibt's denn sowas?"

Die alte Dame stapfte ein paar Schritte zurück und blickte an der Hauswand hoch. Die geschlossenen Fensterläden im Obergeschoss verrieten ihr, dass die Hausbewohnerin noch schlief. Vorsichtig setzte Lotte ihren Korb auf dem Boden ab.

„Das werden wir ja sehen", murmelte sie leise, bückte sich und hob einen Tennisball auf, den wohl ein tierischer Patient dort vergessen hatte. Mit Schwung feuerte sie das gelbe Geschoss gegen die Hauswand. Ein leises *Plopp* erklang und der Ball flog in hohem Bogen zurück zu Lotte. Flüsternd vor sich hin schimpfend und mit einem leisen Ächzen sprang die alte Dame zu dem Blumenkübel, in dem der Ball gelandet war.

„Ich muss höher zielen", murmelte sie zu sich selbst.

Diesmal nahm sie Anlauf und zielte besser. Die breite Krempe ihres Hutes verdeckte ihr fast das Ziel, doch mit Schwung schaffte sie es, mit ihrem Wurfgeschoss das Fenster zu erreichen. Die roten Fensterläden antworteten mit einem lauten Klappern, als der Ball gegen sie flog. Wieder und wieder hob Lotte den Tennisball auf und schleuderte ihn hoch. Nach einer gefühlten

Ewigkeit sah sie, wie die Läden samt Fenster endlich geöffnet wurden. Aufgerissen traf es wohl eher. Ein verstrubelter, dunkelbrauner Haarschopf über einem rundlichen Gesicht erschien und beugte sich heraus.

„Was fällt Ihnen ein, hier so einen Rabatz zu machen? Es ist ja fast noch Nacht!" Deutlich hörte Lotte die Verärgerung in der Stimme der Frau. Diese fuhr fort: „Wenn Sie einen Notfall haben, dann fahren Sie gefälligst zur Tierklinik nach Landau."

Die Ärztin schickte sich an, ihre Fensterläden wieder zu schließen, doch Lotte hielt drohend den gelben Tennisball in die Höhe. Mit lauter Stimme sagte sie: „Fast noch Nacht? Ja, sagen Sie mal, Sie haben wohl keine Uhr! Jetzt schauen Sie, dass Sie ganz schnell hier herunterkommen und Ihren Job machen. Vorher gehe ich garantiert nicht weg."

Die Mitfünfzigerin blickte mit offenem Mund in ihren Innenhof. So viel Frechheit war ihr noch nie begegnet. Kurz spielte sie mit dem Gedanken, die Polizei zu rufen. Diesen verwarf sie aber gleich wieder, da es vermutlich schneller war, wenn sie nach unten ging und nachsah, was die alte Frau von ihr wollte. So wickelte sich Doktor Gertrud Wagner in ihren rosa Frotteebademantel und stapfte die ausladende Holztreppe nach unten in ihre Praxisräume. Die alte Dame erwartete sie bereits an der gläsernen Eingangstür und wippte ungeduldig mit ihrem Fuß. Mit ihrer Hand hielt sie einen Weidekorb umklammert.

Die rundliche Veterinärin hatte kaum die große Glastür aufgeschlossen, da drückte die alte Dame mit aller Kraft dagegen. Mit einem lauten *Wumm* knallte die Tür gegen den dahinter platzierten Schirmständer. Dies schien die Seniorin nicht weiter zu bekümmern und rasch durchquerte sie den Wartebereich. Am Ende des Raums blieb sie kurz stehen und blickte zurück über ihre Schulter.

„Ja, wollen Sie vielleicht auch endlich mal kommen? Ist ja schließlich Ihre Praxis."

Kopfschüttelnd folgte die Ärztin der alten Dame und deutete mit einer Hand auf ein Zimmer, in das diese sofort abbog.

Als Doktor Wagner das Behandlungszimmer betrat, stellte die Frau gerade langsam ihren Weidenkorb auf der metallenen Liege ab und hob vorsichtig, fast schon zärtlich, ein kleines Deckenbündel daraus hervor.

„Dieses kleine Würmchen habe ich vor meinem Haus gefunden. Irgendjemand hat es in eine Kiste gesteckt und fast erfrieren lassen." Entrüstung schwang in Lottes Stimme mit, als sie die Decke mit dem kleinen Wesen vorsichtig auf dem Tisch ablegte. Leises Schnarchen ertönte, als sie behutsam die Decke auseinanderzog, um der Ärztin das Fellbündel zu zeigen. Zusammengerollt und noch immer tief schlafend präsentierte sich das winzige Wesen.

Die Veterinärin trat zu der Behandlungsliege und vergaß prompt ihren Zorn, als sie den klitzekleinen Welpen erblickte.

„Ach du meine Güte, wer bist du denn?", adressierte die Ärztin das kleine Wesen und hob es mit geübten Händen hoch. Zufrieden beobachtete Lotte die folgende, liebevoll durchgeführte Untersuchung. Doktor Wagner betrachtete zunächst den ganzen Körper mit geschultem Blick und streichelte dazwischen immer wieder beruhigend über das runde Köpfchen. Dann holte sie ein Fieberthermometer und maß die Temperatur. Ein kleines Quietschen zeigte an, dass das Hündchen aufgewacht war.

„Schhh, meine Kleine. Es ist alles gut", sprach die Ärztin auf das Fellbündel ein.

„Meine Kleine?", fragte Lotte erstaunt.

„Ja, es handelt sich hier definitiv um eine kleine Dame. Eine Bullydame, um genau zu sein. Sie ist leicht unterkühlt, aber nichts Dramatisches." Mit einem klirrenden Geräusch ließ sie das Thermometer in eine Metallschüssel fallen.

Lotte blickte die Tierärztin fragend an.

Diese erklärte geduldig: „Das kleine Mädchen ist eine französische Bulldogge. Eine derzeit sehr populäre Rasse."

Mit einem Kopfnicken deutete Doktor Wagner auf ein Plakat an der Wand, das eine ausgewachsene französische Bulldogge zeigte und in roten Lettern ein Antiflohmittel anpries.

Spitz erwiderte Lotte: „Wenn sie so populär sind, warum hat man die Kleine dann ausgesetzt?"

Ein Schulterzucken begleitete die Antwort. „Der Welpe ist extrem klein, obwohl er bereits knapp sechs Wochen alt ist. Ich kann mir vorstellen, dass der Züchter sich nicht um einen kränklichen, schwachen Welpen kümmern wollte. Sie verdienen einen Haufen Geld mit den Tieren, aber natürlich nur mit gesunden, starken Hunden."

Entrüstet blickte Lotte auf das kleine Fellbündel.

„Das ist ja wohl die Höhe! Nur weil sie nicht so groß ist, wie es manche vielleicht gerne hätten, wirft man sie einfach weg. Unglaublich, zu was manche Menschen fähig sind!"

Gertrud Wagner sah das genauso und zeigte ihre Zustimmung mit einem Nicken. Vorsichtig packte sie das kleine Bündel wieder in seine Decke.

„So weit geht es ihr aber gut. Halten Sie sie gut warm. Ich gebe Ihnen ein spezielles Welpenfutter mit, mit dem können Sie die Kleine vier- bis fünfmal am Tag füttern."

Die Ärztin watschelte aus dem Behandlungszimmer, um das Futter zu holen.

Obwohl Lotte Hunde nie leiden konnte, wäre es ihr nie in den Sinn gekommen, sich nicht um das Hundemädchen zu kümmern. Zu verletzlich sah das kleine Wesen aus und hatte sich schon vom ersten Moment an einen Weg in ihr Herz gebahnt. Zärtlich streichelte sie über den runden Kopf, der vorwitzig aus der Decke hervorlugte.

„Das kriegen wir schon hin, mein Kleines! Bald bist du groß und stark und dann lachen wir über die doofen Menschen, die dich einfach ausgesetzt haben."

Große schwarze Augen blickten vertrauensvoll zu Lotte auf.

Doktor Wagner betrat wieder das Zimmer. Sie trug eine Tüte bei sich.

„Ich habe Ihnen das passende Futter hineingetan, sowie eine kleine Broschüre über die Aufzucht von Welpen. In zwei Wochen ist die erste Impfung fällig, aber Sie können gerne früher vorbeikommen, damit ich noch mal nach der Kleinen schauen kann." Hastig fügte sie hinzu: „Mit *früher* meinte ich nicht die Tageszeit. Wir öffnen um neun." Streng sah sie Lotte an.

Diese nickte friedlich. Die Ärztin hatte sich so liebevoll um das Findelkind gekümmert, da gestand sie ihr die, in ihren Augen fast schon unanständige, Öffnungszeit von neun Uhr zu. Sie bedankte sich bei Frau Doktor Wagner und verließ dann gemeinsam mit ihrem kleinen Bullymädchen die Praxis.

Zufrieden sah Lotte auf das mittlerweile fast 2-jährige Temperamentbündel, das immer noch durch ihren Garten stromerte. Kräftige Froschschenkel, wie Lotte es liebevoll nannte und ein muskulöser Körperbau zeigten, dass die alte Dame bei der Aufzucht alles richtig gemacht hatte. Sie war lediglich ein wenig kleiner als ihre Artgenossen geblieben, aber das störte Lotte nicht im Geringsten. Der Kaffee war mittlerweile fast schon kalt und so stellte sie die Tasse auf die Deckenkiste. Die frühe Sonne strahlte auf das gegenüberliegende Weinfeld und außer Käthes tuckernden Geräuschen herrschte Stille.

Lottes Gedanken gingen zurück zu den Ereignissen in der Kirche. Sie erinnerte sich, dass sie sich vorgenommen hatte, einen Termin bei Doktor Lohe zu vereinbaren, um mehr über die Todesumstände der Giebelhoferin zu erfahren. Langsam faltete sie die Decke zusammen und stand auf.

„Komm, Käthe, genug geschnuppert. Wir zwei haben jetzt einen Termin."

Mit diesen Worten stapfte die alte Dame zurück in ihr Haus, um sich fertig zu machen.

4

Eigentlich hatte Lotte zunächst telefonisch einen Termin beim Dorfarzt vereinbaren wollen, doch dann hätte sie länger warten müssen. So entschloss sie sich kurzerhand, Doktor Lohe ohne vorherige Ankündigung aufzusuchen. Vor dem Spiegel im Hausflur tauschte sie ihren quietschgelben Haushut gegen einen eleganten, roten Breitrandhut und holte ihren kleinen Einkaufstrolley, den weiße Punkte auf rotem Stoff zierten, aus dem Kabuff neben dem Beistelltisch.

Mit der Bullydame im Schlepptau verließ sie ihr Häuschen und stapfte entschlossen in Richtung Dorfmitte.

Doktor Lohes Praxis lag direkt neben der Metzgerei Schirrach, die wiederum an die örtliche Grundschule angrenzte, in der Lotte manchmal den Kindern vorlas. Ein großer, steinerner Saumagen, ein typisch pfälzisches Fleischgericht aus Schweinefleisch, Brät und Kartoffeln, das in einem Schweinemagen gegart wurde, hing über dem Eingang der Metzgerei und pries die lokale Spezialität an. Obwohl Lotte so einiges an ihrer Wahlheimat zu schätzen gelernt hatte, an Saumagen hatte sie sich nie gewöhnt.

Sie erspähte Luise Schirrach, die dicke Metzgersfrau, die im Inneren des Ladens gerade die Wursttheke auffüllte. Trotz ihrer siebzig Lenze half diese noch eifrig im

Geschäft mit, das sie und ihr Mann vor über vierzig Jahren aufgebaut hatten. Nach dem Ruhestand ihres Gatten Hans, einem der fünf Männerstimmen im Ganzenheimer Kirchenchor, vor einem Jahrzehnt, hatte der Metzgerssohn den Laden übernommen. Als die Metzgerin aufblickte, winkte sie Lotte kurz zu. Sie sang ebenfalls im Chor, wobei sie drei Reihen hinter Lotte stand und die Altstimme sang. Lotte erwiderte den Gruß freundlich und steuerte den Eingang der Arztpraxis an. *Jetzt hat die Luise wieder was zum Tratschen*, dachte sie kurz.

Vor der Praxis musste sie kurz warten, denn der Arzt öffnete um acht Uhr und es war erst fünf vor. Ungeduldig tappte die alte Dame mit ihrem Fuß. Es dauerte nicht lange und die Sprechstundenhilfe öffnete von innen. Neben Lotte warteten bereits fünf andere Dorfbewohner, die schon vor ihr da gewesen waren. Die alte Dame fackelte jedoch nicht lange und schob sich, samt Einkaufstrolley, an diesen vorbei und steuerte zielstrebig den Empfangstresen an. Hierbei überhörte sie geflissentlich die Verwünschungen der anderen Patienten. Der Tresen nahm den gesamten vorderen Teil des Ganges ein und blockierte somit den Zugang zu den weiteren Räumlichkeiten. Eine kleine Schwingtür im Tresen führte zu den Behandlungsräumen. Eine Frau um die dreißig mit einer unvorteilhaften Dauerwelle blickte ihr leicht mürrisch entgegen.

„Was kann ich für Sie tun?“

„Meisner. Lotte Meisner. Ich hätte gerne den Arzt gesprochen.“

„Haben Sie einen Termin, Frau Meisner?“

„Fräulein Meisner, wenn ich bitten darf. Selbstverständlich habe ich einen Termin", flunkerte sie, ohne mit der Wimper zu zucken.

Die Suchbewegungen der Sprechstundenhilfe im Terminbuch wurden hektischer. Nach einem Blick in Lottes entschlossenes Gesicht verkündete sie schließlich unsicher: „Ah ja, da haben wir Sie ja, Fräulein Meisner."

Lotte bemerkte, wie die junge Frau heimlich ihren Namen in das Buch eintrug, und schmunzelte. „Dankeschön, junge Frau. In welches Behandlungszimmer soll ich mich begeben?"

Doktor Lohes Praxis bestand nur aus drei Räumen und war somit recht überschaubar. Zwei Behandlungszimmer und ein Warteraum gingen hinter dem Empfangstresen vom Gang ab. Lotte bemerkte, dass die Praxis vor Kurzem renoviert worden war. Die ehemals dunkle Holzdecke erstrahlte in hellem Weiß und die schweren Eichenmöbel waren moderneren, freundlichen Möbeln gewichen. Die Sprechstundenhilfe, sowie die zwei Arzthelferinnen trugen lilafarbene T-Shirts mit der Aufschrift:

Doktor Lohe – der Arzt, dem ganz Ganzenheim vertraut.

Lotte blickte immer noch in das Gesicht der Sprechstundenhilfe.

„Was ist jetzt, junge Frau?"

„Äh", stotterte diese, „gehen Sie bitte in die Eins."

Lotte nickte ihr zu und schob ihren Trolley an den murrenden Wartenden vorbei durch die Schwingtür und passierte den Raum mit der Aufschrift „1". Sie machte es sich in dem Lehnsessel gegenüber des Schreibtischs bequem und öffnete den Druckknopf des Deckels, mit dem der Trolley verschlossen war. Prompt breitete sich eine kleine, unangenehme Duftnote im Raum aus.

Schon öffnete sich die Tür und ein glatzköpfiger, kleiner Mann in einem fast bodenlangen, weißen Kittel betrat den Raum.

„Ah, das Fräulein Meisner."

Lotte war zwar nicht oft beim Dorfarzt, da sie sich mit selbstgebrauten Tinkturen lieber selbst verarztete, aber die wenigen Male schienen einen bleibenden Eindruck hinterlassen zu haben.

„Sie haben hoffentlich nicht wieder dieses Vieh dabei?" Suchend schaute sich der alte Mediziner im Raum um. „Sie wissen, dass Hunde in einer Arztpraxis nichts verloren haben." Streng blickte er die alte Dame an.

„I wo", erwiderte diese und legte ihren Unterarm leicht auf den Deckel des Einkaufstrolleys.

„Na denn", der Mediziner nahm sein rundes, randloses Brillengestell von der Nase und polierte es mit einem Stofftaschentuch, das er aus der Tasche seines weißen Kittels gefischt hatte. Dann ließ er sich in den Schreibtischsessel plumpsen und sah Lotte aufmerksam an.

„Was fehlt uns denn heute?" Leise schnuppernd zog er die Nase hoch. „Haben wir es mit dem Magen?"

Lotte runzelte die Stirn. „*Uns*", dieses Wort betonte sie, „fehlt heute gar nichts."

Verblüfft blickte sie der Mediziner an.

Lotte fuhr fort. „Sie waren doch vorgestern in der Kirche und haben den Totenschein für die Giebelhoferin ausgestellt. Habe ich recht?"

Triumphierend erwiderte Lotte den Blick des irritierten Dorfarztes.

„Äh, ja", stotterte dieser. „Das habe ich wohl. Warum interessiert Sie das denn?"

Ein kleines Winseln ertönte und Lotte beeilte sich zu sagen: „Na, ich interessiere mich halt für meine Mitmenschen. An was ist die Giebelhoferin denn gestorben?" Die Augenbrauen hochgezogen, erwartete sie eine Antwort von dem verblüfften Mediziner.

„Meine liebe Frau, ähm, Fräulein Meisner. Selbst, wenn ich es wollte, dürfte ich Ihnen gar nichts dazu sagen. Schließlich gibt es eine ärztliche Schweigepflicht."

Lotte gluckste leicht. „Der Giebelhoferin macht es bestimmt nichts aus, wenn Sie sich mit mir darüber unterhalten. Zumindest nicht mehr."

Der kleine Mann räusperte sich verlegen und schüttelte den Kopf.

„Nein, wie gesagt, tut mir leid. Ich kann dazu nichts sagen." Entschlossen stand er hinter seinem Schreibtisch auf.

„Wenn sonst nichts mehr ist, dürfte ich Sie dann wohl bitten."

Eine auffordernde Handgeste zeigte in Richtung Tür.

Schnell wechselte Lotte ihre Taktik. „Aber Sie verstehen doch sicher, Herr Doktor Lohe, dass es für eine arme, alte Frau wie mich sehr verängstigend war, den Tod einer Chorkollegin aus nächster Nähe mitzuerleben. Wir waren ja beinahe gleich alt." Mitleidheischend blickte sie den Mediziner an.

„Fräulein Meisner", der Arzt blätterte kurz durch Lottes Patientenakte. Er bestand darauf, dass alle Patienteneinträge handschriftlich gemacht wurden. Der einzige PC der gesamten Praxis stand am Eingang. „Fräulein Meisner", wiederholte er, sein Ton eine Spur wärmer. „Laut meinen Unterlagen waren Sie vor zwei Jahren das letzte Mal zum EKG hier und da war mit Ihrem Herzen alles in Ordnung. Sie können sich aber jederzeit einen Termin für ein erneutes EKG geben lassen."

Triumphierend erhob sich Lotte und blickte in das bartlose Gesicht des älteren Herrn. „Aha! Das Herz hat also schlapp gemacht bei der Giebelhoferin?"

Doktor Lohe schnaubte frustriert. Dann zuckte er kapitulierend mit den Schultern.

„Was soll's. Ja, es war ein Herzinfarkt. Nichts Weltbewegendes. Und jetzt verlassen Sie bitte meine Praxis, Fräulein Meisner."

Just in dem Moment öffnete sich der Deckel des Trolleys und ein schwarzhaariger, runder Kopf blickte vorwitzig daraus hervor.

Entrüstet zeigte der Mediziner mit dem Zeigefinger auf das Wesen. „Schaffen Sie mir den Hund hier raus. Das ist ja wohl die Höhe!"

In aller Seelenruhe streichelte Lotte Käthe beruhigend über den Kopf, steckte ihr ein Leckerli zu, das sie aus ihrer Jackentasche geangelt hatte und zog sie dann, sicher verpackt in ihrem Gefährt, in Richtung Ausgang.

„Wir gehen, Käthe. Wir wissen alles, was wir wissen wollten."

Kopfschüttelnd blickte Doktor Lohe ihr nach, wie sie im Spiegelschrank erkennen konnte.

Draußen öffnete Lotte den Deckel des kleinen Gefährts und Käthe hüpfte mit einem großen Satz heraus. Eifrig mit dem Hinterteil wackelnd rieb sie sich am Bein ihres Frauchens und genoss die Streicheleinheiten, die prompt folgten. Dann ging sie gemeinsam mit ihrer Besitzerin zum großen Schaufenster der Metzgerei, wo Lotte kurzerhand an die Scheibe klopfte. Zwei Paar Augen blickten irritiert zu ihr herüber, die von Benedikt Schirrach sowie von einer jüngere Dame, die gerade von ihm bedient wurde. Noch einmal klopfte Lotte, diesmal um einiges energischer, gegen die Scheibe. Endlich reagierte Benedikt und rief, sichtlich gestresst, etwas über die Schulter. Kurz darauf erschien seine Mutter hinter dem Verkaufstresen. Der Metzger zeigte mit dem Kinn in Lottes Richtung, während er einen großen Ring Fleischwurst in Papier einschlug. Seine Mutter stapfte um den Tresen herum, griff sich im Vorbeigehen ein Stück der Fleischwurst aus der Auslage und trat durch die automatische Schiebetür auf den Gehsteig hinaus. Zunächst einmal begrüßte sie ausgiebig Käthe, der das mitgebrachte Leckerli ausgezeichnet schmeckte und der die Streicheleinheiten offensichtlich gefielen. Luise Schirrach hatte, im Gegensatz zu vielen Chorkollegen, schon immer einen Narren an Käthe gefressen und steckte ihr bei so mancher Probe eine Leckerei zu. Dies machte sie in Lottes Augen, trotz ihres Hanges zum Tratschen, sympathisch. Die rotwangige, beleibte Dame wandte sich Käthes Frauchen zu.

„Hallo, Lotte. Kommst wohl grad vom Doktor. Fehlt dir was? Lass dich mal muschdre!" Besorgt und eine

Spur neugierig betrachtete die alte Metzgersfrau ihr Gegenüber von oben bis unten.

Lotte lebte mittlerweile lange genug in der Pfalz, dass sie Luises oftmals dialektbehaftete Aussprache verstehen konnte. Auch wenn sich die Metzgersfrau für ihr Kundschaft bemühte, hochdeutsch zu sprechen, stahl sich immer wieder das ein oder andere pfälzische Wort in ihre Sprache.

„I wo“, antwortete Lotte. „Ich bin pumperlgesund, meine Liebe. Ich wollte mich nur mit Doktor Lohe über die Todesumstände von der Giebelhoferin unterhalten.“

Interesse blitzte in Luise Schirrachs Augen auf. „Todesumstände?“

„Ja, du weißt schon. Warum die Giebelhoferin so plötzlich verstorben ist.“ Lotte zuckte mit den Schultern.

Luise Schirrach rieb sich mit ihrer großen, rauen Hand, der die tägliche, harte Arbeit anzusehen war, das leicht behaarte Kinn. „Ja, das war schon ein Schock. Die arme Klara Giebelhofer! Ich war auch erst ganz verdutzt, als sie so plötzlich umgefallen ist …“

„So unvermittelt war das meiner Ansicht nach gar nicht. Ich glaube, da hat jemand kräftig nachgeholfen.“ Prüfend sah Lotte in das Gesicht ihrer Gesprächspartnerin.

Zu Lottes Überraschung nickte diese. „Da könntest du durchaus recht haben, meine Liebe. Auch wenn mein Hans meint, das wäre nur Stuss.“

Verblüfft blickte Lotte ihr Gegenüber an. „Du glaubst auch, dass es kein natürlicher Tod war?“ Luise nickte.

„Ich habe zwar gehört, dass sie angeblich einen Herzinfarkt hatte. Zumindest hat Agnes mir das erzählt, als sie kurz nach acht hier war, um einzukaufen. Aber das kam mir direkt komisch vor.“

Lotte schnaubte ungehalten. „Herzinfarkt, jaja. Das wollte mir der alte Doktor Lohe auch gerade weismachen. Aber die Erklärung ist mir zu einfach. Da ist was ganz und gar nicht mit rechten Dingen zugegangen.“

Der Metzgersfrau nickte. Ihr war deutlich anzusehen, dass sie Lottes Theorie interessant fand, hatte sie doch ähnliche Gedanken und boten ihr diese so einigen neuen Stoff für den Dorfklatsch.

Lotte fuhr fort: „Ist dir denn irgendetwas aufgefallen? Vor oder während der Probe?“

„Aufgefallen? Hmmm, lass mich mal nachdenken.“ Die Metzgersfrau rieb sich das Kinn. „Die Elisabeth in der Reihe vor mir hat wieder so unruhig herumgezappelt, aber das macht sie ja öfter.“ Ihr Blick schaute nachdenklich über Lotte hinweg. Dann fuhr sie fort: „Aber wenn ich jetzt so drüber nachdenke ... Die Neue, wie heißt sie gleich noch mal, ah ja, die Hevers, die hat so komisch herumgetan.“

Lotte horchte interessiert auf: „Komisch herumgetan?“

„Ja, du weißt schon, die hat sich immer wieder umgeschaut und dabei so komisch geguckt. Wie wenn sie was zu verbergen hätte.“ Das feiste Gesicht der Metzgersfrau wurde rot vor Eifer. „Immer wieder hat sie sich umgedreht und auch in ihrer Handtasche hat sie oft gekramt.“ Sichtlich stolz ob ihrer Erkenntnis sah Luise Lotte strahlend an. Diese nickte wohlwollend.

„Ich danke dir, Luise. Die Hevers werde ich mir mal genauer anschauen."

Lotte wollte sich zum Gehen abwenden, da rief die Metzgersfrau plötzlich: „Aber wenn ich es mir recht überlege, so käme wohl eher der Fritz infrage, immerhin konnte der die Giebelhoferin gar nicht leiden."

Erstaunt drehte sich Lotte noch einmal um. „Der Fritz Engels? Warum sollte er denn die Giebelhoferin umbringen wollen?"

Luise erwiderte mit vor Aufregung leuchtend roten Wangen: „Du weißt doch, wie sehr der Fritz immer betont, dass keine an die Gesangskünste seiner verstorbenen Frau heranreicht."

Lotte nickte.

„Und außerdem hat er nie einen Hehl daraus gemacht, dass ihm die Giebelhoferin zuwider ist. Habe ich recht?"

Auch jetzt musste Lotte zustimmend nicken.

„Da kann es doch gut sein, dass der Fritz kurzerhand die Giebelhoferin ..." Mit einer eindeutigen Handbewegung – den Daumen an ihrem Hals schnell entlangfahrend – beendete die Metzgersfrau ihre Ausführungen.

Lotte überlegte. *Konnte das wirklich sein? Natürlich hatte Luise recht damit, dass Fritz Engels nicht sonderlich begeistert von der neuen Solistin gewesen war, hatte diese doch die Nachfolge seiner verstorbenen Frau im Chor angetreten. Aber ein Mord?*

Lotte entschied sich, nach Hause zu gehen, um in Ruhe über alles nachdenken zu können. Luise hielt sie jedoch noch einmal kurz auf.

„Aber vielleicht sollten wir das alles lieber der Polizei überlassen?"

Lotte lachte laut auf: „Der Polizei? Hast du diesen Hauptkommissar Gruber gesehen? Der findet ja noch nicht einmal seine Haarbürste, bevor er außer Haus geht. Nein, also wirklich. Der Polizei ...", murmelte sie vor sich hin und schlurfte, nach einem letzten Gruß, zurück in Richtung ihres Hauses.

5

Dort entschloss sich Lotte, ihr spätmorgendliches Schläfchen etwas vorzuziehen. Die Ereignisse der letzten Tage waren anstrengend gewesen und so legte sie sich, mit ihrer gehäkelten Wolldecke über den Knien, auf ihr Sofa. Käthe hüpfte ebenfalls auf das selbige und machte es sich auf den Beinen der alten Dame bequem. Kurz darauf ertönte ein lautes, tiefes Schnarchen, begleitet von einer kleinen Duftwolke, und Lotte bewunderte ein weiteres Mal die Fähigkeit ihrer Bullydame, in Nullkommanichts einzuschlafen. Ihre Gedanken kreisten um die Ereignisse der letzten Chorprobe, als sie das Klingeln des Telefons abrupt unterbrach. Käthe öffnete ein Auge und blickte ihr Frauchen irritiert an. Als diese, immer noch in liegender Position, nach dem Hörer des alten Wählscheibentelefons angelte, schloss sich Käthes Auge sofort wieder und die tiefen Schnarchgeräusche ertönten erneut.

„Meisner", meldete sich Lotte.

„Hallo, Tantchen, ich bin's, die Franzi", ertönte die fröhliche Stimme ihrer Nichte. Lotte schmunzelte. Selbst in den wenigen Silben war der Augsburger Dialekt der Nichte nicht zu überhören.

„Ich wollt mal wieder hören, wie es dir so geht, Tante Lotte."

Obwohl Franzi fünfunddreißig Jahre alt war, bestand sie darauf, Lotte mit „Tante" anzusprechen. Sie war das

Nesthäkchen von deren Schwester Josefine, die Franzi erst sehr spät mit Ende vierzig bekommen hatte. Josi, wie Lotte ihre jüngere Schwester nannte, lebte ebenfalls in Augsburg, der Heimatstadt der alten Dame. Zu selten bekamen sich die Geschwister zu sehen. Doch beide waren in diversen Vereinen und Josi hatte mittlerweile eine ganze Schar Enkel, die ihr ihre anderen zwei Kinder geschenkt hatten und um die sie sich kümmern musste. Franzi war schon immer etwas Besonderes in Lottes Augen gewesen. Dies lag aber nicht nur an der Tatsache, dass sie ihr Patenkind war, sondern vor allem an ihrem sonnigen Gemüt. Franzi, die eigentlich Franziska hieß, war immer gut gelaunt. Sie hatte eine Vorliebe für Pflanzen und Kräuter, um die sie sich in ihrem eigenen Garten liebevoll kümmerte. Jedes halbe Jahr erhielt Lotte ein kleines Paket von ihrer Nichte, mit allerlei Tinkturen und Salben, die aus eigener Herstellung stammten. Lotte schwor auf die Wirkung der Naturheilkräuter. Sie war überzeugt, dass Franzis Tinkturen und die vielen Spaziergänge mit ihrer Käthe dafür verantwortlich waren, dass Doktor Lohe sie so selten zu Gesicht bekam. Nur Franzis Beruf schien nicht so recht zu ihrem Gemüt zu passen. Sie war Kriminalkommissarin bei der Mordkommission in Augsburg, doch Franzi schwärmte so von ihrer Tätigkeit, dass Lotte überzeugt war, dass ihre Nichte ihre Berufung gefunden hatte.

„Franzi, so eine Freude!", rief Lotte, wie immer ein wenig zu laut, in das alte, graue Telefon. „Wie geht es dir denn, mein Schatz?"

Franzis glucksendes Lachen ertönte. „Mir geht's prima, Tantchen! Hier geht's allen gut. Mama ist gerade auf Kur in einer Rehaklinik in Oberstdorf wegen ihrem Knie, aber ihr gefällt's dort richtig gut. Du weißt ja, dass sie die Berge sehr liebt."

„Ach, stimmt ja, ich wollte Josi schon längst anrufen. Das mit der Kur hat sie mir vor ein paar Wochen erzählt. Wann kommt sie denn wieder heim?"

„In drei Wochen. Sie hat einen Behandlungsplan mit vielen Massagen und Physiotherapien bekommen und das hält sie wohl ganz schön auf Trab. Am liebsten würde sie aber auf einen der Berge kraxeln, anstatt langweilige Reha-Übungen zu machen." Franzis glucksendes Lachen ertönte wieder.

„Ja, so kennen wir meine Schwester." Lotte nahm sich vor, Josi bei Gelegenheit anzurufen. Diese hatte immer ein Handy bei sich, um für ihre Kinder und Enkel erreichbar zu sein. Lotte selbst hielt nichts von diesen neumodischen Dingern und weigerte sich standhaft, eines anzuschaffen.

„Du, sag mal, Tantchen, wann kommst du denn mal wieder in die alte Heimat? Ist ja schon wieder eine ganze Zeit her."

Lotte überlegte kurz.

„Im Moment wird das leider nichts, meine Kleine. Du weißt doch, dass die Ostermesse bevorsteht und dieses Jahr kommt sogar das Fernsehen. Außerdem geht es gerade drunter und drüber." Schnell berichtete Lotte ihrer Nichte von den Ereignissen der letzten Tage. Das Schweigen am anderen Ende der Leitung deutete an, dass Franzi aufmerksam zuhörte.

„Und du meinst wirklich, dass die Frau Giebelhofer ermordet wurde?" Echtes Erstaunen schwang in Franzis Stimme mit.

Lotte konnte mit ihrer Nichte über alles reden. Dieser würde es nie einfallen, die Ideen ihrer Tante als lächerlich einzustufen. Sie war überzeugt, dass ihr Franzi aufgrund ihrer mittlerweile über zehnjährigen Tätigkeit bei der Kripo Augsburg bestimmt einen Rat geben konnte.

„Ich finde es jedenfalls äußerst verdächtig. Im Gegensatz zu deinem Kollegen, diesem Kriminalhauptkommissar Gruber, der am liebsten gleich wieder ins Bett gegangen wäre." Entrüstung schwang in der Stimme der alten Dame mit.

Franzi lachte. „Der Arme! Ich kann mir vorstellen, dass er es nicht leicht mit dir haben wird."

Lotte musste selbst schmunzeln. „Na ja, wenn er seinen Job anständig macht, so wie du immer, mein Mädchen, dann kommen wir wunderbar miteinander aus. Aber so wie es aussieht, muss ich da ein wenig nachhelfen." Lotte berichtete ihrer Nichte von ihrer Aktion mit dem Wasserglas.

„Und du hast es dem Polizeimeister einfach in die Hand gedrückt?" Franzis Stimme klang immer erstaunter. „Na, ob das Glas wirklich bei der kriminaltechnischen Untersuchung gelandet ist ..."

Lotte musste schlucken. „Oh nein, das heißt also, wenn der Gruber nicht zustimmt, passiert da gar nichts?"

„Na ja, mit seiner Zustimmung wäre es zumindest einfacher, Tantchen. Aber vielleicht hat es Polizeimeister Klopfer ja trotzdem geschafft. Reg dich nicht auf."

Lotte fing sich wieder. Zur Not musste sie halt noch mal mit dem Ermittler reden und ihn überzeugen, das

Glas analysieren zu lassen. Ein Räuspern am Ende der Leitung holte sie zu ihrem Telefonat zurück.

„Kannst du mir vielleicht noch ein paar Tipps geben? Du bist doch bei der Kripo!"

Franzi gluckste. „Ja, das bin ich wohl. Aber aus der Ferne ein Motiv zu bestimmen, das ist leider nicht möglich. So gerne ich dir helfen würde, Tantchen. Die Sache mit dem Wasserglas war aber genial. Das hätte ich ganz genauso gemacht."

Lotte lächelte stolz und setzte sich dann leicht auf, was Käthe mit einem unzufriedenen Grunzen quittierte.

„Danke, meine Liebe. Ich wollte übrigens gar nicht, dass du den Fall aus der Ferne analysierst. Aber was sind denn, deiner Erfahrung nach, die häufigsten Motive, weswegen einer umgebracht wird? Vielleicht hilft mir das ja weiter." Neugierig drückte Lotte den Hörer fester ans Ohr.

„Nun ja, da gibt es so einiges, was infrage käme. Oftmals ist es Liebe, die in Hass umgeschlagen ist. Ein Eifersuchtsdrama, Fremdgehen oder Ähnliches. Oder aber eine Person mordet aus Habgier, also weil er oder sie Geldnöte hat. Natürlich gibt es auch Menschen, die einfach aus Bosheit morden, aber die sind eher selten. Aber wie gesagt, Tantchen, da gibt es sehr, sehr viele Möglichkeiten."

Lotte nickte. „Das verstehe ich schon, meine Kleine. Ich danke dir trotzdem recht schön."

Die Frauen plauderten noch ein Weilchen und versprachen sich gegenseitig, bald wieder miteinander zu telefonieren. Zufrieden legte Lotte den Hörer zurück auf die Gabel. Käthe, die das ganze Palaver ignoriert hatte, schnarchte weiterhin friedlich vor sich hin und Lotte überlegte, ob sie nicht noch für ein Minütchen die Augen schließen könnte.

In diesem Moment reckte Käthe ihren runden Kopf in die Höhe, sprang mit einem Satz vom Sofa und raste zur Eingangstür. Lotte seufzte ergeben und während sie die Decke von ihren Knien schob, erklang schon die Klingel.

Schwer schnaufend stand Agnes davor, in einen schwarzen Rock und ein grasgrünes Twinset gekleidet. Sie versuchte erfolglos, Käthes Hochspringversuche mit ihrem Regenschirm abzuwehren, und betrat dann resignierend den schmalen Gang.

„Hallo, Lotte. Ich hoffe, ich störe dich nicht? Aber ich muss dir unbedingt erzählen, was ich gerade von Margarete erfahren habe!"

Lotte deutete durch den Flur in die Küche. Kaum hatte Agnes ihre beachtliche Körperfülle in die gemütliche Eckbank gequetscht, schoss diese los: „Die Margarete hatte heute früh eine Besprechung mit unserem Chorleiter. Sie wollte wissen, ob sie ein neues Stück auf der Orgel einüben soll, jetzt, wo die Giebelhoferin das Zeitliche gesegnet hat." Bei diesen Worten hielt sie kurz inne und bekreuzigte sich hastig. Lotte holte zwei Tassen aus ihrem Küchenschrank und wartete darauf, dass Agnes fortfuhr. Da diese allerdings erst mal damit beschäftigt war, nach ihrem Stofftaschentuch zu kramen, dauerte die Gesprächspause etwas zu lange für Lottes Geschmack.

„Agnes, was hat Herr Lang denn nun Margarete erzählt?"

„Ah ja, die Margarete. Also ...“, ein lautes Tröten unterbrach den Erzählfluss. Das rot-weiß karierte Taschentuch war offensichtlich gefunden worden. Lotte seufzte ergeben und stellte ein kleines Milchkännchen und die Zuckerschüssel vor Agnes ab.

„Also, die Margarete hat erfahren, dass Herr Lang die *Missa brevis* unbedingt aufführen will. Er meinte, das Stück eignet sich hervorragend für den Fernsehauftritt und der Chor könne so schnell ohnehin kein neues lernen.“

Beim letzten Satz schnaubte Lotte leicht. Aufgeregt fuhr Agnes fort: „Er hat auch schon einen Ersatz für die Solistenrolle bestimmt. Jetzt halt dich fest, Lotte!“

Mit triumphierendem Blick schaute sie ihre inzwischen leicht mürrisch dreinblickende Gesprächspartnerin an. „Die Schuster, Magda soll den Solopart übernehmen!“

Erstaunt blickte Lotte auf. „Die Magda? Ja, wieso das denn?“

Magda Schuster war zwar mindestens genauso lange im Chor wie Lotte selbst, doch sie hielt sich eher im Hintergrund und war nie durch außergewöhnliche Gesangskünste aufgefallen.

„Tja, unser Herr Lang ist eben der Meinung, dass die Magda ein guter Ersatz für die Giebelhoferin sei. Es gab wohl damals ein kleines Vorsingen, nachdem die Eva von uns gegangen war und die Magda hat, nebst der Giebelhoferin, daran teilgenommen.“

Mit Erstaunen hörte Lotte zu. Das hätte sie der schüchtern wirkenden, ehemaligen Bibliothekarin gar nicht zugetraut.

„Dass du das nicht weißt?" Echtes Erstaunen klang aus Agnes Stimme. „Der ganze Chor spricht davon."

„Wer hat denn damals sonst noch so vorgesungen?", bohrte Lotte wissbegierig nach.

„Na, wer wohl? Die *Hevers* natürlich." Agnes betonte das Wort, als spräche sie von einer besonders unangenehmen Person.

Zu behaupten, dass Anne Hevers nicht sehr beliebt im Ganzenheimer Kirchenchor war, wäre eine Untertreibung gewesen. Dies war zum einen der Tatsache geschuldet, dass sie erst vor Kurzem aus Ludwigshafen zugezogen war und somit als „Städterin" galt. Dies allein wäre nicht dramatisch, doch Anne Hevers hatte einen, zumindest in den Augen der weiblichen Dorfbewohner, recht freizügigen Kleidungsstil. Ihre Röcke endeten über den Knien, was in den Augen der Ganzenheimerinnen einem Minirock gleichkam. Wenn sie Hosen trug, waren diese knalleng. Außerdem war sie mit ihren sechzig Jahren quasi blutjung und so mancher männliche Dorfbewohner war dabei beobachtet worden, wie er sich nach ihr umgedreht hatte. Dies wurde vor allem von den älteren Damen der Chorgemeinschaft schwer kritisiert. Die Tatsache, dass sich Anne Hevers so kurz nach ihrem Beitritt in den Kirchenchor direkt auf die Solistenrolle beworben hatte, brachte ihr ebenfalls keine Freunde ein. Die Rolle der Solosängerin musste man sich in Ganzenheim verdienen.

Nachdem der Kaffee durchgelaufen war, schenkte Lotte sich und Agnes eine Tasse aus der geblümten Thermoskanne ein. Ihr Besuch nahm sich drei Stück Zucker und einen großen Schluck Milch, während

Lotte ihren Kaffee schwarz trank. Nachdenklich nippten sie an ihren heißen Getränken.

„Ich freue mich für Magda", meinte Lotte und Agnes nickte zustimmend. „Irgendwie ähnelt sie Eva in ihrer ruhigen, bescheidenen Art, findest du nicht, Agnes?"

Diese runzelte leicht die Stirn, während sie nachdachte. „Ja, du hast recht, meine Liebe. Eva Engels war eine sehr liebe und zurückhaltende Frau. Dass sie jahrelang die Solistenrolle ausfüllte, hat man ihr nie angemerkt. Sie war immer eine von uns und hat ihre Sonderrolle nie so heraushängen lassen wie die Giebelhoferin zum Beispiel." Agnes' Abneigung gegenüber der toten Sängerin war deutlich herauszuhören. „Es ist zu schade, dass die Eva krank geworden ist. Das alles ging viel zu schnell. Sie hatte ja gar keine Chance!" Traurig schüttelte die rundliche Dame den Kopf.

Eva Engels war nach einer Krebsdiagnose nach nur zwei Monaten urplötzlich verstorben und hinterließ, nebst ihrem Mann Fritz und zwei erwachsenen Söhnen, eine fassungslose Chorgemeinschaft. „Sie war wirklich die gute Seele des Chors", stimmte Lotte zu. „Seit sie nicht mehr da ist, ist vieles anders geworden." Die Damen hingen ihren Gedanken nach. Die Chorgemeinschaft unternahm viele Ausflüge gemeinsam und Eva hatte immer einen ihrer berühmten Kuchen mitgebracht. Auch zum Stammtisch nach der Chorprobe war Eva gemeinsam mit ihrem Mann gekommen. Obwohl sie nie viel gesprochen hatte, war es ihre herzliche Art, die die Leute so an ihr geschätzt hatten. *Ob das für Fritz Engels Grund genug für einen Mord an ihrer Nachfolgerin wäre?* Lotte fiel das Gespräch mit Luise Schirrach ein. Noch hatte sie keinen speziell im Verdacht, aber dass Fritz Engels der Täter war, konnte sie sich wahrlich nicht vorstellen.

Agnes unterbrach Lottes Gedanken, indem sie deren Besuch bei Doktor Lohe ansprach.

„Du warst bei unserem Dorfdoktor?“, fragte Agnes. „Luise hat mir beim Einkaufen berichtet, dass sie dich durch das Fenster gesehen hat. Was wolltest du denn von dem? Fehlt dir etwa was?“ Echte Besorgnis klang aus ihrer Stimme heraus.

Da Lotte die Gemütslage ihres Gegenübers erkannte, erhob sie sich und schenkte ihnen Sherry in die dickbauchigen Gläser.

„Nein, Agnes. Keine Sorge. Mit mir ist alles in Ordnung. Kennst mich doch. Nichts, was ein paar von Franzis Tinkturen nicht richten könnten.“

Agnes nickte wissend und nahm dankbar das Sherryglas entgegen, das ihr hingehalten wurde.

Dann fuhr Lotte fort. „Aber er war es doch schließlich, der den Totenschein von der Giebelhoferin ausgestellt hat. Und da wollte ich einfach wissen, was bei der Untersuchung so herausgekommen ist.“

Mit offenem Mund starrte Agnes sie an. Ihre Hände suchten krampfhaft nach dem Stofftaschentuch, da sich ein weiterer Nieser anbahnte. Lotte wollte gerade dazu ansetzen, Agnes ausführlich von dem Ergebnis ihrer Unterhaltung mit Doktor Lohe zu berichten, als sich das Taschentuch gewaltig ausbuchtete.

„Entschuldige bitte, Lotte.“ Agnes wischte wild mit dem Tuch in ihrem Gesicht herum. „Erzähl doch bitte weiter.“

Lotte vergewisserte sich, dass das Tuch wieder sicher in der Tasche verstaut war, bevor sie fortfuhr. Sie berichtete Agnes von der Überzeugung des Dorfarztes, dass Klara Giebelhofer einem Herzleiden erlegen war und ihre eigenen Zweifel daran.

Kopfschüttelnd lauschte Agnes den Ausführungen. Als Lotte geendet hatte, herrschte Stille in der kleinen Wohnstube. Nur Käthes Hecheln, die es sich auf dem Boden unter dem Tisch gemütlich gemacht hatte, war zu hören.

Agnes nahm einen großen Schluck ihres Sherrys, bevor sie ansetzte. „Lotte, du weißt, dass ich dich sehr schätze, gell?"

Lotte nickte und Agnes fuhr fort. „Aber deine Theorie, dass die Giebelhoferin ermordet worden ist, ist mir zu abenteuerlich. Wir sind hier schließlich in Ganzenheim und nicht in einer Großstadt, wo sowas sicher öfter vorkommt." Hastig leerte Agnes ihr Glas und blickte Lotte mit roten Wangen an. Wie die anderen älteren Damen der Dorfgemeinschaft war auch Agnes offensichtlich der Meinung, dass in der Stadt Sodom und Gomorrha herrschte. Es war nicht unüblich, dass – in der Regel nachdem die halbe Dorfgemeinschaft sonnabends Tatort geschaut hatte – am Montag beim Einkaufen heftig über die Gräuel der Stadt diskutiert wurde.

Agnes kramte wieder nach ihrem Taschentuch, während sie weitersprach: „Die Giebelhoferin sah zwar nicht krank aus, da gebe ich dir recht, aber du weißt selber, wie schnell das gehen kann. Denk an die arme Eva!"

Nun war es an Lotte, den Kopf zu schütteln. „Aber, Agnes, die Eva hatte Krebs und das kannst du überhaupt nicht mit der Giebelhoferin vergleichen."

Das Tröten, das ihr antwortete, war so laut, dass selbst Käthe aus ihrem tiefen Schlaf heraus aufsprang, um dem Geräusch auf den Grund zu gehen.

„Ich bleibe dabei, meine Liebe", schnaufte Agnes heftig. Der Nieser schien sie recht angestrengt zu haben. „Die Giebelhoferin ist an einem Herzkasper gestorben. Das sagt sowohl der Kommissar Griebler, als auch der Doktor Lohe. Und die beiden wissen es bestimmt."

„Ach, fang mir bloß nicht von Hauptkommissar Gruber an, Agnes. Der war ja schon fast im Tiefschlaf, als der endlich hier angetanzt ist."

So ganz gerecht war Lotte mit ihrer Aussage nicht. Dass ein Hauptkommissar innerhalb einer halben Stunde vor Ort war, war schon bemerkenswert. Schließlich musste er aus der Stadt anreisen. Die nächstgrößere Polizeidirektion befand sich in Ludwigshafen. Sie nahm sich vor, ihn nicht aufgrund des ersten Aufeinandertreffens zu beurteilen, das war sie auch ihrer Nichte Franzi schuldig, und ihm noch eine Chance zu geben. Vielleicht konnte sie ihn tatsächlich bei einem Telefonat umstimmen, den Tod von Klara Giebelhofer ausführlicher zu untersuchen?

Agnes plauderte noch eine ganze Weile über den üblichen Dorftratsch, doch Lotte hörte nur mit einem Ohr zu. Noch zweimal musste sie Sherry nachschenken und als Agnes sich endlich erhob, schwankte sie bereits bedenklich. Ihren Regenschirm als Stütze nutzend, wankte sie davon. Lotte blieb noch eine Weile nachdenklich am Tisch sitzen und überlegte, wie sie weiter vorgehen sollte. Zunächst einmal wollte sie Hauptkommissar Gruber anrufen und ihn davon überzeugen, das Glas untersuchen zu lassen. Dann würde sie mit Magda sprechen, da am nächsten Abend die nächste Chorprobe angesetzt war. Ihr war nicht wohl bei dem Gedanken, dass sich ihre Freundin in Gefahr begab. Und das tat sie, ihrer Meinung nach, mit der Übernahme der Solistenrolle, solange nicht klar war, woran Klara Giebelhofer tatsächlich verstorben war. Im Anschluss an die Chorprobe, beim Stammtisch, konnte sie dann noch ein Gespräch mit dem Herrenquintett führen, um deren Meinung über die Geschehnisse einzuholen. Mit ihrem Plan zufrieden, begab sich Lotte in den Hausflur, um einen passenden Hut für den für heute letzten Spaziergang mit Käthe auszusuchen. Der grüne Hut mit gelb gefärbter Pfauenfeder sprach sie besonders an.

„Komm, Käthe. Wir zwei vertreten uns noch ein wenig die Beine.“

Vor Vorfreude heftig mit dem Hinterteil wackelnd, folgte die Bullydame ihrem Frauchen nach draußen.

6

Leichter Nieselregen begrüßte Lotte, als sie am nächsten Morgen aufstand. Sie hatte schlecht geschlafen, was unter anderem an dem lauten Schnarchen ihrer Bullydame gelegen hatte. Normalerweise störte sie das sonore Geräusch überhaupt nicht, im Gegenteil. Es hatte sogar eine beruhigende Wirkung auf sie. Doch letzte Nacht war dies aus irgendeinem Grund anders gewesen.

Während sie in der Küche hantierte, um ihren Kaffee aufzusetzen, überlegte die Seniorin, was sie so unruhig gemacht haben könnte. Doch so sehr sie sich auch bemühte, sie kam einfach nicht auf eine Antwort. Müde tätschelte sie den kleinen runden Kopf ihrer Hündin und schlurfte dann mit ihrer Kaffeetasse in der Hand zu ihrem Hutständer. Bei Regen bevorzugte sie den praktischen, breitrandigen Plastikhut, der mit seiner knallroten Farbe und Form entfernt an einen Feuerwehrhelm erinnerte. Sorgfältig verstaute sie ihren grauen Dutt unter der Krempe, zog die Regenjacke über und ging mit Käthe nach draußen zu ihrer Gartenbank. Die Wolken hingen tief über den Weinbergen und ein frischer Wind sorgte für einen kleinen Temperatursturz im Vergleich zu den Vortagen. Fast fühlte sich Lotte in den Herbst zurückversetzt. Ihr machte schlechtes Wetter nichts aus. Hier in ihrer Wahlheimat genoss

69

sie aber durchaus das, im Vergleich zu anderen Gegenden Deutschlands, deutlich mildere Klima. Mit über zweitausend Sonnenstunden im Jahr wurde die Vorderpfalz im Volksmund die „Toskana Deutschlands" genannt. Noch kam die Sonne nicht so richtig zum Zug, doch es war früh am Morgen und Lotte hoffte, dass es bald aufklarte.

Käthe kam nach einer ausführlichen Schnupperrunde im Vorgarten zu ihr und legte ihren Kopf auf Lottes Knie. Dies war die ihr eigene Aufforderung, die morgendliche Gassirunde einzuleiten.

„Ist schon gut, mein Käthchen. Ich komme ja." Seufzend stellte die alte Frau ihre inzwischen leere Kaffeetasse auf das kleine Beistelltischchen und erhob sich von der harten Holzbank. Sie verspürte ein Zwicken im Rücken, als sie die Treppenstufen zum Keller hinabstieg, um ihre nass gewordene Decke zum Trocknen aufzuhängen. Sie nahm sich vor, diesen bei ihrer Rückkehr vom Spaziergang kräftig mit Franzis Ringelblumensalbe einzureiben.

Das Gartentor klemmte ein klein wenig und Lotte musste kräftig mit dem Fuß dagegentreten, um es aufzubekommen. Vielleicht sollte sie Wolfgang Meier bei der nächsten Chorprobe bitten, sich das Tor anzuschauen? Er hatte ihr schon einige Male bei kleineren Reparaturarbeiten am Haus ausgeholfen. Ihm verdankte sie auch die Holzkiste neben der Sitzbank, in der sie ihre Wolldecke verstaute. Eines Morgens, Wolfgang Meier hatte am Vorabend ihre Dachrinne gereinigt, stand sie einfach da. Auf ihr war ein Zettel befestigt mit den schlichten Worten:

Er verlangte nie Geld für seine Dienste und so versorgten ihn seine „Kundinnen" mit allerlei Naturalien. Selbstgebackene Kuchen und Brote, eingemachtes Obst und selbstgekochte Marmelade wechselten in Wolfgangs Besitz über, worüber er sich jedes Mal sehr zu freuen schien. Einiges davon teilte er mit seiner betagten Mutter Erna, die zwar noch eifrig im Chor mitsang, aber aufgrund ihres schwindenden Augenlichts vieles im Haushalt nicht mehr selbst erledigen konnte.

Als das Gartentürchen endlich auf war, stürmte Käthe in das angrenzende Weinfeld voraus. Lotte kontrollierte noch einmal den Sitz ihrer Kopfbedeckung und folgte dann ihrer Hündin am Feldrand. Einige Nacktschnecken hatten sich den Weg aus dem nassen Gras gebahnt und Lotte hatte Mühe, nicht auf sie zu treten. Käthe entdeckte eine einsame Amsel, die sich auf einer der Holzstangen, die die Weinreben aufrecht hielten, niedergelassen hatte und sprang sofort in deren Richtung. Lotte schmunzelte. Was war ihre Bullydame doch für ein Wildfang! Nie wurde sie es müde, allerlei Getier zu jagen, auch wenn sie aufgrund ihrer kurzen Beine keine Chance hatte, es zu erwischen. Wobei Käthe durchaus sehr schnell werden konnte, wie die alte Dame am eigenen Leib hatte erfahren müssen. Als ihre Hundedame ein Welpe war und Lotte mit ihr, natürlich ohne Leine, Gassi gegangen war, war die kleine Bullydame auf einmal wie vom Blitz getroffen losgerast und hatte auf keinerlei Zurufe reagiert. Lotte wurde es immer noch heiß und kalt, wenn sie an den Moment dachte. Zwar war die kleine Straße, an der ihr Haus stand, nicht stark befahren, aber ab und zu kam doch ein Auto vorbei. Laut schimpfend war Lotte dem kleinen Wirbelwind hinterher gehastet, der schon am Ende der Straße angelangt war. Wäre Magda nicht gewesen, die die wilde Jagd bemerkt und ihr Gartentürchen geöffnet hatte, durch das der kleine Hund prompt in ihren Vorgarten gestürmt war, hätte das Ganze schlimm ausgehen können. Nichtsdestotrotz verzichtete Lotte weiterhin auf eine Leine. Mit zunehmendem Alter wurde die Bullydame ruhiger, auch wenn sie täglich ihre wilden fünf Minuten hatte, in denen sie stürmisch umhersauste oder ihren eigenen Schwanz jagte.

Die Kieselsteine knirschten unter den roten Gummistiefeln der alten Dame, als sie sich dem Ende der Straße näherte, wo Käthe saß und auf sie wartete. Ihr Blick ging zwischen ihrem Frauchen und Magdas Haus hin und her, wusste sie doch, dass die beiden gerne ein Schwätzchen hielten. Doch so arg Lotte sich anstrengte, sie konnte Magda nicht im Vorgarten entdecken. Das war unüblich, beackerte diese doch tagtäglich ihren Garten in aller Herrgottsfrüh, um ihn in Schuss zu halten. Nur einmal war Magda nicht erschienen. Das war vor zwei Jahren im Winter gewesen, als das halbe Dorf und schließlich auch Magda Grippe bekommen hatten. Doktor Lohes Praxis war damals kaum mehr besetzt, da der Dorfarzt von Haus zu Haus eilte, um die alten Leute zu versorgen. Lotte war damals zum Glück verschont geblieben.

Käthe sprang freudig auf und ab, als ihr Frauchen endlich den einfachen Holzzaun, der Magdas Grundstück begrenzte, erreichte. Noch immer konnte Lotte die Chorkollegin nirgendwo entdecken. Ein ungutes Gefühl machte sich in ihr breit.

„Käthchen, bleib fein sitzen. Ich muss hier mal nach dem Rechten sehen", wies Lotte ihre Hündin an.

Nachdem diese, nach zwei weiteren Aufforderungen, endlich artig *Sitz* gemacht hatte, öffnete Lotte die knarzige Holztür zu Magdas Grundstück.

„Magda, bist du zu Hause?"

Das Klappern eines Fensterladens, die, wie Lotte gerade erst bemerkte, alle noch geschlossen waren, ließ sie aufblicken. Ein müdes Gesicht blinzelte nach draußen. Lotte bemerkte, dass Magda ihr weißes Nachthemd trug und die Haare vom Schlaf leicht zerzaust waren.

„Magda, um Himmels willen, geht es dir nicht gut?"

Auf die Idee, dass sie diese einfach nur geweckt haben könnte, kam Lotte erst gar nicht. Magda war, wie sie selbst, ein absoluter Morgenmensch.

Magdas Stimme klang abgeschlagen. „Guten Morgen, Lotte." Mit zittriger Hand fuhr sie sich durch die schlohweißen Haare, um sie dürftig zu richten. „Ach weißt du, ich habe heute Nacht einfach nicht gut geschlafen, darum bin ich wohl etwas länger liegen geblieben."

Mit einem leichten Stirnrunzeln betrachtete Lotte die andere Frau. Wangen und Lippen waren blass und ihre Haltung verriet, deutlicher als ihre Worte, dass es ihr nicht gut ging.

„Soll ich nicht lieber Doktor Lohe holen, damit er mal nach dir sieht?"

Magda schüttelte den Kopf.

„Ach was. Ich habe bloß schlecht geschlafen, das ist alles. Vermutlich ist es die Aufregung über den kommenden Einsatz als Solistin."

Lotte nickte.

„Ja, Agnes hat mir davon erzählt. Ich freue mich für dich."

Ein müdes Lächeln huschte über Magdas Gesicht.

„Dank dir, Lotte. Es ist schon eine große Ehre, das muss ich wohl sagen."

Lotte nickte, sah sie dann aber mit besorgtem Blick an.

„Bist du sicher, dass du keinen Arzt brauchst? Vielleicht hast du dich überanstrengt?"

„Aber nein. Unsinn. Ich stehe jetzt auf und lege mich heute Mittag noch ein wenig aufs Ohr, dann bin ich wieder ganz die Alte."

„Wie du meinst, Magda. Wenn du etwas brauchst, ruf mich an."

Magda nickte, winkte Lotte zum Abschied zu und verschwand dann hinter der weißen Gardine.

In Gedanken versunken, stapfte Lotte zurück zum Gartentor, wo sie einige Male nach Käthe rufen musste, bevor diese sich dazu herabließ, aus dem Weinfeld wieder aufzutauchen.

„Du solltest doch hier auf mich warten, mein Mädchen", schimpfte Lotte mit ihrer Bullydame.

Diese begrüßte ihr Frauchen zunächst mit Hinterngewackel, stellte sich dann auf ihre Hinterbeine und legte ihre Vorderpfoten auf Lottes Mantel.

„Pfui, Käthe. Schau mal wie dreckig du meinen Mantel gemacht hast."

Lotte wischte wild über das Gemisch aus Erde, Sand und Wasser, das an ihrem Mantelsaum hing, stellte jedoch schnell fest, dass sie den Dreck damit nur verteilte.

„Lass uns nach Hause gehen. Das muss ich gleich auswaschen." Schon stapfte die alte Dame los in Richtung ihres Hauses und Käthe sauste voraus. Jäh machte die kleine Hündin jedoch einen Schlenker und bog in die Seitenstraße ab, die in Richtung Dorfmitte führte. Lotte rief ihr kurz hinterher, dann seufzte sie und eilte Käthe nach. Sie kannte die Eigenheiten ihrer Bullydame. Wenn diese nicht zum Ende des Gassigangs bereit war, bog sie oft ab in Richtung des Dorfplatzes und machte erst am Brunnen vor der Kirche halt, wo sie trinken konnte. Auch wenn Käthes Eigenarten manchmal nervte, liebt Lotte ihre Hündin.

„Dann kann ich ja gleich noch den Kirchenaushang lesen, wenn ich sowieso hoch ins Dorf muss", murmelte Lotte vor sich hin.

Der Kirchenaushang informierte die Ganzenheimer über sämtliche Geschehnisse des Ortes. Geburtsanzeigen hingen neben Todesanzeigen, Krabbelgruppen luden nebst der Seniorengymnastik zum Treffen ein und auch der Kirchenchor kündigte seine Auftritte und Proben hier an.

Lotte sah gerade noch Käthes schwarzes Hinterteil um das nächste Eck am Ende der großen Treppe sausen, da stolperte sie plötzlich über eine der hohen Stufen, die durch die Nässe leicht glitschig waren. Mit der linken Hand schaffte sie es, das rostige Treppengeländer zu erwischen, konnte aber nicht verhindern, dass sie mit dem rechten Knie auf der Steinkante aufschlug.

Sie spürte einen heftigen, brennenden Schmerz und konnte sich nur mit Mühe davon abhalten, aufzuschreien. Nachdem sie ein paarmal tief durchgeatmet hatte, ließ sie sich mit einem lauten Seufzer auf der nächsten Stufe nieder und spürte sofort, wie die Nässe sich ihren Weg durch den Stoff ihres Wollrockes bahnte. Kopfschüttelnd betrachtete sie ihr Knie. Die Strumpfhose war bis zur Hälfte des Schienbeins gerissen, Dreck klebte auf ihrer Haut und eine längliche, blutende Wunde verlief quer über das Gelenk.

Lotte kramte in ihrer Handtasche nach einem Taschentuch, konnte jedoch keines finden. Sie nahm sich vor, Agnes' Eigenart, immer ein Stofftaschentuch bei sich zu führen, nicht mehr komisch zu finden. Die Wunde sah nicht allzu tief aus, die Frage war nur, ob sie sich ihr Knie ernsthaft verletzt hatte. Vorsichtig zog sich Lotte an dem eisernen Treppengeländer nach oben, darauf bedacht, nicht zu viel Gewicht auf ihr verletztes Bein zu verlagern. Erleichtert stellte sie fest, dass sie sich offenbar eine rein oberflächliche Hautverletzung zugezogen hatte. Die Wunde brannte leicht, als Lotte ihr Bein bewegte. Das Gelenk jedoch schmerzte nicht. Dankbar machte sie sich wieder an den Treppenaufstieg zum Dorfplatz. Diesmal, deutlich vorsichtiger und am Treppengeländer festhaltend, ging sie nach oben.

Wie erwartet, stand ihre Bullydame neben dem Dorfbrunnen und leckte gebückt das vom Brunnenrand überschwappende Wasser vom Boden auf. Die Statue des heiligen Urban, des Schutzpatrons des Weines, schien die kleine Fellnase dabei wohlwollend zu beobachten. Da nur wenig Wasser über den Rand schwappte, dauerte die Prozedur etwas länger. Lotte umrundete den steinernen Brunnen gemessenen Schrittes, denn die großen, quaderförmigen Pflastersteine, die den Dorfplatz rund um die St. Marienkirche umgaben, waren vom Regen ebenfalls etwas rutschig. Einen zweiten Sturz wollte sie keinesfalls riskieren. Erleichtert atmete sie auf, als sie endlich die große Anschlagtafel rechts neben dem Kirchenportal erreichte. Das Glas war, wie immer wenn es regnete, ein wenig beschlagen, da links oben eine Ecke abgebrochen war und somit Feuchtigkeit in den Glaskasten eindringen konnte. Eine Spinne hatte hier ihr Refugium gefunden und die schwarzen Punkte in ihrem Netz deuteten auf gelungenen Beutefang hin. Lotte drückte ihre Nase so nahe sie konnte an die Scheibe. Irgendwo musste doch die Todesanzeige von Klara Giebelhofer sein! Doch außer der Danksagung für die Beileidsbekundungen zum Begräbnis der alten Irene Schmidt und der Anzeige über den bereits vor zwei Wochen bei einem tragischen Unfall verstorbenen, erst neunzehn Jahre alten Roman Wendrich fand sie keine. Ihre Augen huschten weiter über die Aushänge. Da war doch was Interessantes! Sie erspähte eine neue Ankündigung des Ganzenheimer Kirchenchors, einen schlichten weißen Zettel, auf dem in Herrn Langs kindlicher, etwas krakeliger Schreibschrift verfasst stand:

Kirchenchor: Probe nicht am Freitag, sondern Samstagabend um 18h aufgrund der aktuellen Geschehnisse.

Lotte hatte gerade die Lektüre des Aushanges beendet, als sie bemerkte, wie jemand hinter sie trat. Die

Person stand so nahe, dass Lotte Mühe hatte, sich umzudrehen. Als sie es geschafft hatte, indem sie zunächst
einen Schritt zur Seite gegangen war, um etwas Abstand zwischen sich und die drängelnde Person zu
bringen, blickte sie in Anne Hevers zusammengekniffenes Gesicht.

„Na, *Fräulein* Meisner." Eine Betonung, die andeutete,
wie lächerlich sie diese Anrede fand. „Informieren Sie
sich auch über die nächste Chorprobe?"

Lotte betrachtete ihr Gegenüber, bevor sie zu einer
Antwort ansetzte. Anne Hevers war modisch gekleidet.
Sie trug eine schwarze Hose, die in zu jugendlichen
Stiefeletten endete. Ihr edler, altrosa Regenmantel mit
Gürtel und dem gleichfarbigen Schirm rundeten das
Ganze ab. Sie war dezent geschminkt und das blondierte Haar umrundete ihr ovales Gesicht in einem perfekten Bob. Nur der Gesichtsausdruck, mit dem die andere sie ansah, passte nicht zum Gesamtbild. Ein verkniffener Zug lag um den Mund der adretten 60-Jährigen.

„Ah, Frau Hevers. Ja, ich wollte mich kurz informieren, wann die nächste Chorprobe stattfindet und ob es
sonst noch Neuigkeiten, den Chor betreffend, gibt."

Lotte schwindelte ein wenig. Sie wollte dieser Frau
nicht gleich auf die Nase binden, dass sie durch Agnes
bestens informiert war.

Anne Hevers Gesicht nahm einen spöttischen Ausdruck an, als sie zu einer Erwiderung ansetzte. „Wir
proben diesmal am Samstag und nicht heute. Warum
das so ist, weiß der Himmel. Aber wahrscheinlich
braucht die Neue noch Zeit zum Proben."

Das Wort „Neue" spie Anne Hevers geradezu aus. Ein kleiner Speicheltropfen landete auf dem Gehsteig vor ihr.

Lotte stellte sich unwissend: „Die Neue? Wen meinen Sie bloß, Frau Hevers?"

„Na, die Schuster, Magda! Das muss man sich mal vorstellen! Diese alte Krähe soll den Part der Solistin übernehmen! Pah! Dass ich nicht lache! Da können wir gleich einpacken, mit so einer als Frontfrau." Hektische rote Flecken überzogen nun ihren Hals und die Wangen. „Hätte ich mir ja gleich denken können, dass die Alte die Solistenrolle an sich reißt. Dabei ist die keinen Deut besser als die alte Giebelhofer. Das wird das gleiche Gekrächze beim hohen E, das sag ich Ihnen. Der Herr Lang wäre besser beraten gewesen, jemand anders diese Position anzuvertrauen."

Lotte zog die Augenbrauen hoch. Sie fand es geradezu unverschämt, wie die Jüngere über Magda und die verstorbene Klara Giebelhofer herzog. Sie vermeinte, sogar Hass aus der Stimme der Chorkollegin zu vernehmen.

Um noch mehr Informationen zu erhalten, erklärte Lotte: „Ich finde, Magda Schuster ist eine ausgezeichnete Sängerin, und wir können uns glücklich schätzen, sie in unseren Reihen zu haben."

Aufmerksam betrachtete sie das Gesicht der anderen Frau, in dem die Hektikflecken ins Dunkelrote wechselten.

„Eine ausgezeichnete Sängerin? Die Schuster? Nie und nimmer! Im Gegensatz zu mir hat die Alte keinerlei Gesangsausbildung genossen und weiß gar nicht, dass man Töne auch nuanciert singen kann. Nein, das wird ein Desaster, das sag ich Ihnen."

Lotte blickte Anne Hevers ruhig entgegen und erwiderte: „Da bin ich ganz anderer Meinung, meine Liebe. Magda Schuster singt schon seit Jahrzehnten im Ganzenheimer Kirchenchor, was mit Sicherheit mit einer fundierten Gesangsausbildung gleichzusetzen ist. Sie hat durch ihren unermüdlichen Einsatz einen wertvollen Beitrag zum Erfolg des Chores geschaffen, den man ihr erst mal nachmachen muss."

Anne Hevers verzog das Gesicht.

„Sie spielen auf meine noch recht kurze Zeit im Kirchenchor an, nicht wahr? Aber das Können eines Sängers hängt nun mal nicht von seiner Mitgliedszeit in einem Dorfchor ab, sondern von Talent und Ausbildung."

„Dieser Dorfchor, wie Sie ihn nennen, hat schon überregionale Wettbewerbe gewonnen, da waren Sie noch lange kein Mitglied. Ich wüsste nicht, welche herausragenden Beiträge Sie zum Erfolg unserer Gesangsgemeinschaft beigetragen hätten?" Lotte redete sich ein wenig in Rage. Die unverschämte Art der Jüngeren wurde ihr zu bunt. „Und überhaupt, Frau Hevers, wenn wir schon dabei sind, Sie tragen rein gar nichts zur Chorgemeinschaft bei, außer dass Sie an den Proben teilnehmen. Man sieht Sie selten am Stammtisch und bei den Ausflügen sind Sie auch nie dabei. Ganz abgesehen davon, haben Sie es auch nie für nötig empfunden, zu einem unserer Feste zu kommen."

Anne Hevers Hektikflecken wurden noch dunkler.

„Was will ich denn bei so einem Fest oder Ausflug? Mir reicht schon das Dummgeschwätz der Dörfler am Stammtisch. Das muss ich mir, weiß Gott, nicht noch anderweitig antun." Sie straffte die Schultern. „Die Dörfler sind so einfältig. Sehen Sie sich doch mal an, wie beispielsweise Sie rumlaufen."

Angewidert betrachtete sie Lotte von Kopf bis Fuß. Diese konnte sich gut vorstellen, was für ein Bild sie abgeben musste. Der Mantel war mit Dreckbatzen von Käthes Pfoten verschmiert, ihr Wollrock war durchnässt und von ihrem rechten Bein hing die Strumpfhose in Fetzen. Ganz abgesehen von dem Dreck und dem Blut, das daran klebte.

Lotte blickte ihr Gegenüber kühl an. „Mir ist es egal, was Sie von mir denken, Frau Hevers. Aber sprechen Sie nicht in so einem abfälligen Ton von meinen Freundinnen! Von denen singt jede Einzelne noch zehnmal besser als Sie."

Mit diesen Worten drehte sie sich um und ließ die andere mit offenem Mund stehen.

Während sie, langsam und mit erhobenem Kopf, den Dorfplatz verließ, spürte sie förmlich die giftigen Blicke der jüngeren Gesangskollegin in ihrem Rücken. Ein kleiner Aufschrei veranlasste sie, sich noch einmal umzublicken.

„Du blödes Vieh! Verzieh dich bloß, sonst setzt es was!"

Anne Hevers versuchte verzweifelt, die an ihr hochspringende Käthe mit ihrem Regenschirm abzuwehren. Die Bullydame sah dies offensichtlich als Aufforderung zum Spielen an und sprang immer höher.

Lotte grinste. Den rosa Mantel der Jüngeren zierten nun unzählige, schlammige Pfotenabdrücke.

Sie pfiff leise, was Käthe dazu veranlasste, von der laut kreischenden Anne Hevers abzulassen und zu ihrem Frauchen zu rennen.

Lotte rief über die Schulter: „Schicken Sie mir einfach die Rechnung für die Reinigung."

Zufrieden stapfte sie, gemeinsam mit ihrem Bullymädchen, in Richtung ihres Hauses. Auf dem Rückweg wollte sie noch einmal nach Martha schauen, aber als sie an deren Haus vorbeikam, waren die Fensterläden geschlossen. Lotte zog die Stirn kraus.

„Vermutlich hat sie sich doch gleich hingelegt", murmelte sie vor sich hin.

Das unangenehme Gefühl in ihrem Magen verstärkte sich und die nasse Kleidung sorgte dafür, dass ihr immer kälter wurde. Rasch legte sie die letzten hundert Meter zu ihrem eigenen Haus zurück.

Dort stieg sie direkt die hölzerne Treppe hinab in ihren Waschkeller, um die völlig durchnässten, dreckigen Kleidungsstücke in die Waschmaschine zu packen. Da sie allein war, wusch Lotte nur alle zwei Wochen, doch heute machte sie eine Ausnahme. Die Strumpfhose, die ganz zerrissen war, wanderte nach kurzer Inspektion direkt in den Mülleimer. Ihren roten Plastikhut hängte sie, mit einer Wäscheklammer befestigt, vorsichtig an die Wäscheleine. Wenigstens auf den war Verlass, ihre Haare waren trocken. Käthe schnupperte in der Zwischenzeit in jedem Eck des Kellerraums, ihre typischen Staubsaugergeräusche von sich gebend, und die eine oder andere Spinne nahm schnell Reißaus. Der bescheidene Kellerraum beherbergte neben Lottes Waschmaschine ein kleines Regal, auf dem sie Vorräte wie selbst gekochte Marmelade oder auch Franzis

Tinkturen und Tees aufbewahrte. Weiterhin fanden sich dort zwei Wäscheschnüre, die von der einen Wand zur anderen gespannt waren. Einen weiteren Raum gab es nicht, aber Lotte fand es ausreichend.

Bevor sie sich an den Treppenaufstieg machte, wickelte sie sich schnell in ihre Gartendecke, die sie heute Früh zum Trocknen aufgehängt hatte. Sie war feucht geworden, als sie ihren Kaffee auf der Holzbank zu sich genommen hatte. Lotte spürte ein leichtes Kratzen auf ihrer Haut. Das störe sie jedoch nicht weiter, ihre Handtücher fühlten sich ähnlich an. Ein Trockner, der für flauschig weiche Wäsche gesorgt hätte, kam der alten Dame nicht ins Haus. Dafür gab es schließlich Wäscheleinen und bei warmem Wetter hängte sie die Kleidung in ihrem Garten auf.

Die Treppenstufen knarzten, als die alte Dame nach oben stieg. Sie hielt sich an dem eisernen Handlauf fest, denn einmal fallen, reichte ihr für heute.

„Komm, mein Käthchen. Lass uns in die Küche gehen und Tee kochen. Mir ist ganz kalt und ich will nicht krank werden."

Die alte Dame schlürfte in die Küche und setzte Teewasser auf. Dann begab sie sich ein Stockwerk höher, wo sich ihr schlichtes Schlafzimmer befand, das außer einem Bett und Schrank aus Holz keine weiteren Möbel beherbergte. Dort zog sie sich einen wollenen, grauen Rock und eine passende hellgraue Bluse an, die fein säuberlich in ihrem Schrank hingen. Beim Hinausgehen griff sie noch nach ihrer Strickjacke, die auf dem Fußende ihres Bettes lag. Sie fröstelte und fragte sich, ob sie nicht doch krank würde.

Nachdenklich goss sie eine dickbauchige Tasse Kräutertee auf und setzte sich damit an ihren Küchentisch. Käthe ließ sich zu ihren Füßen nieder und keine Minute später erklang das sonore Schnarchen ihrer Bullydame. Die Wärme der Tasse tat Lottes klammen Fingern gut. Sie nahm etwas Honig auf einen Löffel und träufelte ihn in das warme Getränk. Franzis Kräuterteemischung war zwar lecker, aber doch manchmal ein klein wenig bitter. Außerdem schwor Lotte auf Rapshonig. Sie war überzeugt davon, dass dieser der Grund dafür war, warum sie kaum jemals erkältet war. Den Honig bezog sie schon seit fast zwei Jahrzehnten bei einem Winzer im Ort, der nebenbei eine kleine Imkerei betrieb. Heiß rann die Flüssigkeit ihre Kehle hinab und wohlige Wärme breitete sich in ihrem Bauch aus. Trotzdem konnte Lotte das komische Gefühl in ihrem Magen nicht loswerden. Ob es an der Tatsache lag, dass Magda kränkelte? Oder gingen ihr die Sticheleien von Anne Hevers doch näher, als sie sich eingestehen wollte?

Lotte konnte verstehen, dass Anne Hevers Probleme hatte, sich in die Dorfgemeinschaft einzufügen. Immerhin war sie selbst vor fast sechs Jahrzehnten neu nach Ganzenheim gekommen und somit eine „Zugereiste". Die Dörfler bildeten eine eingeschworene Gemeinschaft und es war nicht leicht, Zugang zu finden und dazuzugehören. Lotte hatte damals Glück gehabt. Sie hatte sofort Arbeit als Sekretärin im Büro des hiesigen Bürgermeisters gefunden. Nach der mittleren Reife hatte sie eine Ausbildung zur Bürokauffrau, wie das heute hieß, abgeschlossen. Ihre Fähigkeiten in Steno waren herausragend gewesen, weshalb sie der Bürgermeister nach kurzem Test direkt einstellte. So hatte Lotte die Dorfgemeinschaft recht schnell kennengelernt, denn der Bürgermeister kümmerte sich damals um fast alles. Er schloss Ehen, schlichtete Streitigkeiten und übernahm in einigen der zahlreichen Ganzenheimer Vereine den Vorsitz. Zwei Jahrzehnte lang hatte sie für Xaver Klopfer gearbeitet, seine Kinder aufwachsen sehen und sogar seinen Enkel Martin an manchen Wochenenden betreut. Da Martin Klopfer seinem Großvater recht ähnlich sah, war ihr der junge Polizeibeamte auch gleich so bekannt vorgekommen. Bis Klopfer in den wohlverdienten Ruhestand gegangen war, war sie fast wie ein Familienmitglied behandelt worden und sein Sohn hatte sie sogar mit *Tante* angesprochen. Nachdem dieser mit seiner jungen Familie jedoch weggezogen und es mit Xaver Klopfer gesundheitlich bergab gegangen war, erlahmte, sehr zu Lottes Bedauern, der Kontakt. Kurz darauf hatte Alfred Berstmann den Ortsvorsitz übernommen und die Zusammenarbeit mit ihm war ebenfalls ausgezeichnet verlaufen. Berstmann war damals von Lottes Fleiß richtig beeindruckt, und ihr enormes Wissen über die Vorgänge im Dorf hatte ihm die Arbeit erleichtert. Er war es auch gewesen, der sie zum ersten Mal mit in den Kirchenchor genommen hatte. Manchmal meinte Lotte damals, dass Alfred Berstmann mehr als nur kollegiale Sympathie für sie empfand. Da sie selbst jedoch kein Interesse an ihm hegte, legte sich das nach und nach. Sie war dem vor zwei Jahren verstorbenen, ehemaligen Dorfvorsteher ausgesprochen dankbar dafür, sie in den Gesangsverein mitgenommen zu haben, denn die Chorgemeinschaft bildete seit fast zwei Jahrzehnten eine zweite Familie für Lotte. Ihre richtige Familie in Augsburg sah sie selten, da sie nicht gerne verreiste.

Sie konnte also sehr gut nachvollziehen, wie sich Anne Hevers als Neue im Dorf fühlen musste. Doch die Art und Weise, wie sie über die Dörfler sprach, zeigte Lotte, dass diese gar keinen Wert auf Integration legte. Die alte Dame konnte gar nicht mehr genau sagen, wann die Dörfler sie als eine der ihren angesehen hatten, aber lange gedauert haben konnte es nicht. Schließlich hatte sie den Bürgermeister zu allen Terminen begleitet. Sie tanzte auf Hochzeiten, trauerte auf Beerdigungen und bediente die Anliegen der Dörfler mit Freundlichkeit und Professionalität. Jedem im Dorf war bekannt, dass sie es war, die die ausgezeichneten Reden des Bürgermeisters verfasste und so kamen nach und nach einige Dörfler mit der Bitte auf sie zu, etwas für sie zu schreiben. Da Lotte dies sehr gerne tat, fiel es ihr leicht, die geforderten Reden für Jubilare oder gar kleine Gedichte für runde Geburtstage zu verfassen. Sogar Texte für Hochzeitszeitungen flossen aus ihrer Feder. Dies alles hatte den angenehmen Nebeneffekt, dass sie zu all den Feierlichkeiten eingeladen und so schnell ein fester Bestandteil der Dorfgemeinschaft wurde. Nur einen Mann, der zu ihr passte, hatte sie in all den Jahren hier nicht gefunden. Es gab eine Zeit in Lottes Leben, als sie dies bedauerte. Gerne hätte sie Kinder gehabt, aber der Richtige war ihr einfach nie über den Weg gelaufen. Damals in Augsburg aber, das sie mit knapp zwanzig Jahren Hals über Kopf verlassen hatte, da war jemand gewesen, dem sie viel bedeutet hatte. Vielleicht zu viel.

Lotte schüttelte den grauen Schopf, um die Gedanken zu verscheuchen und wendete diese wieder dem Hier und Jetzt zu. *Ja, es ist möglich, sich hier zu integrieren,* dachte Lotte. *Man muss es nur wollen und versuchen. Anne Hevers hatte sich in ihren Augen nicht nur unmöglich, sondern sogar verdächtig verhalten. In jedem ihrer gehässigen Worte klang eine große Portion Eifersucht mit. Sie dachte an das Gespräch mit ihrer Nichte zurück, die Eifersucht als eines der Hauptmotive für einen Mord benannt hatte.*

Gedankenverloren kraulte sie Käthe, die ihren runden Kopf auf ihren Schoß gelegt hatte, hinter den Ohren, was diese mit einem wohligen Grunzen quittierte. Lotte machte sich noch immer Sorgen um Magda und nahm sich fest vor, am Abend noch einmal bei ihr nach dem Rechten zu sehen. Ihr Weg mit Käthe führte sie ohnehin an deren Haus vorbei. Direkt im Anschluss würde sie dann den Männerstammtisch aufsuchen. Es wäre doch gelacht, wenn sie da nicht mehr in Erfahrung bringen könnte. Sie war neugierig darauf, wie die Männer die Ereignisse im Kirchenchor wahrgenommen hatten. Außerdem wollte sie sehen, wie Fritz Engels reagierte, da ihr Luises Gedanken keine Ruhe ließen, auch wenn sie sich den alten Herrn nicht als Mörder vorstellen konnte. Aber Lotte musste sich einfach Klarheit verschaffen. Ein wenig graute ihr davor, beim Stammtisch auf Gottlieb Meier zu treffen. Immerhin ließ dieser keine Gelegenheit aus, sich über sie oder, was in ihren Augen noch garstiger war, über ihre Käthe lustig zu machen. Sie tröstete sich mit dem Gedanken, dass die anderen Männer umgänglicher waren und sie mit diesem Ekel schon fertigwerden würde. Wäre ja nicht das erste Mal!

Mit einem leichten Ächzen erhob sich Lotte von ihrer Küchenbank und trug die mittlerweile leere Tasse zur Spüle. Sie musste erst ein wenig warten, bis das Wasser warm genug war, um abzuspülen. Eine Spülmaschine besaß sie nicht. Agnes hatte sich vor zwei Jahren eine dieser speziellen Maschinen für Singles, von denen die Zeitungsprospekte voll waren, zugelegt und schwärmte geradezu davon. Es wäre Lotte jedoch nie im Traum eingefallen, dass sie für das wenige Geschirr, das sie und Käthe benutzten, eine Spülmaschine bräuchte. Dass Agnes für sich allein so ein neumodisches Ding benötigte, wollte ihr nicht in den Kopf. Sie mochte es, zu spülen. Was sollte sie denn sonst mit ihrer ganzen Zeit anfangen?

Lotte schlurfte, gefolgt von Käthe, in die angrenzende Stube und legte sich zu einem kurzen Nickerchen auf das Sofa. Ihr Bein schmerzte nun doch ein klein wenig und sie nahm sich vor, nach dem Aufstehen Franzis Ringelblumensalbe aufzutragen. Das half immer.

Obwohl Lotte nicht lange ruhte, fühlte sie sich frischer, als sie nach einer halben Stunde wieder aufstand. Sie öffnete das Fenster, um etwas Luft in die Stube zu lassen, denn Käthe hatte im Schlaf gepupst. Die alte Dame störte das nicht weiter, aber man wusste ja nie, wann Besuch kam. Dem konnte man das wahrlich nicht zumuten!

Am frühen Abend, das geschundene Knie dick mit Ringelsalbe eingecremt, machte sich Lotte zurecht für ihren Ausflug in das Ganzenheimer Wirtshaus *Zur goldenen Traube*. Ein prüfender Blick aus dem Fenster zeigte ihr, dass es endlich aufgehört hatte zu regnen. So entschied sie sich für einen ihrer Lieblingshüte, einen schwarzen Damenhut mit breiter Krempe und Organzaverzierungen. Üblicherweise hob sie das Modell für besondere Gelegenheiten auf, doch heute verspürte sie das Bedürfnis, diesen bestimmten Hut zu tragen. Der heutige Tag war schließlich mehr als seltsam gewesen. Erst stürzte sie auf der Treppe und verletzte sich am Bein. Dann die unglückselige Begegnung mit der schrecklichen Anne Hevers. Nein, sie brauchte heute diesen schicken Hut!

Lotte holte den mittlerweile getrockneten Mantel aus dem Keller, bürstete ihn kurz aus und zog ihn über. Käthe hechelte aufgeregt und rannte schwanzwedelnd von Lotte zur Tür und zurück.

„Ich weiß schon, mein Mädchen. Du kannst es kaum erwarten, das Haus zu verlassen. Haben uns ja heute ganz schön verschanzt hier drinnen, was, mein Liebchen?"

Lotte bückte sich und legte ihrer Hündin das rote Halsband an, das ihr ihre Schwester Josefine geschickt hatte, nachdem sie von dem Welpenfund erfahren hatte. Es war Käthe damals zu groß gewesen, doch heute saß es wie angegossen. Lotte meinte sogar, dass es in den letzten Wochen etwas enger geworden war, was vermutlich an Käthes Vorliebe für alles Essbare lag.

Die Bullydame war kein Fan von Halsbändern. Meist musste sie keines tragen, da Lotte üblicherweise auf eine Leine verzichtete. Da es heute in das Wirtshaus ging, steckte Lotte diese aber wohlweislich in ihre Handtasche, denn die leckeren Gerüche, die aus der Küche drangen, zogen Käthe geradezu magisch an. Die Wirtsleute sahen es aber gar nicht gern, wenn sich der Hund in der Küche aufhielt und so blieb Lotte nichts anderes übrig, als die Leine mitzunehmen. Prompt setzte sich Käthe auf ihren Hintern und begann ausgiebig mit ihrem Hinterlauf am Halsband zu kratzen.

„Lass das bleiben, Käthe! Das hast du dir ganz alleine eingebrockt", schimpfte Lotte die kleine Hundedame, die sie mit schief gelegtem Kopf ansah.

„Wenn du nicht so verfressen wärst, bräuchten wir die Leine gar nicht."

Beim Wort „Fressen" begann Käthes Hinterteil aufgeregt zu wackeln.

Lotte grinste und zog ein kleines Leckerli aus ihrer Jackentasche. Es war zwar ein wenig zermatscht, da es am Morgen ebenfalls Opfer des Regens geworden war, doch das störte die Bullydame ganz und gar nicht. Ein zufriedenes Schmatzen erklang und Lotte schnappte sich die Hausschlüssel. Ein letztes Zupfen am Hut, ein allerletzter prüfender Blick in den Spiegel und schon flog die Haustür hinter ihr ins Schloss.

Der Boden war noch etwas feucht, doch er schien nicht mehr so glitschig zu sein, wie am Morgen. Nichtsdestotrotz lief Lotte vorsichtiger als sonst die Straße am Feldrand entlang, was unter anderem an den vielen Nacktschnecken lag, die sich auf dem Weg tummelten. Käthe beschnupperte das ein oder andere besonders große Exemplar, zog dann aber doch desinteressiert weiter. Lotte war froh, denn ihre Hündin fraß gern alles Mögliche oder wälzte sich auch mit Vorliebe in allerlei übelriechenden Dingen. Zermatschte Nacktschnecken standen normalerweise ganz oben auf Käthes Liste.

Während sie den Feldweg entlangschlenderte, fiel Lotte auf, dass es mittlerweile schon wieder länger hell blieb. Der Winter schien unwiderruflich vorbei zu sein, was die alte Dame durchaus begrüßte. Bei Wind und Wetter musste sie mit ihrer Hündin raus, was ihr grundsätzlich nichts ausmachte. Nur die Dunkelheit mochte sie nicht. Ganzenheim war ein kleiner Ort mit nur mäßiger Straßenbeleuchtung. Sie fürchtete sich nicht vor Räubern oder anderen Übeltätern. Das Schlimmste, was einem in Ganzenheim begegnen konnte, waren betrunkene Touristen, die die Wirkung des Pfälzer Weins unterschätzt hatten. Lottes größte Furcht war es aber, in ein Krankenhaus zu müssen, weil sie im Dunkeln gestolpert war und sich etwas gebrochen hatte. Der heutige Tag hatte ihr schmerzhaft aufgezeigt, wie schnell das gehen konnte. Alles in allem hatte sie großes Glück gehabt. Lottes Widerwillen Krankenhäusern gegenüber ging sogar so weit, dass sie, wenn möglich, auch ihre Freunde nicht besuchte, wenn diese sich dort aufhalten mussten. Dies nahm ihr jedoch keiner übel, waren sie selbst ebenfalls nicht gerne dort. Besuch zu bekommen, hieß, die Frisur zu richten und ein sauberes Nachtgewand anzuziehen. Da verzichtete so mancher lieber auf den Besucher.

Käthe erspähte ein Kaninchen zwischen den Weinstöcken und zischte davon. Lotte schlurfte langsam weiter. Käthe hatte keine Chance, das wendige Tierchen zu schnappen. Kein einziges Mal war es ihrem Bullymädchen gelungen, Beute zu fangen. Das hielt sie jedoch keinesfalls davon ab, es immer wieder zu versuchen.

Kaum hatte Lotte das Ende ihrer Straße erreicht, an dem Magdas Haus stand, stürmte Käthe wild hechelnd auf sie zu. Lotte blickte auf die geschlossenen Fensterläden und zog eine Augenbraue hoch. War Magda bereits ins Bett gegangen? Lotte zögerte. Einerseits wollte sie unbedingt herausfinden, ob es Magda besser ging. Andererseits wäre es nicht schön, wenn sie deren wohl benötigten Schlaf störte. Unschlüssig blieb Lotte ein paar Minuten vor dem Gartentürchen stehen. Als sich nichts hinter den Fensterläden rührte, beschloss sie schweren Herzens, weiterzuziehen. Spätestens morgen früh würde sie Magda noch einmal ins Gewissen reden, zu Doktor Lohe zu gehen. Und wenn sie nicht auf sie hörte, würde Lotte eben kurzerhand den Dorfarzt selbst anrufen und ihn um einen Hausbesuch bei ihrer Gesangskollegin bitten. So ungern sie selbst zum Arzt ging, so sehr schätzte sie doch Doktor Lohes sanfte und unaufdringliche Art. Es war ihm eine Selbstverständlichkeit, seine betagteren Patienten in deren eigenen vier Wänden zu besuchen. Von ihrer Schwester hatte Lotte erfahren, dass das in größeren Städten nicht mehr so war. Wenn Josefine krank war, musste sie in eine überfüllte Praxis gehen und oftmals, trotz Termin, über eine Stunde warten.

Während Lotte vorsichtig die Stufen zum Dorfplatz erklomm, nahm sie sich vor, das nächste Mal freundlicher zu Doktor Lohe zu sein. *Er ist schon in Ordnung,* dachte sie.

Kaum kam der Brunnen in Sicht, sauste Käthe direkt darauf zu und stillte ihren Durst. Die Jagd auf das Kaninchen hatte sie durstig gemacht. Lotte schlenderte noch einmal zu der großen Aushangtafel, um zu sehen, ob es eine Neuerung gab. Die dicke, alte Spinne hatte eine Fliege gefangen und mühte sich damit ab, diese in ihr Netz einzuwickeln. Die alte Dame beobachtete das Geschehen kurz und wandte sich dann, nachdem sie festgestellt hatte, dass es keine neuen Aushänge gab, in Richtung des Wirtshauses ab.

Es bot einen hübschen Anblick, mit der frisch gestrichenen, weißen Fachwerkfassade und den dazu passenden Sprossenfenstern. Das helle, freundliche Licht, das durch die Fenster strömte, lud Besucher zum Eintreten ein. Die schwere Holztür öffnete sich gerade und ein Paar trat heraus. Kurz konnte Lotte Stimmengewirr von innen hören, das jedoch abrupt abbrach, als die dicke Tür ins Schloss fiel. Lotte zupfte ihren Hut zurecht, rief Käthe zu sich und leinte die Hündin an. Dann stemmte sie sich mit ihrem ganzen Gewicht gegen die gewaltige Holztür und betrat das Wirtshaus.

Wärme und leicht abgestandene Luft schlugen ihr entgegen, aber auch das Aroma von frisch gebackenem Brot, gebratenem Pfälzer Saumagen, der hiesigen Spezialität, sowie der Duft anderer Speisen. Sie schob den großen grünen Vorhang beiseite, der als Windfang diente und betrat die Gaststube. Im vorderen Teil des geräumigen Raumes befanden sich zahlreiche Tische in den unterschiedlichsten Größen. Kleine Teelichter und frisch geschnittene, immergrüne Buchszweige trugen zu einem rustikalen Ambiente bei. An einem Tisch saß eine etwas größere Gruppe, die lautstark dem Pfälzer Wein zusprach. Wild gestikulierend tönte ein kräftiger Mann, wie er ohne Probleme den heftigen Anstieg zum Kalmit mit seinem Rad geschafft hatte. Lotte vermutete, dass es sich um eine Reisegruppe handelte, da einige der Jüngeren die für die Weinstraße typischen, meist in Touristeninformationen erhältlichen Logo-Sweatshirts trugen, die ein „Pfälzer Dubbeglas" zeigten, mit den Worten „Woi muss soi". Beim Dubbeglas handelte es sich um ein Halbliterglas, das ringsherum runde Vertiefungen besaß, die in die Außenseite eingearbeitet worden waren. Diese „Dubbe" sollten dem Glas eine besondere Griffigkeit verleihen, damit es einem nicht so leicht aus der Hand rutschte. Dem Geräuschpegel nach zu urteilen, trank die Mehrheit der Touristen „Dubbeschoppe", was einem halben Liter Pfälzer Weins entsprach.

Lotte zog die Augenbraue leicht nach oben und ließ ihren Blick auf der Suche nach den fünf Chorherren durch den Raum schweifen. Außer der Touristengruppe sah sie zwei Pärchen an Einzeltischen und weiter hinten, in der Nähe der großen, hölzernen Theke entdeckte sie schließlich die Gesuchten. Ein kleines Schild in Form eines abgesägten Baumstammes verkündete, dass sich hier der *Stammtisch* befand und falls man noch Zweifel hatte, was das bedeutete, halfen einem die nächsten Worte: „Hier sitzen die, die immer hier sitzen", vielleicht weiter.

Lotte sah sofort, dass Gottlieb Meier sie ebenfalls entdeckt hatte, was sie seinem grimmigen Gesichtsausdruck entnehmen konnte. Langsam ging sie auf die Gruppe zu. Nun wandte auch der alte Karl Pfannenstiel, der heimliche Anführer der Männertruppe, den Kopf in ihre Richtung.

„Fräulein Meisner, guten Abend." Sein tiefer Bass durchdrang mühelos das Stimmengewirr. „Wem oder was haben wir diese Ehre zu verdanken?"

Bei dem Wort „Ehre" hätte sich Gottlieb Meier fast an seiner Weinschorle verschluckt, das er aus einem Bierglas trank. Lotte hatte diese Eigenart schon immer albern gefunden. Meier hatte einst erklärt, als ihn seine Chorkollegen darauf angesprochen hatten, dass er Dubbegläser für weibisch hielt. Sein Bruder Wolfgang erhob sich und verneigte sich leicht vor Lotte.

„Fräulein Meiser, wie schön, Sie hier zu sehen. Wollen Sie und Käthe sich nicht zu uns setzen?"

Lotte entging nicht, dass Karl Pfannenstiel die Stirn leicht kraus zog. Dennoch ließ sie sich mit einem kurzen: „Dankeschön", auf dem letzten freien Platz am Tisch nieder. Neben ihr saß der rotwangige Hans Schirrach, der Ehemann von Luise und ehemaliger Dorfmetzger, Karl Pfannenstiel war zu ihrer Rechten. Fritz Engels sah sie von gegenüber nur stumm an.

„Eine Dame am Männerstammtisch. Na, das kann ja heiter werden." Der Spott war deutlich aus Gottlieb Meiers Stimme herauszuhören, doch Lotte reagierte nicht auf ihn.

„Herr Pfannenstiel, bitte entschuldigen Sie mein überraschendes Auftauchen hier in Ihrer Runde. Sie wissen ja, ich komme normalerweise nur nach den Chorproben hierher."

Der alte Herr blickte sie unter buschigen, grauen Augenbrauen ruhig an.

„Die Ereignisse der letzten Tage haben mich furchtbar aufgeregt und da habe ich mir noch einmal die Beine vertreten, um auf andere Gedanken zu kommen. Und urplötzlich bin ich hier gelandet."

„Urplötzlich. Dass ich nicht lache", murmelte Gottlieb Meier vor sich hin.

Ein ernster Blick von Karl Pfannenstiel ließ ihn verstummen.

Er wandte sich Lotte zu. „Ja, Fräulein Meisner, die Ereignisse sind äußerst bedauerlich. So etwas hat es seit dem Bestehen des Ganzenheimer Kirchenchors noch nie gegeben. Ein Tod mitten in der Chorprobe! Unsere Gedanken sind natürlich auch bei der armen Klara Giebelhofer."

Ein: „Gott sei ihrer Seele gnädig", erklang aus dem Mund von Wolfgang Meier.

Lotte vernahm ein lautes, wütendes Schnaufen von ihrem Gegenüber. Sie blickte interessiert auf, doch Fritz Engels schwieg weiterhin. Rotgefärbte Wangen deuteten seine Gemütslage an.

Karl Pfannenstiel fuhr fort: „Die Frau Giebelhofer war schon eine besondere Sängerin, auch wenn sie ihrer Vorgängerin nicht ganz das Wasser reichen konnte."

Der Blick des alten Mannes ging nun ebenfalls zu Fritz Engels. „Deine Eva war schon eine begnadete Solistin, Fritz. Gott sei ihrer Seele gnädig."

Der Angesprochene fischte nickend nach einem Taschentuch und putzte sich geräuschvoll die Nase. Lotte bemerkte, dass er sich verstohlen damit über die Augen fuhr. Sie sah, wie sehr ihn der Tod seiner geliebten Frau immer noch mitnahm. Aber ob ihn das, wie Luise meinte, zu einem Mord befähigte? Lotte schüttelte den Kopf bei diesem absurden Gedanken.

„Ist alles in Ordnung, meine Liebe?", vernahm sie Gottlieb Meiers spöttische Stimme.

„Aber ja, mein Lieber", nun triefte der Spott nur so aus Lottes Stimme. Dieses Spielchen konnte auch sie spielen.

„War es nicht schrecklich, wie die Giebelhoferin einfach so zusammengesackt ist?", wandte sich Lotte wieder an ihren Tischnachbarn.

Diesmal war es Hans Schirrach, der das Wort ergriff. Sein gewaltiger Bauch bebte bei jedem Wort, das er sprach: „Die Giebelhoferin, Gott sei ihrer Seele gnädig, hatte wenigstens einen schnellen Tod. Das kann man sich eigentlich nur wünschen."

Sein Blick huschte zu Fritz Engels, der leidend das Gesicht verzog. Seine Eva hatte mehrere Wochen lang vergeblich gegen ihre Krebserkrankung gekämpft und heftige Schmerzen ertragen müssen. Ihr war kein schneller Tod vergönnt gewesen.

Karl Pfannenstiels Bass erklang: „Ein schneller Tod, ja, das ist wohl wünschenswert. Aber die Giebelhoferin war gerade mal dreiundsiebzig, wenn ich mich recht erinnere. Ein paar Jahre mehr hätten ihr schon vergönnt sein können."

Die Männer nickten, auch Fritz Engels, wie Lotte bemerkte, und schnell stimmte sie dem alten Herrn zu. Auch wenn sie Klara Giebelhofer nie wirklich gemocht hatte, einen so frühen Tod hatte wirklich keiner verdient. Da Lotte bereits achtundsiebzig war und sich immer noch bester Gesundheit erfreute, empfand sie diesen Tod als definitiv verfrüht.

Die Bedienung kam und Lotte bestellte ein kleines Glas Rotwein. Die Unterbrechung war ihr recht, denn sie musste überlegen, wie sie das Gespräch auf den unnatürlichen Tod der Solistin bringen konnte. Die junge Frau, die in Tracht gekleidet war, wirkte gereizt, als sie das Glas vor Lotte abstellte. Die Touristengruppe wurde immer lauter und die alte Dame konnte sich vorstellen, dass es nicht einfach war, diese Gruppe zu bedienen. Schon schallte ein Ruf durch die Gaststube: „Komm mal her, mein Täubchen!" Der dickbauchige Redner von vorhin winkte heftig in ihre Richtung. Seine Sprache war schon leicht undeutlich und die Wangen leuchteten rot. Die junge Frau seufzte und wandte sich dann in Richtung des großen Gasttisches ab.

„Wenn die unsere Ursula nicht in Ruhe lassen, dann setzt es gleich was", zischte Fritz Engels, der, wie die anderen auch, das Schauspiel beobachtet hatte.

„Das kannst du laut sagen, Fritz." Gottlieb Meier stemmte beide Hände auf den Tisch und machte Anstalten, sich zu erheben.

„Mit denen wird die Ursula selber fertig. Haltet die Füße still", erklang die tiefe Stimme von Lottes Tischnachbarn.

Die alte Frau war überrascht. Das hätte sie dem Herrenquintett gar nicht zugetraut, dass sie sich um das Wohl der jungen Bedienung sorgten. Karl Pfannenstiel, der Lottes Gesichtsausdruck richtig interpretierte, wandte sich ihr zu: „Wissen Sie, Fräulein Meisner, hier steigen immer wieder Touristengruppen ab, die die Wirkung unseres köstlichen Pfälzer Weins unterschätzen. Sie trinken Schorle und meinen, es sei ja nur Wasser."

Tatsächlich bestand ein richtiges „Pälzer Weinschorle" fast ausschließlich aus Wein mit einem Spritzer Wasser. Die Touristen meinten, es wäre halb und halb, aber da lagen sie schlicht und ergreifend daneben. So manchem zog es daher spätestens nach der zweiten Weinschorle, was beinahe einem Liter puren Weins entsprach, die Füße unter dem Boden weg.

Der tiefe Bass fuhr fort: „Und wenn es zu wild wird, helfen wir der Ursula schon mal. Der Wilhelm ist ja in der Küche zugange und bekommt das nicht immer mit." Mit Wilhelm war der Wirt der *Traube* gemeint, der überregional für seine Kochkünste bekannt war.

Lotte nickte anerkennend. „Das ist aber sehr nett von Ihnen, dass Sie der jungen Dame zur Hilfe kommen."

Mit stolzgeschwellter Brust ergriff Gottlieb Meier das Wort: „Wir sind Männer. Und Männer helfen Damen, die in Not sind."

Lotte rümpfte ein wenig die Nase. Gerade Gottlieb Meier war nicht dafür bekannt, die Ganzenheimer Damenwelt wie ein Gentleman zu behandeln. Ganz im Gegenteil. Früher besaß er den Ruf eines Schürzenjägers. Der Spruch: „Der Gottlieb kommt! Alles was bei drei nicht auf den Bäumen ist, hat gelitten", hallte ihr noch immer in den Ohren. Auch ihr hatte Gottlieb Meier vor über vierzig Jahren Avancen gemacht.

Sie konnte sich noch gut daran erinnern. Es war Kerwe im Ort gewesen, eine Art Rummel, die jährlich im Herbst zur Weinernte stattfand. Der junge Gottlieb hatte bereits einiges getrunken, als er Lotte zum Tanz aufforderte. Die damals Enddreißigerin hatte sich höflich bedankt, die Aufforderung zum Tanz jedoch abgelehnt. Der junge Mann wollte den Korb nicht hinnehmen und hatte Lotte ohne viele Worte grob von der Bierbank gezogen. Hätte dessen jüngerer Bruder ihr nicht geholfen, sie wüsste nicht, wie die Geschichte ausgegangen wäre. Als Gottlieb endlich von ihr abließ, Wolfgangs dicke Pranke im Genick, zischte er: „Du wirst noch als alte Jungfer sterben, wirst schon sehen."

Lotte nippte an ihrem Wein. Der Dornfelder schmeckte ihr ausgezeichnet. An kälteren Tagen bevorzugte die alte Dame trockenen Rotwein, während sie im Sommer gerne auch Rosé oder ein Glas Weißwein trank. Nur den Riesling mochte sie nicht besonders, der war ihr ein wenig zu sauer. Dass ausgerechnet dieser Wein von allen bevorzugt wurde, konnte Lotte nicht nachvollziehen. Sie schätzte sich aber glücklich, im Herzen dieser traumhaften Landschaft und Weinregion leben zu dürfen, wo sie eine große Auswahl an verschiedensten Weinen genießen konnte.

Noch einmal nippte Lotte an ihrem Glas, dann sprach sie mit unschuldiger Miene in die Runde: „Mir war gar nicht bekannt, dass die Giebelhoferin ein Herzleiden hatte." Sie hoffte, Hinweise zu erhalten, die ihren Verdacht auf einen unnatürlichen Mord bestätigten.

„Ich habe sie schon das ein oder andere Mal beim Doktor gesehen", erwiderte Hans Schirrach als Erster. Da sich die Metzgerei direkt neben der Praxis befand, war er natürlich gut über das Kommen und Gehen dort informiert. „Aber ob sie es mit dem Herzen hatte, das weiß ich nicht", fuhr er fort.

Die anderen Herren schüttelten mit ihren Köpfen, als wollten sie die Aussage ihres Kameraden bestätigen.

Auf diesem Weg komme ich nicht weiter, dachte Lotte und fuhr fort: „Es war halt nur so plötzlich. Ich war der Meinung, dass sich ein Herzinfarkt ankündigt, in etwa mit Schmerzen oder Atemnot."

Gottlieb Meier sah sie scharf an: „Was wollen Sie eigentlich damit sagen, Fräulein Meisner?"

Lotte schluckte.

„Na ja, ich hatte ja bei der Probe schon gesagt, dass das nicht mit rechten Dingen zugegangen sein kann."

Gottlieb Meier lachte laut auf. „Ich glaube, Sie haben zu viel Tatort geschaut, meine Liebe. Wer sollte denn eine alte Dame in einem Kirchenchor umbringen wollen und welchen Grund sollte er überhaupt dafür haben?"

Lotte überhörte den bissigen Kommentar und wandte sich an Wolfgang Meier: „Was passiert denn nun mit dem Nachlass der Giebelhoferin? Gab es ein Testament?"

Ihre Nichte Franzi hatte immerhin von Geld als einem Motiv gesprochen. Die Giebelhoferin war nicht unvermögend, denn der Verkauf ihres Hauses hatte ihr ein kleines Vermögen beschert.

Wolfgang zog die Schultern hoch: „Der Bub von der Frau Giebelhofer ist für nächste Woche vor das Nachlassgericht bestellt. Er hat mich telefonisch darüber informiert und auch gleich Anweisungen gegeben, die Sachen seiner Mutter bis dahin in Ruhe zu lassen. Ich nehme an, dass er alles erben wird."

„Das werden wir noch sehen", zischte sein älterer Bruder leise, doch Lotte konnte es deutlich verstehen.

Lauter fügte er hinzu: „Das ganze Jahr über lässt sich der Bengel nicht blicken, aber wenn es was zum Erben gibt, dann kommt er doch wieder nach Ganzenheim."

„Na ja, der Mann hat schließlich auch schon Familie, da kann man nicht so einfach weg", warf Wolfgang ein.

„Papperlapapp! Wer hat denn der Giebelhoferin bei allem Möglichen geholfen? Wer hat denn die schweren Wasserkisten zu ihrer Wohnung hochgeschleppt und alles für sie erledigt?"

Lotte war sich sicher, dass es nicht Gottlieb gewesen war, der seiner Untermieterin unter die Arme gegriffen hatte, sondern dessen bescheidener Bruder.

„Nur wenn's was zu holen gibt, taucht der Bursche hier auf. Aber wir werden ja sehen, ob ihn die Giebelhoferin in ihrem Testament bedacht hat. Ich bin schließlich auch zum Nachlassgericht geladen."

Triumphierend schaute Gottlieb Meier in die Runde. Lotte versuchte, sich ihre Überraschung nicht anmerken zu lassen. Vielleicht hatte Franzi gar nicht Unrecht gehabt, als sie meinte, Geld habe schon ganz andere zu einem Mord getrieben? Auf jeden Fall hatte sich Gottlieb Meier mit seinen Aussagen einen Platz neben Anne Hevers in ihrer Verdächtigenliste ergattert.

Karl Pfannenstiel räusperte sich laut und blickte Gottlieb Meier streng an.

„Lasst uns aufhören, über so profane Dinge wie Geld zu sprechen. Wir gedenken der Verstorbenen, so wie es sich gehört und damit hat es sich." Es war klar, dass er damit das Thema als beendet ansah.

Schnell trank Lotte ihr Glas leer und schickte sich an, ihre Geldbörse hervorzukramen. Sie war sich sicher, dass sie alles erfahren hatte, was sie wissen wollte.

Wolfgang Meier lächelte sie freundlich an. „Lassen Sie stecken, Fräulein Meisner. Sie sind selbstverständlich eingeladen."

Lotte nickte dem jüngeren Meier zu und bedankte sich. Dann verabschiedete sie sich von der Männerrunde, zog Käthe unter dem Tisch hervor und verließ schnellen Schrittes die Gaststube.

Draußen atmete die alte Dame die klare Abendluft tief ein.

„Was für Neuigkeiten, mein Liebchen! Das müssen wir der Agnes erzählen. Vielleicht ändert sie dann ihre Meinung. Ich ruf sie gleich morgen an."

Sie machte Käthe von der Leine los, die dies sofort zum Anlass nahm, loszurennen. Zufrieden stapfte Lotte ihr hinterher. Als sie an Magdas Wohnhaus vorbeikam, waren die Läden immer noch geschlossen. Sie bemerkte jetzt, wo es ein wenig dunkler war, einen kleinen Lichtschein, der aus Magdas Schlafzimmerfenster am Ende des Häuschens durch die Fensterläden drang.

„Die Magda ist bestimmt schon ins Bett gegangen, um sich auszukurieren", erzählte Lotte ihrer Hündin, mehr um sich selbst Mut zuzusprechen. Diese war jedoch schon auf und davon. Schließlich musste sie nachsehen, ob der Hase von vorhin noch auf sie wartete.

<h1 style="text-align:center">7</h1>

Der nächste Morgen dämmerte, als Lotte auf ihrer Bank im Vorgarten Platz nahm. Ein weiteres untrügliches Zeichen dafür, dass sich der Winter dem Ende zuneigte. Vereinzeltes Vogelgezwitscher erklang und Lotte freute sich jetzt schon auf die kommenden Wochen, wo ein wahres Vogelkonzert ihren morgendlichen Kaffeegenuss bereichern würde. Käthe kam gerade aus dem Kirschlorbeer gehuscht, die vom Tau feuchten Blätter hatten ihr Fell nass gemacht. An der Bank schüttelte sie sich ausgiebig.

„Pfui, Käthe. Du machst meine Decke ja ganz nass, du Schmutzfink!"

Lotte erhob sich und nahm die Decke mit in den Keller, um sie aufzuhängen und später auszuklopfen. Lotte schlürfte nach oben und überlegte vor dem Spiegel im Hausflur kurz, ob sie ihren roten oder gelben Hut aufziehen sollte. Da es nicht regnete, entschied sie sich für das zitronengelbe Modell. Auf ihre knallroten Gummistiefel mochte sie dennoch nicht verzichten, denn der Boden war gewiss noch nass.

Langsam machte sie sich auf den üblichen Weg zum Ende der Straße. Schon von Weitem sah sie, dass Magdas Fensterläden immer noch geschlossen waren. Diesmal zögerte sie nicht und öffnete entschlossen das quietschende Gartentürchen. Käthe, die gerade aus dem Weinfeld angerannt kam, raste direkt zum Küchenfenster und bellte wild. Lotte erschrak. Das war doch sonst nicht die Art ihrer Hündin!

Eine leichte Gänsehaut überzog ihre Arme. Das üble Gefühl in ihrer Magengrube war wieder da und sie sah bang zur Haustür. Warum war Magda denn bei diesem Lärm noch nicht herausgekommen?

Die Hündin stand nun unter Magdas Küchenfenster und sprang bellend auf und ab. Lotte klopfte an die Haustür, aber nichts rührte sich. Auch ein weiteres energisches Klopfen brachte kein Ergebnis. Kurzentschlossen drückte Lotte die Klinke nieder, doch es war abgesperrt. Die alte Dame zog die Stirn kraus. Was sollte sie denn nur machen?

Kurzerhand ging sie zur rechten Seite des Hauses, wo Käthe immer noch einen ohrenbetäubenden Lärm veranstaltete. Sie ergriff den Fensterladen und zog ihn auf. Das Küchenfenster stand weit offen. Lotte schüttelte den Kopf. Was war nur in Magda gefahren? So leichtsinnig war sie doch sonst nicht.

„Magda, ich bin's, die Lotte! Bist du wach?" Gespannt lauschte sie ins Hausinnere.

„Käthe, sei still! Sonst hör ich doch nichts!", herrschte sie ihre Bullydame an, die kurz winselte, dann jedoch Ruhe gab.

„Magda, hörst du mich? Antworte, wenn du mich hörst! Brauchst du Hilfe?" Lottes Ruf hallte durch den frühen Morgen, doch nichts rührte sich.

Lotte überlegte. Sie musste nach dem Rechten sehen. Womöglich war Magda gestürzt und konnte sich nicht rühren. Nein, sie musste einfach in das Haus gelangen.

Entschlossen blickte sich Lotte um. Da, ein großer Blumenkübel, den Magda offensichtlich zum Bepflanzen bereitgestellt hatte. Lotte zerrte an dem großen Tontopf, doch er war zu schwer. Kaum einen Millimeter ließ er sich verschieben, ganz zu schweigen davon, dass sie ihn dann auch noch umdrehen und unters Fenster stellen müsste. Ihr Blick wanderte weiter durch den Garten und blieb an einer kleinen Weinkiste hängen. Ja, das könnte gehen. Sie eilte zu der Holzkiste, die ein paar leere Plastikblumentöpfe beherbergte, ergriff diese und trug sie unter das Küchenfenster. Dort nahm sie die Töpfe heraus, stellte die Kiste dann verkehrt herum ab und betrachtete sie zweifelnd. Ob diese ihr Gewicht halten würde? Langsam setzte die alte Dame einen Fuß darauf. Ein leises Knirschen erklang, doch sie hielt ihrem Gewicht stand. Vorsichtig setzte sie nun ihren zweiten Fuß auf die Kiste und hielt sich dabei mit ihren Händen am Fensterbrett fest. Geschafft! Sie konnte in das Innere der Küche sehen. Der kleine Tisch am Fenster war leer, ebenso wie die Küchenzeile, die sauber geputzt war. *Vielleicht hat Magda gewischt und deshalb das Fenster offenstehen lassen, damit es trocknen konnte?*

Es blieb ihr nichts anderes übrig, als hineinzuklettern. Lotte seufzte. Das Fensterbrett reichte ihr nun bis zur Hüfte. Das hieß, dass sie zunächst ein Knie auf das Brett bekommen musste, um sich ganz hochzuziehen. Leicht zögernd betrachtete Lotte das Fensterbrett und überlegte, wie sie am geschicktesten hochklettern konnte. Ein scharfes Bellen ihrer Hündin riss sie aus ihren Gedanken. Es klang drängend und Lotte fiel wieder ein, dass sie sich beeilen musste. Vielleicht brauchte Magda ja ihre Hilfe.

Entschlossen hob Lotte ihr rechtes Knie. Zunächst wollte ihr das nicht so recht gelingen, doch dann berührte es endlich das steinerne Fensterbrett. Ein brennender Schmerz durchfuhr sie, war sie doch auf ihrem verletzten Bein aufgekommen. Doch darauf konnte sie jetzt keine Rücksicht nehmen. Mit beiden Händen hielt sie sich rechts und links am Fensterrahmen fest und zog ihr zweites Knie mit Schwung nach. Sie spürte, dass die alte Wunde wieder aufgegangen war, da ihre Strumpfhose leicht am Knie festklebte. Ihren ganzen Mut zusammennehmend, krabbelte sie kurzerhand auf allen vieren durch das Fenster und auf Magdas Küchentisch. Was für einen Anblick sie bieten musste! Aber wer sollte sie so früh schon sehen? Lotte wäre es ohnehin egal. Nur Magda zählte im Moment!

Vorsichtig setzte sie sich auf den Tisch und schob ihre Beine über die Tischkante. Ja, ihr Gefühl hatte sie nicht getäuscht. Das rechte Knie blutete wieder und eine längere Blutspur lief die Strumpfhose hinab. Lotte biss die Zähne zusammen. Schon wieder eine Strumpfhose, die in den Müll wandern würde. Sie schüttelte den Kopf wegen dieses aberwitzigen Gedankens und mit einem kleinen Plumps ließ sie sich auf den Boden fallen.

Käthe veranstaltete einen Höllenlärm vor dem Fenster und so entschloss sie sich, ihrer Bullydame die Haustür zu öffnen. Sie begab sich durch die kleine, grüngekachelte Küche in den schmalen Gang, der mit einem geblümten Teppichläufer ausgestattet war. Von da war sie in drei Schritten an der Tür. Kaum hatte sie diese einen Spalt weit geöffnet, stürmte die Hündin in den Flur und direkt durch den Gang in Richtung des hintersten Raumes stürmte, der Magdas Schlafzimmer beherbergte. Seit einigen Jahren lebte Magda nur noch auf einer Etage ihres Häuschens. So hatte sie die Stube kurzerhand in ein Schlafzimmer verwandelt. Sie hatte sowieso nie in der Wohnstube gesessen. Magda hielt sich größtenteils in ihrer Küche und ihrem Garten auf.

Langsam folgte Lotte ihrer Hündin. Das dumpfe Gefühl in ihrer Magengegend verstärkte sich mit jedem Schritt. Die Eichentür zu Magdas Schlafzimmer war verschlossen, doch als sie die Klinke betätigte, ließ sich diese ohne Probleme öffnen. Käthe drängelte sich an ihrem Frauchen vorbei durch die Tür. Da die Fensterläden fest verschlossen waren, konnte Lotte zunächst nicht viel erkennen. Es war still in dem Raum, selbst von Käthe war nichts zu hören.

Entschlossen marschierte Lotte zum Fenster und öffnete dieses und die Läden.

„Hopp, Marta, raus aus dem Bett mit dir! Du verschläfst ja noch den ganzen Tag.“

Lotte versuchte, ihrer Stimme einen festen Klang zu geben, doch es gelang ihr nicht ganz. Als sie sich umdrehte, erblickte sie zuerst Käthe. Diese lag am Fußende von Magdas Bett. Ihr Kopf war auf den Boden gedrückt und nur ihre großen, offenen Augen zeigten an, dass sie nicht schlief. Lotte kannte diese Haltung ihrer Hündin, die Traurigkeit ausdrückte und seufzte leise. Als sie an das Bett trat, wusste sie bereits, dass Magda tot war. Behutsam strich sie die weißen Haare aus dem fahlen Gesicht. Magda sah aus, als ob sie schliefe. Nur der Gesichtsausdruck verriet, dass sie nicht mehr lebte. Er war wächsern und irgendwie leerer, als wäre etwas nicht mehr da. Tränen bildeten sich in ihren Augenwinkeln, als sie sich auf dem Bettrand niederließ und die Hand ihrer Freundin ergriff.

„O Magda", ein Schluchzen entrang sich ihrer Kehle. Sanft streichelte sie die kühle Hand.

Es mussten mindestens dreißig Minuten vergangen sein, seit Lotte das Schlafzimmer betreten hatte. Ein Winseln riss sie aus ihrer Trauer und sie nahm leise Abschied. Lotte war sich sicher, dass es einen Zusammenhang mit dem Tod von Klara Giebelhofer geben musste. Gerade erst war Magda zur Solistin erklärt worden und kaum einen Tag später war sie tot. Nein, das konnte nicht mit rechten Dingen zugegangen sein! Aufmerksam blickte sich Lotte in dem kleinen Raum um. Das Fenster war fest verschlossen gewesen, da konnte niemand hinein oder hinaus gekommen sein. Ihr Blick blieb am Nachttisch der Verstorbenen hängen. Da, ein Wasserglas, das halb leer war!

Lottes Gedanken gingen zurück zum Glas der Giebelhoferin, das sie dem jungen Polizisten mitgegeben hatte. Vielleicht hatte die Polizei ja nun doch Interesse an dem Glas? *Apropos Polizei*, dachte Lotte. Sanft legte sie die Hand auf das Bettlaken und erhob sich. Hauptkommissar Gruber hatte ihr doch seine Karte gegeben! Ihre Handtasche stand noch auf dem Tisch in der Küche. Bei der Kletteraktion hatte sie diese dort abgestellt. Sie verließ die Schlafkammer und humpelte den Gang entlang. Ihr Knie brannte bei jeder Bewegung. Beim Betreten der Küche fiel ihr auf, wie kühl es im Raum mittlerweile war, weil sie das Fenster samt Fensterladen sperrangelweit offengelassen hatte. Schnell zog sie dieses zu, um nicht noch den letzten Rest der Wärme aus dem Haus zu lassen. Dann holte sie sich ein Papiertuch vom Tresen neben der Spüle, befeuchtete dieses und tupfte, auf einem der drei Holzstühle Platz nehmend, die blutende Wunde sanft über der Strumpfhose ab, um ein weiteres Festkleben dieser an der Wunde zu verhindern. Wenigstens war diesmal kein Dreck hineingelangt wie bei ihrem Sturz an der Dorftreppe gestern.

Mit einer Hand das Papiertuch auf die Wunde pressend, angelte Lotte aus einem Innenfach ihrer Handtasche Hauptkommissar Grubers Visitenkarte hervor. Ein kurzer Blick auf die Uhr verriet ihr, dass es sieben war. In ihren Augen durchaus eine normale Zeit, in der man jemanden anrufen konnte. Auch Doktor Lohe musste verständigt werden. Ihre Augen huschten durch das Zimmer. Käthe war nirgendwo zu sehen. Vermutlich hielt sie immer noch Wache am Bett der armen Magda.

Als die Blutung langsam aufgehört hatte, erhob sich Lotte und ging ächzend zum Telefon, das an der Wand hing. Sie freute sich, dass Magda, genau wie sie, ihr altes Wählscheibentelefon, ein Modell im typischen Grün der Siebzigerjahre, mit langer, geringelter Telefonschnur, nie gegen ein moderneres Gerät ausgetauscht hatte. Mit diesen neumodischen Dingern kam Lotte überhaupt nicht zurecht. Ständig vertippte sie sich und musste wieder von vorne anfangen. Aber nicht hier. Sie angelte den Hörer von der Gabel und nahm das Freizeichen wahr. Dann wählte sie die lange

Nummer des Kriminalhauptkommissars mit Ludwigshafener Vorwahl. Lotte lauschte gespannt. Nach dreimaligem Klingeln ertönte eine männliche Stimme: „Kommissariat Ludwigshafen, Sie sprechen mit …“

„Herr Gruber, Sie müssen unbedingt nach Ganzenheim kommen, hören Sie?“, sprudelte es aus Lotte hervor. „Die Magda, hören Sie, die Schuster, Magda ist jetzt auch ermordet worden. Sie müssen gleich kommen, hören Sie?“ Lottes Eigenart, beim Telefonieren mit fremden Menschen immer „hören Sie“ zu sagen, verstärkte sich bei Aufregung, genau wie ihre Lautstärke.

Kurze Zeit antwortete ihr nur Schweigen am anderen Ende des Apparats, dann erklang ein kleines Räuspern.

„Ähm, Kommissariat Ludwigshafen, Sie sprechen mit Martin Klopfer.“ Nun fiel Lotte auf, dass sie die Stimme kannte.

„Herr Klopfer, sind Sie das? Ich wollte eigentlich den Herrn Gruber sprechen. Das ist doch seine Nummer, die ich gerade anrufe? Sie steht schließlich auf der Karte, die er mir gegeben hat!“

Lotte schnaubte empört. Warum gab ihr jemand seine Karte, wenn er dann nicht selbst ranging?

„Ähm, ja, das ist schon die richtige Nummer. Nur ist der Hauptkommissar noch nicht in der Dienststelle und alle Anrufe laufen hier zentral ein. Soll ich dem Hauptkommissar etwas ausrichten, Fräulein Meisner?“

„Ah, Sie erinnern sich noch an mich. Sehr gut“, erwiderte Lotte. „Aber ich müsste schon selbst mit dem Hauptkommissar sprechen?“

„Ähm, Fräulein Meisner“, Lotte hörte ein deutliches Schlucken vom anderen Ende der Leitung, „das wird leider nicht möglich sein. So funktioniert das bei uns nicht. Warum geben Sie mir nicht eine Nachricht, und ich leite sie weiter?"

Lotte überlegte kurz. „Nun gut, Herr Klopfer. Dann schreiben Sie mal auf: Mord in Ganzenheim. Opfer: die Schuster, Magda. Tatort: Feldweg 10. Ich erwarte ihn dort."

Lotte hörte das Klicken einer Tastatur. Als Stille am anderen Ende der Leitung war, nutzte sie den Moment und fragte: „Herr Klopfer, haben Sie eigentlich das Glas weitergeleitet?"

Zunächst herrschte kurze Zeit Stille. Dann ertönte die verunsichert klingende Stimme des jungen Polizeimeisters: „Da gibt es leider ein kleines Problem, Fräulein Meisner. Hauptkommissar Gruber wäre wirklich nicht sehr erfreut, wenn ich das Glas an die kriminaltechnische Untersuchung weiterleite und das ohne seine direkte Anordnung."

Dann hat Franzi also recht gehabt, ging es Lotte durch den Kopf. „Heißt das, Sie haben das Glas gar nicht weitergeleitet?", bohrte Lotte nach.

„Nun ja, noch nicht so direkt", druckste ihr Gesprächspartner rum.

„Herr Klopfer, es ist von unglaublicher Wichtigkeit, dass Sie das Glas zur Untersuchung geben. Sonst glaubt der Hauptkommissar ja nie, dass es kein natürlicher Tod war! Sie können mir vertrauen, immerhin war ich einmal sehr gut mit ihrer Familie bekannt! Und auf Sie habe ich auch oft aufgepasst."

Kurzes Schweigen, dem dann ein leichtes Räuspern folgte. „Ich sage ja nicht, dass ich Ihnen nicht glaube,

Fräulein Meisner. Aber das könnte richtig Ärger geben."

„Junger Mann, oft muss man Dinge tun, die nicht ganz einfach sind. So ist das im Leben! Ich bitte Sie inständig, lassen Sie das Glas untersuchen!" Lottes Ton wurde drängender.

Ein leises Seufzen am anderen Ende der Leitung deutete an, dass ihr Gesprächspartner einknickte. „Ich kenne jemanden, die mir dabei vielleicht helfen kann, da sie in der kriminaltechnischen Untersuchungsstelle arbeitet. Sie war mit mir auf der Polizeischule."

Lotte schnaufte tief durch. „Vielen Dank, Herr Klopfer!"

„Aber versprechen kann ich Ihnen nichts!"

„Ist schon in Ordnung. Ich bin überzeugt, dass Sie das hinbekommen."

Da für Lotte alles gesagt war, beendete sie das Gespräch, ohne sich zu verabschieden. Diese Eigenart hatte ihr Franzi schon mehrfach angekreidet, doch Lotte verstand das ganze Getue nicht. Man sagt doch nicht „Auf Wiedersehen" zu jemandem, den man gar nicht „gesehen" hatte!

Dann wählten Lottes Finger die Nummer des Dorfarztes. Eine automatische Bandansage informierte sie darüber, dass die Praxis erst ab acht Uhr besetzt wäre. In dringenden Fällen könne man aber die Handynummer des Arztes wählen. Ärgerlich hängte sie den Hörer auf. Sie kramte wieder in ihrer Handtasche und zog einen Kuli und einen Zettel hervor. Dann hörte sie das Band noch einmal ab und notierte sich die Nummer. Das kleine Stückchen Papier in ihren Händen haltend, wählte sie schließlich die Nummer.

Doktor Lohes Stimme erklang nach nur einem Klingeln: „Doktor Lohe am Apparat. Was kann ich für Sie tun?“

Lotte schüttelte den Kopf. Der klang ja fast genauso wie der junge Polizist. Scheinbar meldete man sich heutzutage so am Telefon. Rasch fing sie sich wieder und sagte: „Doktor Lohe? Hören Sie? Sie müssen schnell zur Schuster, Magda kommen. Die ist nämlich tot!“

Lotte konnte sich Doktor Lohes überrumpelten Gesichtsausdruck aufgrund seiner Stimme direkt vorstellen: „Die Schuster, Magda? Tot? Wer ist denn da überhaupt? Mit wem spreche ich?“

„Ich bin es, die Meisner, Lotte. Hören Sie mich?“

„Jaja, ich höre Sie, Fräulein Meisner. Sie müssen nicht so schreien. Was ist das denn für eine Geschichte, die Sie mir da erzählen?“ Eine leichte Verärgerung schwang in der Stimme des Arztes mit.

„Das ist keine Geschichte! Die Magda ist mausetot, wenn ich es Ihnen doch sage. Meine Käthe wusste gleich, dass da was faul war und darum bin ich in das Haus eingestiegen. Und tja, da war sie, die tote Magda! Hören Sie?“

Schweigen folgte ihrer kleinen Ausführung. Dann räusperte sich der Dorfarzt: „Sie sind eingestiegen? Ja, sind Sie denn von allen guten Geistern verlassen?“

Nach einer kurzen Pause seufzte er und sagte: „Na gut, Fräulein Meisner, bleiben Sie, wo Sie sind. Allerdings wird es ein klein wenig dauern, bis ich bei Ihnen bin. Feldweg 10, richtig?“

„Ja, richtig.“

Diesmal war es der Dorfarzt, der das Telefonat, das seine Nerven scheinbar strapaziert hatte, abrupt beendete. Zufrieden hängte Lotte den Hörer auf die Gabel. Sie sah sich um. Ihr blieb vermutlich nur wenig Zeit, sich ein Bild zu machen. So wie sie den Hauptkommissar einschätzte, würde er sie garantiert vom Tatort verscheuchen.

Unschlüssig blickte sie sich in der Küche um. Hier war nichts Auffälliges zu sehen. Das Fenster war jedoch offen gewesen, als sie ankam. Das war definitiv merkwürdig. Magda hatte großen Wert darauf gelegt, alle Fenster fest zu verschließen, bevor sie ins Bett ging. Allerdings stand der Eimer mit den Putzsachen im Eck. *Vielleicht hat Magda tatsächlich am Abend noch gewischt und dann vergessen, das Fenster zu schließen, so krank wie sie gewirkt hat?* Ihr Blick fiel auf den einfachen Holztisch, über den sie in den Raum geklettert war. Eine dünne Blutspur zog sich über den Tisch. Richtig, ihr verletztes Knie musste diese hinterlassen haben! Lotte holte ein weiteres Papiertuch, befeuchtete es am Wasserhahn und wischte den Tisch sauber. Währenddessen fiel ihr auf, dass das Fenster recht verschmutzt war. Wahrscheinlich waren das ihre Handabdrücke, die das verursacht hatten. Magda wäre es gewiss nicht recht gewesen, wenn fremde Leute in ihr Haus kamen und das Fenster so dreckig vorgefunden hätten. Aber es konnten auch wertvolle Spuren darunter sein, falls tatsächlich eingebrochen worden war und so unterdrückte sie den Impuls, die Scheibe zu säubern.

Es dauerte eine ganze Weile bis Lotte schließlich ein Geräusch von der Türe vernahm. Sie trat in den kleinen

Gang und sagte: „Ziehen Sie die Schuhe aus, Herr Doktor Lohe! Sie wollen es doch nicht dreckig machen.“

Der Arzt schien ein wenig irritiert von der Tatsache, dass er das Haus einer Verstorbenen in Strumpfsocken betreten sollte, zog aber dennoch, nach einem Blick in Lottes entschlossenes Gesicht, folgsam seine schwarzen Schuhe aus. Aus seiner Tasche zog er seinen bodenlangen weißen Arztkittel, den er über seinen schwarzen Anzug zog.

„Verzeihen Sie bitte meine Verspätung. Der Anzug musste erst noch von meiner Gattin gebügelt werden.“

Lotte nickte gnädig. Dr. Lohe verließ nie ohne Anzug das Haus.

„Wenn Sie mich nun zu der Verstorbenen führen würden?“

Vorausgehend führte ihn Lotte zu Magdas Schlafzimmer.

Trauer breitete sich erneut in ihr aus, als sie die Tür öffnete und Magda im Bett liegen sah. Käthe verharrte immer noch, wie sie bereits vermutet hatte, am Fußende und hielt Totenwache.

„Ich muss doch sehr bitten, Fräulein Meisner! Was hat denn der Hund hier zu suchen?“

Doktor Lohe versuchte, Käthe mit dem Fuß zur Seite zu schieben, doch diese bewegte sich keinen Millimeter. Ein tiefes Knurren erklang aus der Kehle des Hundes, und der Dorfarzt zog schnell sein Bein zurück.

„Also, das ist ja ...“

Lotte zuckte nicht einmal mit der Wimper.

„Käthe trauert. Und zwar auf ihre Weise. Stören Sie sie nicht dabei. Sie können ja über sie drüber steigen.“

Vorsichtig und sichtlich ängstlich hob Doktor Lohe zunächst das eine, dann das andere Bein über die kleine Bullydame. Er hielt seine braune, lederne Arzttasche an die Brust gedrückt.

Er beugte sich über die Tote und sagte sanft: „Na, Magda, hat dich der Herrgott zu sich geholt?"

Lotte vermeinte Trauer aus seiner Stimme zu vernehmen. Magda hatte früher für Lohes den Haushalt geführt, um ihre Haushaltskasse aufzubessern. Sanft strich ihr der Dorfarzt über die schlohweißen Haare und murmelte: „Ruhe in Frieden, liebe Magda."

Doktor Lohes Ansehen bei Lotte wuchs in diesen paar kurzen Augenblicken gewaltig.

Der Dorfarzt öffnete den metallenen Verschluss seiner Arzttasche und entnahm dieser ein Stethoskop. Fast schon zärtlich lauschte er nach den nicht vorhandenen Herztönen der alten Dame und verkündete schließlich: „Zeitpunkte des Todes", ein kurzer Blick auf die Uhr, „acht Uhr siebzehn." Dann ließ er sein Instrument zurück in die Tasche gleiten und blickte Lotte an.

„Wo kann ich den Totenschein ausfüllen?"

Verblüfft starrte Lotte den Mediziner an: „Wie? Das war's schon? Ja, wollen Sie sie denn nicht genauer untersuchen? Schließlich ist die Magda ja ermordet worden!"

Lottes Gesicht wurde rot, während Doktor Lohes weiß wurde.

„Ermordet? Fangen Sie schon wieder mit diesem Unsinn an, Fräulein Meisner? Die arme Magda, Gott sei ihrer Seele gnädig, ist an Herzversagen gestorben und sonst an gar nichts." Seine Stimme wurde lauter. „Wie kommen Sie denn auf so eine absurde Idee?"

Eine tiefe Stimme erklang aus dem Türrahmen: „Ja, Fräulein Meisner, wie kommen Sie auf eine so absurde Idee?" Überrascht wandte Lotte den Kopf und erblickte Hauptkommissar Gruber, der im Türrahmen stand. Er musste sich leicht bücken, da die Schlafzimmertür höchstens eins achtzig maß. Für Lotte und Doktor Lohe war das kein Problem, da sie beide die eins sechzig kaum überschritten.

Der Polizist betrat das Schlafzimmer. Missbilligend sah Lotte auf seine Stiefel, an denen feuchte Lehmbatzen hingen, die er offensichtlich aus dem Vorgarten mit ins Haus geschleppt hatte.

„Sagen Sie, können Sie vielleicht ihre dreckigen Schuhe ausziehen, so wie es sich für einen anständigen Menschen gehört?"

Sichtlich verblüfft von dieser unüblichen Begrüßung blickte der Ermittler nach unten auf seine Stiefel. Ächzend bückte er sich, sichtlich widerwillig, und schnürte diese ungeschickt auf. Martin Klopfer, der hinter ihm das Haus betreten hatte, wurde das schmutzige Schuhwerk in die Hand gedrückt. Lotte bemerkte sofort die „Kartoffel" in den Socken des Hauptkommissars. Dass diesem sowohl das beträchtliche Loch am großen Zeh des linken Fußes sowie die Tatsache, dass er zwei verschiedenfarbige Socken trug, durchaus bewusst war, zeigten die unruhig auf und ab wippenden Zehen an. Lotte blickte den Hauptkommissar streng an. Nie im Leben wäre ihr eingefallen, so das Haus zu verlassen. Scheinbar legte der großgewachsene Mann keinen besonderen Wert auf ein gepflegtes Äußeres. Der Anzug, vom dem Lotte überzeugt war, dass es der Gleiche war, den er vor ein paar Tagen getragen hatte, war sogar noch zerknitterter als beim letzten Mal.

„Hauptkommissar Gruber", meldete sich eine unsichere Stimme aus dem Türrahmen. „Was soll ich denn mit den Stiefeln machen?"

Der junge Polizeimeister hielt mit spitzen Fingern das Schuhwerk hoch und blickte scheu in den Raum.

„Ja, Herrgott, Klopfer, schaffen Sie die halt vor die Tür. Und wenn Sie schon dabei sind, können Sie sie gleich sauber machen."

Der junge Mann schluckte, nickte dann aber eifrig: „Jawohl, Herr Hauptkommissar. Wird gemacht, Herr Hauptkommissar." Dann eilte er den Gang entlang nach draußen.

„So und nun zu Ihnen, Frau Meisner."

„*Fräulein* Meisner, bitte."

Ein tiefes Seufzen antwortete ihr.

„Also gut, Fräulein Meisner. Was machen Sie zu dieser nachtschlafenden Stunde hier im Haus der", er kramte in der Tasche seines Jacketts nach einem zerknitterten Zettel, warf einen kurzen Blick darauf und fuhr dann fort, „Magda Schuster, Feldweg 10?"

Lotte blickte dem Mann fest entgegen. „Zum einen ist es bereits halb neun und somit weiß Gott keine nachtschlafende Stunde mehr, wie Sie das nennen. Ich bin, wie jeden Morgen, seit halb sechs wach und habe meinen morgendlichen Spaziergang mit Käthe unternommen."

Beim Wort „Käthe" huschte der Blick des Ermittlers durch den niedrigen Raum und blieb an der Bullydame hängen. Er zog die Stirn kraus, doch Lotte fuhr ungerührt fort: „Mein Käthchen und ich gehen jeden Morgen den Feldweg entlang, da sich mein Haus keine hundert Meter von hier befindet. Wir halten immer hier bei der Magda", nun musste sich Lotte räuspern, „wir hielten immer hier bei der Magda – Gott sei ihrer Seele gnädig – und unterhielten uns für ein Weilchen." Die Trauer schnürte ihr kurz die Kehle zu. Der Gedanke daran, kein Schwätzchen mehr mit ihr halten zu können, überwältigte sie.

Hauptkommissar Gruber wurde ungeduldig.

„Ja, und dann? Kommen Sie, Fräulein Meisner, wir haben schließlich nicht den ganzen Tag Zeit!"

Lotte straffte die Schultern. *So ein Rüpel*, dachte sie. Gibt einer alten Dame keine Zeit zum Trauern.

Sie fuhr in ihren Ausführungen fort: „Nun ja, die Magda steht ebenfalls zu einer *vernünftigen* Zeit auf", ein strenger Blick streifte sowohl den kleinen Dorfarzt als auch den großgewachsenen Polizisten, „und arbeitet in ihrem Vorgarten. Sie haben beim Reinkommen sicher bemerkt, was für einen schönen und gepflegten Garten die Magda hat", ein kleines Räuspern erklang, „was für einen schönen Garten sie hatte, meine ich."

Hauptkommissar Gruber seufzte, wendete seinen Blick dann dem Dorfarzt zu. „Haben Sie den Tod schon bestätigt?"

Doktor Lohe nickte eifrig.

„Todesursache?"

„Tod aufgrund von Herzversagen. Die Magda, Gott sei ihrer Seele gnädig, wäre im Herbst schließlich schon achtzig geworden."

Ein kleiner Aufschrei entfuhr Lotte, was Käthe dazu veranlasste, den Kopf zu heben.

„Die Magda war genauso pumperlgesund wie die Giebelhoferin auch! Das müssten Sie doch am allerbesten wissen, Herr Doktor Lohe!" Tiefe Empörung klang aus Lottes Stimme. „Und bloß, weil jemand achtzig wird, heißt das noch lange nicht, dass man bald den Löffel abgeben muss!" Herausfordernd blickte Lotte in die Runde.

Der Hauptkommissar schüttelte, sichtlich misslaunig, den Kopf mit dem schütteren Haupthaar, der Dorfarzt wurde rot.

„Fräulein Meisner, ich bin hier der Arzt und nicht Sie! Sie können mir schon glauben, wenn ich Ihnen sage, dass die Magda an Herzversagen gestorben ist und an nichts sonst. Immerhin kenne ich ihre Krankengeschichte. Und mir lag sie genauso am Herzen wie Ihnen!"

Lotte vermeinte Zorn aus der Stimme des Mediziners zu vernehmen.

„Das glaube ich Ihnen sogar", beschwichtigte Lotte zunächst. „Aber die Tatsache bleibt bestehen, dass sowohl die Magda als auch die Giebelhoferin erst zu Tode kamen, als sie die Solistenrolle für den Ganzenheimer Kirchenchor übernommen hatten."

Nun blieb dem Ermittler der Mund offenstehen.

„Moment mal, Frau, äh, Fräulein Meisner. Sie wollen mir weismachen, dass die Solorolle in einem Dorfchor zum Mord an zwei alten Frauen geführt haben soll?" Sein Gesichtsausdruck wechselte zwischen Ungläubigkeit und, wie Lotte meinte, einem Hauch von Amüsement.

Heiß schoss Lotte das Blut in die Wangen. Wollte sich dieser dämliche Polizist etwa über sie lustig machen? Das war ja wohl die Höhe!

„Junger Mann", diese Anrede ließ ihr Gegenüber nun nach Luft schnappen, „dieser sogenannte Dorfchor ist überregional bekannt. Dass Sie sich kulturell nicht auskennen scheinen, ist kein Grund, meine durchaus valide Theorie infrage zu stellen. Vielleicht informieren Sie sich, bevor Sie sich selbst lächerlich machen."

Der Hauptkommissar war zunächst sprachlos. Sein Mund öffnete und schloss sich, ohne dass ein Ton hervorkam. Eine Unverfrorenheit dieser Art war ihm in seiner knapp zwanzigjährigen Karriere bestimmt noch nicht untergekommen, wie Lotte vermutete. Einen tiefen Atemzug später, erwiderte er: „Fräulein Meisner, ich bin durchaus offen für Theorien, solange diese solide sind und Sinn ergeben. Und zu Ihrer Information: Ich war erst letzte Woche mit meiner Frau in der Oper, Verdi." Hocherhobenen Hauptes sah er auf die alte Dame hinab.

„Wenn Sie für solide Theorien offen sind, sollte es Ihnen leichtfallen, meinen Ausführungen zu folgen, meinen Sie nicht?" Mit hochgezogenen Augenbrauen betrachtete Lotte den Polizisten.

Dieser zog die Schultern hoch, seufzte wieder und meinte anschließend: „Na gut, Frau Meisner, äh, Fräulein Meisner. Klären Sie mich doch bitte über die Vorgänge im Ganzenheimer Dorfchor auf!"

Zufrieden setzte Lotte an: „Der Ganzenheimer Kirchenchor hat durch verschiedene, ausgezeichnete Auftritte an regionaler Berühmtheit gewonnen. Das Regionalfernsehen hat deshalb entschieden, dass der Chor während der Ostermesse gefilmt werden soll und ein kleiner Beitrag über uns gesendet wird."

Stolz straffte die kleine Dame die Schultern.

„Wir singen die Missa brevis, die recht anspruchsvoll ist und einen, meiner Meinung nach, zu langen Solistenpart beinhaltet."

Der Hauptkommissar schnaubte ungeduldig. „Jaja, und weiter?"

Lotte schüttelte verärgert den Kopf. „Ich komme ja schon auf den Punkt. Es war nämlich so. Die Anna Engels, unsere langjährige Solistin, ist vor ein paar Monaten verstorben, Gott sei ihrer Seele gnädig. Daraufhin hat die Giebelhoferin diese Rolle übernommen."

Der Ermittler zog die Stirn kraus. „Und ist diese, äh, Anna Engels ihrer Meinung nach ebenfalls ermordet worden?" Verwirrt blickte er die alte Dame an.

„I wo. Wo denken Sie denn hin! Die arme Anna hatte doch Krebs." Vor so viel Unverständnis musste sie den Kopf schütteln.

„Jetzt passen Sie halt auf!" Lotte schnaubte. „Also, die Engels, Anna war gestorben", Doktor Lohe warf hier ein „Gott sei ihrer Seele gnädig" ein, was Lotte zu einem zustimmenden Nicken veranlasste, „und die Giebelhoferin übernahm die Solistenrolle. So klar, wie die Anna, hat sie das hohe E nicht hinbekommen, das kann ich Ihnen sagen, Herr Hauptkommissar."

Der Dorfarzt nickte zustimmend. Er war ein großer Liebhaber der klassischen Musik und eingefleischter Fan des Ganzenheimer Kirchenchors. Anne Engels glockenhelle Stimme hatte er immer bewundert.

„Die Giebelhoferin kratzte manchmal ein wenig mit ihrer Stimme, wenn sie höher ging, aber da muss man schon ein gutes Ohr haben, um das zu entdecken."

Dem Ermittler wurde es zu bunt. „Was, um Himmels willen, hat denn das nun mit dem Tod der", er kruschtelte wieder nach seinem Zettel, „Schuster, Magda zu tun."

Lotte blickte ihn erbost an. „Junger Mann, das ist bereits das zweite Mal, seit Sie das Totenzimmer betreten haben, dass Sie fluchen. Ich muss doch sehr bitten. Nicht in Anwesenheit der Verstorbenen!"

Aus dem Hintergrund ertönte die schüchterne Stimme von Martin Klopfer: „Gott sei ihrer Seele gnädig." In der Hand hielt er die nun sauberen, wenn auch etwas abgetragenen Schuhe seines Vorgesetzten.

Sein Vorgesetzter blickte ihn irritiert an. Der junge Mann wurde rot und machte einen kleinen Schritt nach hinten.

Lotte nickte ihm freundlich zu: „Ganz recht, junger Mann. Gott sei ihrer Seele gnädig."

Der Hauptkommissar fuhr herum und fauchte: „Und weiter, Fräulein Meisner? Die Giebelhoferin hat übernommen. Und dann?"

„Ja, und dann wurde sie ermordet. So einfach ist das." Lotte blickte ihn offen an. „Den Rest kennen Sie. Sie ist tot und nun auch unsere Magda."

Irritiert schüttelte der Beamte den Kopf: „Was hat denn nun die Magda mit der Giebelhoferin zu tun?"

„Ganz einfach, Herr Gruber. Die Magda sollte die Nachfolge der Giebelhoferin antreten", einstimmig erklang ein: „Gott sei ihren Seelen gnädig“, aus den Mündern des Dorfarztes und des jungen Polizisten, „und dies ist ihr zum Verhängnis geworden.“

„Ja, hat sie die Stelle denn nun angetreten oder nicht?“

Lotte schüttelte traurig das graue Haupt. „Dazu kam es leider nicht mehr. Heute Abend wäre die erste Probe gewesen und jetzt ...“

Lottes Stimme brach, sie trat an das Bett und nahm die bereits leicht steife Hand in die ihre.

Der Ermittler trat in Richtung des Bettes. In dem Moment ertönte ein Aufheulen, gefolgt von einem Knurren. Die kleine Bullydame schnappte sich das Hosenbein des Hauptkommissars und zog daran.

„Verflixt und zugenäht.“

Lotte quittierte den abermaligen Fluch mit einer hochgezogenen Augenbraue, rührte sich aber sonst nicht von der Stelle.

„Nehmen Sie das tollwütige Vieh von mir weg!“

Es sah beinahe lustig aus, wie der Zweimetermann auf und ab hüpfte und versuchte, das kleine Fellbündel abzuschütteln. „Die ist ja lebensgefährlich!“, schrie er lauthals.

Lotte unterdrückte ein Grinsen. „Hätten Sie besser aufgepasst und wären Sie mit Ihren Quadratlatschen nicht auf mein Käthchen getreten, wäre das nicht passiert.“ Ungerührt beobachtete Lotte die Szene.

„Rufen Sie den Hund zurück.“ Der Ton wurde dringlicher und Lotte sah aus den Augenwinkeln, wie der junge Polizist nervös die Hand auf die Waffe an seiner Hüfte legte.

„Was machen Sie bloß für ein Theater wegen eines kleinen, unschuldigen Hundes?“

Ruhig ging die alte Dame in die Hocke und streckte ihre Hand aus. „Na, komm her, mein Käthchen. Der große, böse Mann hat dir wehgetan, nicht wahr?"

Mit einem lauten Ratsch riss endlich der Hosenstoff und die Bullydame brachte stolz ihre Beute zu ihrem Frauchen. Lotte kraulte sie ausgiebig hinter den Ohren. „Feine Käthe. Alles gut, mein Schatz."

Hauptkommissar Gruber sah sprachlos auf seine zerrissene Anzugshose. Er blinzelte ein paarmal heftig, als wolle er zu einem Donnerwetter ansetzen. Ein Blick auf die Verstorbene ließ ihn aber innehalten. Diesmal benötigte er mehrere tiefe Atemzüge, um sich zu beruhigen. Er trat, um einiges vorsichtiger, an die Bettstatt heran und betrachtete die Tote.

„Ich kann soweit nichts Verdächtiges entdecken. Sie etwa?" Sein Blick traf auf Doktor Lohe.

„Nein, Herr Hauptkommissar. Wie gesagt, ich gehe von Herzversagen aus."

„Können Sie mir einen Zeitraum nennen, Herr Doktor?"

Doktor Lohe trat ebenfalls an das Bett und tastete die Arme und Beine der Verstorbenen ab.

„Nun ja, die Totenstarre ist an den Extremitäten bereits eingetreten, also gehe ich von einem Todeszeitpunkt vor etwa sechs bis zwölf Stunden aus."

Lotte rechnete nach. Das hieße, Magda müsste zwischen sieben Uhr abends und ein Uhr früh verstorben sein. Ihr fiel ein, dass sie Licht in Magdas Schlafzimmer gesehen hatte, als sie am Vorabend vom Männerstammtisch zurückgekommen war.

„Herr Hauptkommissar, ich habe gegen sieben Uhr ein Licht in Magdas Schlafzimmer gesehen, als ich an ihrem Haus vorbeikam." Triumphierend schaute Lotte den Ermittler an. Diese Information musste für ihn schließlich von äußerster Wichtigkeit sein.

Der Beamte zog die Stirn kraus. „Und?"

„Wie und? Verstehen Sie denn nicht? Das war bestimmt der Mörder, der die arme Magda", Lotte pausierte, aber kein „Gott sei ihrer Seele gnädig" erklang, da alle Anwesenden mit offenen Mündern ihren Ausführungen lauschten, „hinterrücks ermordet hat."

Der Hauptkommissar sah erst zu Doktor Lohe, dann zu dem jungen Beamten hinter sich.

„Was ist denn das für eine wilde Theorie, die Sie sich da zurechtgelegt haben, Fräulein Meisner? Und wie ist denn der Täter, Ihrer werten Meinung nach, überhaupt in das Haus gelangt?" Die Stimme triefte vor Hohn.

„Na, ganz einfach. Mir ist aufgefallen, dass das Küchenfenster geöffnet war. Magda ist aber normalerweise sehr sorgsam und verschließt immer alle Fenster. So muss der Täter also ins Haus gelangt sein. Auf dem gleichen Weg wie ich heute früh."

„Was soll das heißen, auf dem gleichen Weg wie Sie?" Hauptkommissar Gruber verstand die Welt nicht mehr.

„Na, reingeklettert bin ich. Was ist denn daran so schwer zu verstehen?"

„*Sie*", er betrachtete die alte Dame von Kopf bis Fuß. „*Sie* sind durch ein Fenster ins Haus geklettert?"

Lotte nickte. „Natürlich", sagte sie schlicht.

„Dann müsste es ja Spuren eines Einbruches geben. War denn der Fensterrahmen beschädigt oder haben Sie sonst etwas bemerkt?"

Lotte dachte kurz nach.

„Beschädigt war eigentlich nichts, aber das Fenster war ziemlich dreckig, wobei ich nicht weiß, ob das von mir oder vom Täter kam. Aber keine Sorge, ich habe den Dreck da gelassen, wo er ist, damit Sie ihn gleich untersuchen können." Stolz blickte Lotte in die Runde.

Der Beamte schnappte nach Luft. „Ich soll was?"

„Na, den Dreck untersuchen. Vielleicht finden sich ja Spuren vom Mörder!"

Die Gesichtsfarbe des Ermittlers wurde rot.

„Ja, sind Sie denn von allen guten Geistern verlassen? Wie soll ich denn bitte Dreck auf Spuren untersuchen?"

Lotte zuckte kurz mit den Schultern. „Das ist ja nun wahrlich Ihr Job, nicht wahr?"

Tief einatmend wandte sich der Hauptkommissar an den jungen Uniformierten. „Klopfer, schauen Sie sich das Fenster in der Küche an. Wenn Sie Einbruchsspuren feststellen, rufen wir die SpuSi."

Lotte nahm an, dass SpuSi kurz für Spurensicherung stand und wies den jungen Polizisten an: „Ja, Herr Klopfer, rufen Sie die SpuSi. Die sollen mit allem Drum und Dran hier auftauchen und den Tatort untersuchen." Zufrieden nickte sie.

Unsicher blickte der junge Mann zu seinem Vorgesetzten, dessen Gesichtsfarbe schon ins Violette wechselte.

„Klopfer, Sie tun, was ich Ihnen gesagt habe. Die SpuSi wird nur informiert, wenn es offensichtliche Einbruchspuren gab. Ansonsten packen wir zusammen und fahren zurück zur Zentrale."

An Lotte gewandt, schob er mit seiner tiefen Stimme hinterher: „Sie wissen schon, dass es so etwas wie Behinderung der Staatsgewalt gibt, Fräulein Meisner?

Während Sie hier Kriminalkommissarin spielen und Ihr hässliches Vieh Beamte angreift, finden wahre Verbrechen statt, zu denen wir, dank Ihnen, zu spät kommen."

Mit einem letzten wütenden Blick auf die kleine Bullydame wandte er sich schließlich ab und stapfte strumpfsockig in den Flur.

„Klopfer, wo zur Hölle haben Sie denn meine Stiefel hin?" Die Stimme entfernte sich.

Nun war es an Lotte, tief durchzuschnaufen. Die Unverfrorenheit, mit der der Hauptkommissar sie ansprach, machte sie wütend. *Nur weil ich nicht mehr die Jüngste bin, meint er wohl, dass ich dement bin*, dachte sie sauer. *Was für eine Frechheit!*

Doktor Lohe räusperte sich leise und Lotte blickte den kleinen Mann an.

„Soll ich jemanden für Sie anrufen, Fräulein Meisner?"

Lotte überlegte.

„Nein, danke, Herr Doktor. Ich gehe jetzt mit meinem Käthchen nach Hause."

Doktor Lohe nickte verständnisvoll.

„Melden Sie sich, wenn Sie etwas zur Beruhigung brauchen."

Lotte zog die Augenbraue hoch.

„Außer einem Kräutertee von meiner Nichte Franzi brauche ich gar nichts."

Der Arzt nickte etwas beleidigt und ergriff seine Tasche.

„Ich bleibe noch hier und fülle den Totenschein aus. Dann rufe ich das Beerdigungsinstitut."

Lotte nickte. Sie war froh, dass sich Doktor Lohe darum kümmern wollte. Es gab nur ein Beerdigungsinstitut im Ort und dieses übernahm üblicherweise sämtliche Todesfälle.

„Auf Wiedersehen, Herr Doktor."

Lotte fühlte sich plötzlich unendlich müde und wandte sich in Richtung Tür.

„Komm, mein Käthchen, lass uns nach Hause gehen."

Draußen bemerkte sie, dass der Streifenwagen bereits wieder weg war. Lotte seufzte tief. Warum glaubte ihr denn niemand? Warum holte der Hauptkommissar nicht einfach die Spurensicherung?

Bei dem Gedanken fiel Lotte etwas ein. Schnell ging sie durch den langen Gang zurück in Magdas Schlafzimmer. Doktor Lohe blickte sie irritiert an.

„Haben Sie etwas vergessen, Fräulein Meisner?"

Lotte nickte, trat neben das Bett und griff nach dem fast leeren Trinkglas. Dann ging sie wieder in Richtung Tür. Ihr zweites Beweisstück fest umklammernd, marschierte sie in Richtung Gartentür. Dort wartete bereits eine eifrig mit dem Schwanz wedelnde Käthe auf sie. „Nun lass uns schnell nach Hause gehen, mein Schatz. Ich muss mich dringend hinlegen und nachdenken. Und später müssen wir unbedingt mit Agnes reden."

Zu Hause verstaute Lotte Magdas Trinkglas in einem Hängeschrank in der Küche. Dann versuchte sie, es sich auf dem Sofa gemütlich zu machen. Sie schlug die gehäkelte Decke um ihre Beine, doch es wollte ihr einfach nicht so richtig warm werden. Erst als sich die Bullydame auf ihren Beinen ausstreckte und in sonores

Schnarchen verfiel, konnte sie sich ein wenig entspannen. Sie empfand Trauer und vor allem der Gedanke, dass Magda vermutlich keines natürlichen Todes gestorben war, machte der alten Dame zu schaffen.

„Ich werde herausfinden, wer dir das angetan hat, Magda. Das verspreche ich dir", murmelte Lotte in Richtung Zimmerdecke, schloss dann müde die Augen und fiel in einen tiefen Schlaf.

Als sie die Augen öffnete, dauerte es einen Moment, bis sie sich orientieren konnte. Ja, richtig, sie hatte sich hingelegt, nach diesem furchtbaren Morgen. Lotte seufzte, dann scheuchte sie Käthe von ihren Beinen, die sich nur widerwillig erhob und vom Sofa sprang. Nachdem sie die Decke gefaltet und an das Ende des Sofas platziert hatte, schlüpfte sie in ihre wollenen Hausschuhe. Langsam schlurfte sie in die Küche, sah zu der zitronengelben Küchenuhr auf und erschrak.

„Was, halb fünf schon? Das gibt's doch gar nicht, da hab ich ja den halben Tag verschlafen!", schimpfte sie vor sich hin. Sie hatte noch nicht einmal Agnes über das Geschehen informiert, was sie dringend nachholen musste. Bevor sie zum Telefon ging, setzte sie Teewasser auf. *Ein starker Kräutertee mit einem Schuss Sherry wird mir jetzt guttun,* dachte Lotte.

Gerade als sie den Hörer zur Hand nahm, sprang Käthe auf und raste zur Haustür. Schon klingelte es und Lotte konnte schemenhaft Agnes ausmachen. Es war leicht, sie durch das milchige Glas zu erkennen. Die klobige Handtasche in der einen, den immer präsenten

Regenschirm in der anderen Hand, bot Agnes einen unverwechselbaren Anblick. Lotte hängte den Hörer auf die Gabel und schlurfte zur Haustür.

Kaum hatte sie diese geöffnet, trat Agnes mit einem: „Oje, oje, oje", ein und versuchte wie immer, die an ihr hochspringende Käthe mit dem Regenschirm abzuwehren.

Heftig schnaufend, entledigte sie sich schließlich ihres Mantels und hängte diesen, samt Regenschirm, an die Garderobe.

„Hast du es schon gehört, Lotte? Es ist ja so schrecklich. Oje, oje, oje."

Agnes watschelte in Richtung Küche und ließ sich mit einem Seufzer auf die Küchenbank fallen. Sie musste ein wenig drücken und schieben, um ihren ausladenden Körper hinter dem Tisch zu platzieren.

Lotte folgte ihr und blieb am Tischende stehen.

„Die Magda, Lotte! Die Magda ist tot!" Hektisch rote Flecken breiteten sich auf Agnes Gesicht aus. Schon wühlte sie in ihrer bauchigen Handtasche, wurde fündig und trötete in ihr Stofftaschentuch.

Lotte wartete, bis Agnes fertig war, dann erwiderte sie: „Ja, Agnes, ich weiß, dass Magda – Gott sei ihrer Seele gnädig – von uns gegangen ist." Sie seufzte leise und schob hinterher: „Ich habe sie schließlich gefunden."

Entsetzt schlug Agnes die Hände vor ihr Gesicht. Das Stofftaschentuch flog ihr indessen aus der Hand und landete in hohem Bogen direkt vor Käthes Pfoten. Die Bullydame war hellauf begeistert. Ein Geschenk, nur für sie! Eifrig schnappte sie sich das Tuch und flitzte davon in Richtung Wohnstube, wo ihr Körbchen stand.

Dorthin brachte sie all ihre Errungenschaften. Wenn Lotte etwas nicht finden konnte, wurde sie oftmals unter dem Kissen im Korb ihrer Bullydame fündig. Stifte, Fernbedienungen, ihre Lesebrille und sogar ihre Schlüssel hatte sie dort schon gefunden. Seit heute früh lag ein Stück Anzughose im Korb der Fellnase und wurde von dieser mit Eifer gehütet.

„Pfui, Käthe!", schimpfte Agnes. „Du bringst mir sofort mein Taschentuch wieder, hast du mich gehört, du Lausemädchen?"

Agnes wollte sich erheben, doch Lotte winkte ab.

„Ich nehme es ihr später ab und wasche es dann für dich. Jetzt würde sie nur meinen, ich will mit ihr spielen."

Agnes stellte ihre Handtasche auf den Küchentisch und wühlte darin herum. Mit einem triumphierenden: „Ha!", zog sie ein rosa Tuch mit gestickter Bordüre hervor, hielt es in die Luft und wedelte damit herum. „Da soll noch einer sagen, ich wäre nicht gut ausgestattet." Zufrieden blickte Agnes auf das Taschentuch in ihrer Hand.

„Ich habe mir gerade einen Tee aufgesetzt. Magst du auch einen?" Lotte blickte ihre Besucherin an.

„Tee? Hmmm."

Lotte grinste. Agnes Gesichtsausdruck verriet, dass diese etwas Stärkeres bevorzugen würde.

„Ich wollte einen ordentlichen Schluck Sherry in meinen Tee kippen. Den können wir heute gut gebrauchen!"

Agnes Augen leuchteten.

„Oh ja! Das klingt gut, meine Liebe!"

Lotte wollte gerade nach einer zweiten Teetasse greifen, da erklang ein: „Den Tee kannst du dir aber sparen!“, von der Küchenbank.

So ging Lotte mit einem Tee- und einem dickbauchigen Sherryglas bewaffnet zurück zum Küchentisch. Sie angelte sich die Sherryflasche, die auf der Anrichte am Ende der Küchenzeile stand, und setzte sich dann auf einen Küchenstuhl gegenüber von Agnes.

Lotte schenkte Agnes großzügig ein und sagte dann schlicht: „Die arme Magda.“

Ein zweistimmiges „Gott sei ihrer Seele gnädig“.

Lotte nickte traurig. Dann erzählte sie Agnes, die ihre Ausführungen mit allerlei „Ohs“, „Ahs“ und „Ojemines“ begleitete, was sich am Morgen zugetragen hatte. Auch das ein oder andere Tröten von Agnes unterbrach die Geschichte. Diese war bereits bei ihrem dritten Glas Sherry angekommen und auch Lotte hatte sich ihre Teetasse halb mit Sherry aufgefüllt. Ein leichtes Rot überzog die Backen der alten Damen. Lotte genoss das wohlig warme Gefühl, das sich in ihrem Bauch ausbreitete.

Sie erhob ihre Tasse: „Auf Magda – Gott sei ihrer Seele gnädig. Und darauf, dass wir denjenigen zur Rechenschaft ziehen, der das verbrochen hat!“

Mit einem lauten *Klink* stieß Lotte ihren Becher gegen Agnes Glas, die gerade noch verhindern konnte, dass es umfiel.

„Ja, auf unsere Magda“, antwortete Agnes. Dann blickte sie Lotte neugierig an.

„Was meintest du denn damit, dass wir denjenigen zur Rechenschaft ziehen, der das verbrochen hat? Ist das nicht die Aufgabe der Polizei?“

Interessiert sah Lotte von ihrer Teetasse hoch: „Heißt das, du glaubst nun auch, dass das nicht mit rechten Dingen zugegangen ist?"

„Na ja, die Luise hat mir heute Morgen beim Einkaufen erzählt, dass der Fritz Engels in ihren Augen schon sehr verdächtig ist! Sie muss da wohl etwas beobachtet haben, hatte aber keine Zeit, mir mehr darüber zu erzählen, weil viel Kundschaft im Laden war. Und die Luise, die weiß ja schließlich so allerlei!"

Lotte lauschte mit offenem Mund der Erzählung. Sie konnte es nicht fassen, dass die Metzgersfrau ihre Theorie so einfach in der Öffentlichkeit verbreitete.

Nach all den Jahren, die sie schon in Ganzenheim lebte, war es Lotte immer noch ein Rätsel, wie rasend schnell sich Dinge im Ort verbreiteten. Dreh- und Angelpunkt des Dorftratsches schien immer die Ganzenheimer Dorfmetzgerei zu sein. Lotte nahm sich vor, Luise am Montag einen Besuch abzustatten. Sie musste unbedingt erfahren, was diese zu ihrer abenteuerlichen Theorie brachte und was sie beobachtet hatte.

Dann wandte Lotte sich wieder Agnes zu.

„Papperlapapp! Was weiß schon die Luise? Ich sage dir, wie das zugegangen ist."

Agnes nahm einen tiefen Schluck aus ihrem Sherryglas und griff nach der Flasche. „Jetzt bin ich aber gespannt." Agnes verwischte die Silben leicht beim Sprechen.

„Dann hör gut zu, meine Liebe. Also, angefangen hat das Ganze doch mit Evas Tod. Dann hat die Giebelhoferin das Zeitliche gesegnet, kurz nachdem sie die Solistenrolle übernommen hatte. Und das, obwohl sie pumperlgesund war. Kaum übernahm die Magda den Solopart, musste auch sie dran glauben." Lottes Wangen leuchteten vor Aufregung.

Agnes schüttelte den Kopf.

„Aber was isch nisch verschtehe", das Lallen verstärkte sich, „also was isch nisch verschtehe, isch, warum jemand unschere Magda umbringen wollen würde täte." Ein lauter Hickser entfuhr der alten Dame. „Upsala, da hab isch doch tatsächlich 'nen Schluckauf bekommen." Beherzt bekämpfte sie diesen sogleich mit ein paar kräftigen Schlucken aus ihrem Sherryglas und tatsächlich ließ der Schluckauf nach.

Lotte betrachtete ihr Gegenüber mit einer hochgezogenen Augenbraue. War Agnes etwa betrunken? Normalerweise mochte sie es nicht, wenn Leute zu viel tranken. Aber heute war es ihr egal. Hauptsache, sie hatte jemanden, mit dem sie reden und mit dem sie ihre Theorien besprechen konnte.

„Na, ist doch klar wie Kloßbrühe!" rief Lotte aus. Sie wunderte sich ein wenig über diese Ausdrucksweise. So redete sie doch sonst nicht? Da half nur ein beherzter Schluck aus der Teetasse. Ihr fiel gar nicht auf, dass der Tee darin schon längst alle war und nun zu einhundert Prozent aus Sherry bestand.

Sie fuhr fort: „Irgendjemand ermordet hinterhältig unsere Solistinnen! Und ich habe auch schon einen Verdacht! Aber dass der Fritz Engels dahinter steckt, das glaube isch nisch. Isch meine eher, die Anne Hevers oder der Gottlieb Meier haben da ihr Finger im Schpiel." Lotte bemerkte das leichte Lallen, das sich nun auch in ihre Aussprache geschlichen hatte und musste grinsen.

Agnes schluckte einen kleinen Hickser herunter. „Aber warum?"

Lotte, die diese Frage erwartet hatte, erwiderte: „Meine Nischte hat geschagt, dass das nur aus Liebe, Eifersucht oder weil einer habgierisch ischt, passiert. Die Hevers isch eifersüchtig, der Meier habgierisch ..." Stolz blickte Lotte ihr Gegenüber an. Die Nasenspitzen der beiden Damen leuchteten nun um die Wette.

Agnes verstand die Zusammenhänge zwar überhaupt nicht, nickte aber so heftig, dass ihr Kopf fast auf die Tischplatte knallte. „So mussches sein."

Eine Duftwolke breitete sich plötzlich in der kleinen Küche aus.

„Pfui, Käthe", lallte Lotte, was Agnes mit einem: „T'schuldigung", quittierte.

Die Damen sahen sich an und prusteten los. Tat das gut! Nach der Aufregung und der Trauer war das gemeinsame Lachen wie Balsam für ihre Seelen.

Nach ein, zwei weiteren Tassen und Gläsern Sherry half Lotte Agnes auf die Couch, auf die diese sich mit einem Ächzer niederließ. Kaum hatte Lotte die Decke über deren Beine gezogen, sprang Käthe auf das Sofa und kuschelte sich an die mollige Dame. Einen Augenblick später schnarchten sie im Duett. Lotte vermochte nicht zu sagen, wer von ihnen lauter war. Sie stellte noch schnell das benutzte Geschirr in die Spüle und schlurfte dann, sich beinahe am Treppenlauf hochziehend, in ihre eigene Schlafstube. Dort fiel sie schnell in einen traumlosen Schlaf.

8

Den nächsten Tag nutzte Lotte, um sich von ihrem zugegebenermaßen heftigen Kater zu erholen. Sie saß zwar um halb sechs auf ihrer Gartenbank und ging später mit Agnes, die trotz der auf dem Sofa verbrachten Nacht recht frisch aussah, in den Gottesdienst – immerhin war Sonntag –, aber den restlichen Tag verbrachte sie auf ihrem Sofa. Nach einem kurzen Telefonat mit ihrer Schwester Josi, bei der diese ihr von ihren Kurerlebnissen berichtete und einem erfolglosen Versuch ihre Nichte Franzi zu erreichen, die in einer Mordermittlung unterwegs war, ging sie früh ins Bett. Wenigstens konnte sie ihr auf den Anrufbeantworter sprechen und ihr von den neuesten Ereignissen in Ganzenheim berichten. Auch die Tatsache, dass Hauptkommissar Gruber sie nicht ernst nahm, erwähnte Lotte. Vielleicht rief Franzi sie ja bald zurück?

Lotte wollte am nächsten Tag wieder fit sein, da sie so einiges vorhatte. Mit der Metzgersfrau musste sie unbedingt sprechen, und für abends war eine spontan anberaumte Versammlung des Kirchenchors geplant, wovon ihr Agnes berichtet hatte. Die alten Damen hatten am Abend zuvor noch überlegt, ob Herr Lang ihren Auftritt bei der Ostermesse nun wohl absagen würde. Aber das erfuhren sie ja spätestens am morgigen Abend.

Am nächsten Morgen fühlte sich Lotte um einiges besser und so unternahm sie zunächst mit Käthe einen ausgiebigen Spaziergang. Der leichte Nieselregen ließ sie zu dem roten Plastikhut und Gummistiefeln greifen, hielt sie jedoch nicht von ihrem Ausflug ab. Auch ihren roten Einkaufstrolley mit den weißen Punkten nahm sie wohlweislich als Aufbewahrung für Käthe mit, da ihre Bullydame nicht mit in die Metzgerei durfte, wo sie direkt nach dem Spaziergang Luise Schirrach aufsuchen wollte. Die kleine Französin einfach draußen anzubinden, kam für Lotte nicht infrage. Käthe hatte gestern recht lange im Haus aushalten müssen, als Lotte verkatert auf dem Sofa gelegen hatte und freute sich dementsprechend riesig über das Gassi gehen.

Kaum hatte Lotte das Gartentürchen aufgestoßen, huschte die Hündin bereits in das angrenzende Weinfeld davon. Eine Schar Krähen stob laut krächzend auf und ließ sich anschließend auf einem Baum in der Nähe nieder. Hoffentlich hatte die Bullydame sie nicht von einem Aas verjagt, in dem sie sich jetzt genüsslich wälzte? Lotte spähte zwischen die Reihen der Weinstöcke, konnte ihre Hündin aber nirgendwo entdecken.

Erst als sie das Ende des Weinfeldes erreicht hatte, deutete lautes Hecheln auf Käthes Rückkehr hin und schon kam die kleine Hündin ums Eck gesaust. Sie musste schnell gerannt sein. Ihr Brustkorb hob und senkte sich mit hoher Geschwindigkeit und sie hechelte laut. Kaum war die Bullydame bei ihrem Frauchen angelangt, roch Lotte, was sie befürchtet hatte. Ein undefinierbarer, aber äußerst unangenehmer Geruch entströmte dem Fell der Hündin. Sie zog die Nase kraus und setzte gerade an, das Hundemädchen zu schimpfen, als sie das Dach von Magdas Haus auf der anderen Seite des Weinfeldes erblickte. Die alte Dame schluckte den Kloß in ihrem Hals herunter und versprach himmelwärts gewandt: „Ich finde ihn, Magda. Gott sei deiner Seele gnädig." Dann stapfte sie quer zwischen den Weinreben entlang in Richtung von Magdas Haus, das auf dem Weg in die Dorfmitte lag. Lotte hatte sich vorgenommen, direkt zu Geschäftsbeginn mit Luise Schirrach zu sprechen, um deren Meinung zu Magdas Tod sowie deren Beobachtungen zu erfahren, von denen Agnes gesprochen hatte. Warum war sich diese mit ihrer Theorie bezüglich Fritz Engels als Täter so sicher? Lotte wollte das so schnell wie möglich in Erfahrung bringen und hastete weiter.

Ein Pärchen mittleren Alters kam ihr auf der Treppe hoch zum Dorfplatz entgegen, aber Lotte war so in Gedanken versunken, dass sie gar nicht wahrnahm, wie sich diese vor Entsetzen die Nase zuhielten, als sie mit ihrer Hündin an ihnen vorbei kam. Am Dorfplatz wollte Käthe direkt zum Brunnen, doch Lotte wies sie an, ihr ums Eck zur Metzgerei Schirrach zu folgen.

In dem Moment schlug der Kirchturm acht Uhr und Lotte sah, dass sich die elektrische Eingangstür der Metzgerei prompt öffnete. Die alte Dame bückte sich und lupfte Käthe in den Trolley, dann ging sie die wenigen Stufen zur Metzgerei hoch, ihr Gefährt vorsichtig hinter sich her ziehend. Benedikt Schirrach lächelte ihr hinter dem Verkaufstresen entgegen.

„Guten Morgen, Fräulein Meisner. Was darf es denn ...?" Abrupt brach die Stimme des Metzgers ab. „Ja, um Himmels willen, was ist denn das für ein bestialischer Gestank?"

Der Metzger blickte wild um sich. Vor allem seiner frisch ausgelegten Wurstware galt sein besorgter Blick.

Lotte zuckte mit den Schultern. Sie nahm den Geruch ihrer Bullydame gar nicht mehr wahr.

„Benedikt, ich will mit deiner Mutter sprechen. Wo ist sie denn?“

Sie stellte sich auf die Zehenspitzen und versuchte, ihm über die Schulter zu spähen. Der Metzger kramte in der Auslage und hob hektisch jedes einzelne seiner Wurststücke hoch und roch daran. Gehetzt sagte er: „Die Mama ist wie jeden Montag in der Aquagymnastik in Gimmersche. Sie ist bereits vor zehn Minuten mit dem Auto losgefahren.

Hastig blickte Lotte auf die Uhr, die über der Metzgerstheke hing. Acht Uhr zehn. Das hieße, dass der Dorfbus in fünf Minuten vor dem Rathaus losfuhr. Das konnte sie schaffen. Sie wollte nicht noch länger auf das Gespräch mit Luise warten.

„Gimmersche“ war der pfälzische Ausdruck für Gimmersheim, das seit zehn Jahren der Sitz der Verbandsgemeinde war. Ganzenheim hatte seitdem keinen eigenen Bürgermeister mehr und die Dörfler mussten den Weg nach Gimmersheim für ihre Amtsgeschäfte auf sich nehmen. Lotte war heilfroh gewesen, dass das erst nach ihrer Pensionierung geschehen war. Sonst hätte sie womöglich ihre Stelle verloren oder hätte nach Gimmersheim pendeln müssen. Es war zwar nicht weit, gerade sieben Kilometer von Ganzenheim entfernt, aber wenn man, wie sie, kein Auto hatte, ganz zu schweigen von einem Führerschein, war das ein Problem. Vor fünf Jahren wurde endlich der Bürgerbus eingerichtet, der dreimal am Tag zwischen den Ortschaften pendelte.

Wenn sie den um acht Uhr fünfzehn verpasste, musste sie vier Stunden warten.

Ohne sich von dem hektisch werkelnden Metzger zu verabschieden, verließ die alte Dame eilig die Metzgerei. Hätte sie über die Schulter geschaut, wäre ihr aufgefallen, wie Benedikt Schirrach mit düsterer Miene ein *Wir-haben-geschlossen*-Schild an der Tür festmachte.

Sie musste sich beeilen. Das Rathaus lag hinter der Marienkirche. Lottes rote Gummistiefel quietschten bei jedem Schritt. Da der Regen aufgehört hatte, hätte sie einen anderen Hut bevorzugt, aber dafür war jetzt keine Zeit. Käthe, die zwischenzeitlich aus dem Trolley gehüpft war, wollte wie immer eine Pause am Brunnen einlegen, doch Lotte trieb sie gnadenlos an.

„Los, mein Käthchen", keuchte sie.

Der schnelle Lauf hatte sie angestrengt. Eilig lief sie um das Kirchengebäude herum, da erspähte sie, keine zwanzig Meter vor sich, den kleinen, zehnsitzigen Bürgerbus, der gerade anfuhr.

„Halt, stehen geblieben!", schrie die alte Dame. Sie riss sich den Hut vom Kopf und winkte wild damit.

„Hier geblieben!"

Käthe hüpfte vor Aufregung ebenfalls auf und ab.

Lotte hatte Glück, heute saß Wolfgang Meier am Steuer des Bürgerbusses. Er war einer von vier Ehrenamtlichen, die sich bereit erklärt hatten, die alten Leute nach Gimmersheim und zurück zu fahren. Der Bus blinkte kurz und hielt dann am Straßenrand an. Schnell setzte Lotte ihren roten Plastikhut auf ihre Haare, die von der Aktion ziemlich zerzaust waren. Heftig schnaufend lief sie zu dem Gefährt und stieg, mit

Käthe im Schlepptau, in den Bus ein. Außer ihr befanden sich, neben dem Fahrer, nur noch zwei weitere Leute im Wagen.

„Igitt, pfui Teufel! Was ist das denn für ein Gestank?", echauffierte sich, kaum war Wolfgang Meier losgefahren, eine blondierte Dame mittleren Alters. „Das ist ja kaum zum Aushalten!"

Lotte ignorierte die Blondine und setzte sich zwei Bänke vor sie. Käthe sprang auf den Sitz neben ihr, rollte sich zusammen und begann zu schnarchen. Sie liebte das Busfahren. Das langsame Ruckeln des Gefährts wiegte sie immer sofort in den Schlaf. Lotte tätschelte sanft den runden Hundekopf.

„Danke fürs Halten, Herr Meier", rief sie nach vorn.

„Nicht der Rede wert, Fräulein Meisner", erwiderte dieser mit einem kurzen Blick in den Rückspiegel.

Hinter Lotte beschwerte sich die Blondine nun lauthals bei ihrem Sitznachbarn. „Eine Zumutung ist das! Mit dieser stinkenden Töle hier einzusteigen! Ich hab dir doch gesagt, dass wir besser ein Taxi genommen hätten, Hasi!"

Lotte stellte sich taub. Sie interessierte das Gekeife der aufgedonnerten Dame nicht im Geringsten.

Wolfgang Meier grinste, während er das große Lenkrad drehte, um auf die Verbindungsstraße nach Gimmersheim zu fahren. Er mochte die kauzige, alte Dame mit ihren bunten Hüten. Sie war immer freundlich zu ihm und auch Käthe hatte es ihm angetan. Dezent öffnete er aber dann doch sein Fenster einen Spalt weit, da ihm Käthes Duftwolke nicht verborgen geblieben war.

Kurz vor Gimmersche gesellte sich urplötzlich eine eklig süße Vanille-Duftnote zu dem bestialischen Aasgeruch hinzu. Lotte schnappte nach Luft und blickte streng über ihre Schulter. Triumphierend schwenkte die Blondine ein Deospray über ihrem Kopf und betätigte dabei großzügig den Sprühknopf. Das Ergebnis war, im wahrsten Sinne des Wortes, atemberaubend. Wolfgang Meier zog die Stirn kraus und öffnete sein Fenster ganz.

„Junge Frau, das gehört sich aber nicht! Einfach so ihr grässliches Parfüm zu versprühen. Wo kommen wir denn da hin?" Lotte blickte die Touristin streng an.

Der Angesprochenen blieb der Mund offenstehen. Sie wollte zu einer Antwort ansetzen, da hielt Wolfgang Meier den Bus an.

„Gimmersche – Rathaus", verkündete er mit einem etwas bangen Blick in den großen Rückspiegel. Doch die alte Dame würdigte die Blondine keines Blickes mehr. Sanft weckte sie ihre Bullydame auf und gemeinsam verließen sie hocherhobenen Hauptes das Gefährt. Das Keifen der Dame hinter sich ignorierte Lotte.

Der Bus hielt, wie in Ganzenheim auch, direkt am Rathaus. Sie blickte sich um und sah ein Schild, das zum Schwimmbad wies. Käthe schnupperte aufgeregt an jeder unbekannten Hausecke, als sie sich gemeinsam auf den kurzen Fußweg machten.

Ein quadratischer Betonklotz erhob sich am Rande des Ortes, große weiße Lettern an der Wand wiesen es als „Gimmersheimer Schwimmbad" aus. Das Gebäude passte nicht so recht in die Landschaft, wie Lotte fand. Halb blinde Scheiben gewährten dem Vorbeigehenden kleine Einblicke in das Geschehen im Inneren, zeigten aber auch den Renovierungsstau des Gebäudes an.

Lotte seufzte. Sie war schon ewig nicht mehr im Schwimmbad gewesen. Wasser war nicht wirklich ihr Element. Sie brauchte Erde unter den Füßen.

Beim Erklimmen der Stufen fiel ihr das *Hunde-nicht-erlaubt*-Schild am Eingang der Badeanstalt ins Auge. So musste Käthe wieder in den Trolley klettern, und Lotte drückte die große Glastür auf. Intensiver Chlorgeruch schlug ihr entgegen, den die alte Dame im Moment aber eher als angenehm empfand, übertünchte er doch den bestialischen Vanille-Aas-Geruch ihrer haarigen Begleiterin. Eine große Eingangshalle empfing die Besucher. Sie war mit einer riesigen Glaswand von der Schwimmhalle abgetrennt, gab jedoch den Blick auf das Geschehen im Inneren frei. Auf der vorderen, der Glaswand zugewandten Seite befand sich das Fünfundzwanzigmeterbecken, in dem einige Schwimmwütige ihre Bahnen zogen. Lotte beobachtete, wie ein junger Mann mit komischen Plastikdingern an den Händen um eine Gruppe alter Damen herumschwamm. Diese schienen seltsam im Wasser zu treiben und sich eifrig zu unterhalten.

Lotte kniff die Augen zusammen. Da war ja die Luise! Sie entdeckte die stämmige Metzgersfrau inmitten der Gruppierung und winkte wild. Diese quatschte jedoch eifrig weiter und bemerkte die alte Dame nicht. Lotte seufzte laut. Es blieb ihr wohl nichts anderes übrig, als ins Schwimmbad zu gehen, wenn sie hier nicht ewig warten wollte.

Sie wandte sich dem Glaskasten zu, hinter dem ein gelangweilt dreinblickender, komplett in Weiß gekleideter Mann auf Kundschaft wartete. Ein Schild informierte die Besucher, dass der Eintritt nur in passender Badekleidung gestattet war. Siedend heiß fiel Lotte ein, dass sie ihren Badeanzug nicht dabei hatte. Nach kurzem Überlegen wandte sie sich an den Herrn: „Junger Mann, ich bin zum Wasserjoggen – oder wie auch immer das heißt – da und habe meine Badesachen vergessen. Sie haben doch sicher so eine Fundkiste mit liegengebliebenen Sachen?"

Der Bademeister schaute die alte Dame zunächst verblüfft an, bückte sich dann aber und zog eine größere Kiste mit Fundsachen hervor. Er öffnete das kleine Fenster, das ihn von seiner Kundschaft trennte und schob sie Lotte zu. Nach einem kurzen Schnuppern und irritiertem Blick schloss er das Fenster schnell wieder.

Lotte wühlte in der Kiste. Schwimmflügel und -brillen warteten darin auf ihre Besitzer, ein Handtuch mit einem *Trink-Coca-Cola*-Aufdruck lag neben einigen anderen Badesachen. Lotte schnappte sich direkt das Badetuch und inspizierte dann die einzigen zwei vorhandenen Badebekleidungen. Sie hatte die Wahl zwischen einem goldenen Bikini mit Stringtanga-Höschen oder einem geschlossenen hellrosa Badeanzug der Größe 164 mit einem Aufdruck „Prinzessin Lillifee". Lotte kannte die literarische Figur der Kinderbuchreihe, da sie ab und an in der Ganzenheimer Grundschule vorlas. Neben Lillifee waren deren Freunde, ein Einhorn und ein kleines rosa Schweinchen, auf dem Gewand abgebildet.

Das konnte ja heiter werden. Lotte seufzte tief. Sie griff sich den rosa Anzug und klopfte an die Scheibe. Der Bademeister nahm die Kiste in Empfang, kassierte zwei Euro fünfzig und erklärte Lotte, dass die Aquabelts neben dem Becken lagen. Was das sein sollte, war Lotte ein Rätsel, aber das würde sie schon noch herausfinden.

Da Lotte nicht besonders groß und noch dazu schlank war, passte ihr der Kinderbadeanzug ohne Probleme. Sie schluckte, als sie ihr Konterfei im Spiegel entdeckte. Eine alte Dame mit verwuschelten grauen Haaren blickte ihr in einem Badeanzug für Kinder entgegen. In der Hand zog sie ihren Trolley mit sich, über der Schulter hing das knallrote Coca-Cola-Handtuch. Sie straffte die Schulter. Nein, wie sie aussah, war jetzt zweitrangig. Jetzt galt es herauszufinden, was Luise wusste. Es galt schließlich einen Mörder zu überführen!

Sie betrat den Duschraum, brauste sich, wie es sich gehörte, kurz ab und ging dann um das grün gekachelte Eck in die große Schwimmhalle. Das Gimmersheimer Schwimmbad war in den Siebzigerjahren entstanden und versprühte immer noch den gleichen Charme wie früher. Grüne Kacheln an den Wänden harmonierten mit den gelben Fliesen auf dem Boden. Langsam und barfuß tappte Lotte in Richtung des großen Beckens, in dem Luise Schirrach und einige weitere Damen quatschten. Lotte verstand nicht, was an dem, was die Frauen da machten, Gymnastik sein sollte. Für sie sah es so aus, als schwömmen sie auf der Stelle und unterhielten sich. Der Mann mit den Plastikteilen an den Händen zog immer noch eifrig seine Bahnen und ließ sich von dem schwimmenden Quartett nicht stören.

Lotte stellte ihren Trolley an der Seite ab und legte ihr Handtuch darüber. Dann begab sie sich an den Beckenrand und tauchte ihren großen Zeh ins Wasser. *Gar nicht so kalt,* dachte sie. Ihr Blick fiel auf blaue, gurtähnliche Gebilde, die am Schwimmbadrand bereit lagen. Lotte konnte damit überhaupt nichts anfangen und so ließ sie diese liegen. Die lange grüne Schwimmnudel, die daneben lag, packte sie jedoch und legte sie neben den Einstieg. Beherzt griff sie nach der metallenen Leiter und stieg in das große Becken. Sie konnte nur leidlich schwimmen, aber ihre Neugier darauf, was ihr Luise Schirrach erzählen würde, besiegte ihre Angst. Die Schwimmnudel umklammernd, ruderte Lotte in Richtung der Gymnastikgruppe. Sie hatte Mühe, ihren Kopf über Wasser zu halten und schluckte immer wieder fürchterlich schmeckendes Chlorwasser.

„Luise, Luise, ich bin's, die Lotte!" Mit leichter Panik im Gesicht trieb Lotte samt Schwimmnudel auf die Frauen zu.

Luise blickte sie erstaunt an. „Nanu, Lotte, was machst du denn hier? Dich habe ich hier ja noch nie gesehen!"

Lotte schluckte Wasser, als sie den Mund öffnete, um Luise zu antworten. Ein Hustenanfall war die Quittung.

„Um Himmels willen, zieh doch einen Aquabelt an, dann kannst du nicht mehr absaufe", wies Luise sie an. Trotz ihrer gefühlt heiklen Lage, musste Lotte bei dem nicht sehr elegant klingenden pfälzischem Wort „*absaufe*"grinsen.

Luise bewegte sich auf Lotte zu, auf welche Weise war ihr jedoch unklar. Schwimmen sah ihrer Meinung nach definitiv anders aus. Dann zog Luise sie samt Schwimmnudel an den Rand und half ihr die Leiter hoch. Luises Blick blieb an Lottes Badekleidung hängen und sie schien die Stirn kraus zu ziehen.

Lotte konnte sich vorstellen, dass bis morgen halb Ganzenheim über ihre unübliche Bademode Bescheid wusste. Sie spuckte ein wenig Wasser aus und ließ zu, dass ihr Luise den Wassergürtel umlegte. Als sie ins Becken glitt, fühlte sie, wie der Gurt ihr Gewicht oben hielt und sie entspannte sich ein wenig.

Luise, die bereits bei ihren Sportkameradinnen angekommen war, rief der an der gleichen Stelle treibenden Lotte zu: „Du musst die Beine bewegen wie beim Joggen. Nur noch intensiver! Aber tu nicht huddle, sonst bekommst du keine Luft mehr. Und nimm die Arme mit!"

Lotte glaubte, ihren Ohren nicht zu trauen. Sie sollte im Wasser joggen? Aber *huddle*, also sich beeilen, wieder nicht? Was waren denn das für komische Sitten? Da ihre Schwimmkünste allerdings begrenzt waren und sie unbedingt mit der Metzgersfrau sprechen wollte, blieb ihr nichts anderes übrig, als der Anweisung zu folgen. Langsam bewegte sie die Arme und Beine und merkte, wie sie sich fortbewegte. *Das ist ja gar nicht so schwer*, dachte sie erstaunt und ruderte in Luises Richtung. Diese stellte sie kurz ihren Sportkameradinnen vor, was Lotte nur mit einem Nicken quittierte. Sie war nicht auf ein Schwätzchen gekommen, sie brauchte Informationen. Luises Begleiterinnen ignorierend, fragte sie direkt: „Du, Luise, du hast doch sicher schon von Magdas Tod erfahren, oder nicht?"

Wissend nickend erwiderte diese: „Was für eine Tragödie! Die arme Magda, Gott sei ihrer Seele gnädig!"

Lotte nickte ihrerseits, sagte aber nichts, weil sie den Gesprächsfluss der rotwangigen Metzgersfrau nicht unterbrechen wollte.

„S'esch scho schaad!", schnatterte diese weiter. „Erst die Klara, dann die Magda! Wo hat's denn sowas schon mal gegeben? Aber na ja, irgendwann holt der Herrgott jeden von uns, nicht wahr?"

Beifall heischend blickte die dicke Metzgersfrau ihre Kameradinnen an, die beflissen nickten.

Lotte bohrte nach: „Aber es ist schon komisch, dass die beiden so kurz aufeinander an Herzversagen gestorben sind, meinst du nicht? Auf mich haben sie immer einen fitten Eindruck gemacht."

Luise Schirrach erhöhte bei dem Wort „fit" ihr Lauftempo, und Lotte musste eifrig strampeln, um mitzuhalten.

„Ja, das mit dem Herzversagen glaube ich auch nicht, aber das hatte ich dir ja bereits erzählt." Konspirativ senkte sie die Stimme. „Der Fritz war bei mir beim Einkaufen und hat einen ganz vergnügten Eindruck gemacht, das kann ich dir sagen! Ich wollte ihn schon runnerbutze, aber der Hans hat mich zurückgehalten. Also geknickt war der auf jeden Fall nicht. Und das obwohl er ja sonst immer eher miesepetrig gelaunt ist."

Lotte lauschte aufmerksam.

Luise fuhr fort: „Ich fand den Fritz eigentlich schon immer ein wenig seltsam. Er war ja geradezu besessen von seiner Eva."

Aus Erzählungen im Chor hatte Lotte erfahren, dass es zu Beginn der Ehe von Eva und Fritz Engels manchmal zu kleinen Eifersuchtsszenen gekommen war.

Selbst hatte sie das aber nie miterlebt. Ungläubig schüttelte sie den Kopf.

„Aber, Luise, du kannst doch nicht einfach behaupten, der Fritz Engels hat die Magda umgebracht, weil er seine Frau so sehr liebte!"

„Warum denn nicht?", erwiderte Luise schnippisch. „Also ich gehe nicht fröhlich pfeifend durch den Ort, wenn eine Bekannte gerade erst gestorben ist. Du etwa?"

„Nein, natürlich nicht. Aber das ist doch noch lange kein Grund ..."

„Das ist deine Meinung", Luise klang eingeschnappt. „Es gibt aber genügend Leute im Ort, die meine Meinung teilen, lass dir das gesagt sein."

Lotte, die den Tratsch in der Metzgerei kannte, schüttelte nur den Kopf. Da sie Luise aber nicht einfach umstimmen konnte, lenkte Lotte das Gespräch in eine andere Richtung.

„Aber der Solistinnenjob ist auch recht begehrt! Das könnte ja auch ein Motiv sein. Wenn ich da beispielsweise an die Hevers denke ..."

Luises Paddelbewegungen wurden langsamer. Nachdenklich sagte sie: „Die Hevers hat sich in der Tat neulich recht aufgeführt in der Metzgerei. Rumgekeift hat sie, als sie – natürlich von mir – erfahren hat, dass die Magda die nächste Solistin werden sollte. Richtig ausfallend ist die geworden, das kann ich dir sagen."

Lotte konnte sich die Szene lebhaft vorstellen. Sie hatte am eigenen Leib erfahren, wie unverschämt die Sängerin sein konnte.

Luise fuhr fort: „Du hättest sie hören sollen! Dass es eine Frechheit wäre, hat sie gesagt und dass man dafür bezahlen würde."

Effektheischend hob die Metzgersfrau die dicken Arme in die Luft, was zur Folge hatte, dass die ihr nachfolgenden Damen aufeinander prallten, als Luise abrupt stoppte. Nachdem sich die Frauen ohne Murren wieder in Position gebracht hatten, bewegte sich die kleine Gruppe ohne Pause weiter. Scheinbar waren sie solcherlei Aktionen von Luise gewohnt. Sie genossen den morgendlichen Tratsch sichtlich.

Lotte ließ nicht locker: „Wer soll denn dafür bezahlen? Hat sie das auch gesagt?"

Luise überlegte kurz. Die anderen warteten ebenfalls gespannt auf ihre Antwort, was die Metzgersfrau dazu veranlasste, einige „Hmmms" und „Lasst mich überlegen" von sich zu geben. Endlich verkündete sie: „Hm, dodezu kann ich dir nichts mehr Genaues sagen. Aber das ist ja auch egal. Die Hevers ist einfach etwas komisch. Nein, ich bleibe dabei. Den Fritz, den behalte ich im Auge."

Lotte überlegte. War das eine Drohung von Anne Hevers gegen einzelne Mitglieder der Chorgemeinschaft gewesen? Interessant fand sie diese Information allemal. Sie musste noch einmal mit der Sängerin sprechen. Vielleicht verplapperte sich diese ja? Fritz Engels Verhalten war in der Tat komisch, aber fröhlich durch den Ort zu gehen, war kein Beweis für einen Mord in ihren Augen.

Zufrieden paddelte Lotte vor sich hin. Der Ausflug hatte sich für sie definitiv gelohnt. *Gar nicht so übel, diese Wasserjoggerei,* dachte sie sich. Man unterhielt sich und tat gleichzeitig etwas für die Gesundheit. Wenn, wie in Luises Fall, vor allem die Kiefermuskulatur bewegt wurde, war der Effekt auf das Körpergewicht jedoch minimal, wie man der stämmigen Figur der Metzgersfrau ansah. Sie nahm sich vor, mit Agnes ins Schwimmbad zu fahren. Das konnte ihnen beiden schließlich nicht schaden.

Vor lauter Nachdenken hatte Lotte nicht bemerkt, dass sie ein wenig abseits abgetrieben war. Luises schrille Stimme schallte plötzlich durch das Schwimmbad: „Lotte, pass uff!"

Die alte Dame blickte sich um und sah gerade noch das Plastikding am Arm des kraulenden Mannes auf sich zu sausen. Dann spürte sie einen Schlag auf der Stirn.

„Aua!", schrie sie laut auf und hielt sich die Hand auf die beginnende Beule.

Nun passierten mehrere Dinge gleichzeitig. Der Schwimmer stoppte und blickte Lotte irritiert und leicht verärgert an, Lottes Einkaufstrolley bewegte sich, fiel um und mit einem Riesenplatsch landete Käthe, die ihrem Frauchen zu Hilfe eilen wollte, mitten im Schwimmbecken. Das Sportquartett kreischte laut, als sie das schwarze Tier sahen und der Bademeister blickte gelangweilt von seiner Zeitschriftlektüre auf, die er in dem kleinen Glaskasten las, in dem er saß. Lotte brummte der Kopf, doch als sie sah, wie sich ihre Hündin abmühte, den Kopf über Wasser zu halten, gab sie Gas.

„Ich komme, Käthe! Halte durch!"
Sie versuchte, das Tier zu fassen zu bekommen, doch die kurzen Beine mit den Krallen paddelten wie wild,

als die Bullydame verzweifelt versuchte, ihren massigen Kopf über Wasser zu halten. Es war offensichtlich, dass sie nicht schwimmen konnte.

„Zu Hilfe, zu Hilfe! Mein Käthchen ertrinkt!", schrie Lotte voller Panik.

Der Bademeister, der inzwischen zum Beckenrand getreten war und das Schauspiel fassungslos beobachtet hatte, erwachte aus seiner Erstarrung und sprang Kopf voraus ins Wasser. Mit zwei schnellen Armzügen erreichte er die Seniorin und versuchte, sie unter den Armen zu greifen, so wie man eben einen Ertrinkenden packt, der unterzugehen droht.

Lotte schlug um sich und schrie auf: „Nicht ich, Sie Tölpel! Meine Käthe geht unter!"

Sie deutete auf die kleine schwarze Nase, die noch einen Augenblick lang zu sehen war, im nächsten Moment aber unterging! Lotte heulte laut auf. Der Bademeister begriff endlich seinen Fehler und tauchte ab. Endlose Sekunden später erreichte er die Wasseroberfläche, die Bullydame fest im Griff, die sich jedoch nicht mehr bewegte. Lotte schwante Schlimmes. Sie ruderte, so schnell sie konnte, hinter dem Bademeister her an den Rand des Schwimmbeckens und hievte sich aus dem Wasser. Der triefend nasse Mann beugte sich über den leblosen Hund und schüttelte den Kopf.

„Sowas ist mir ja noch nie untergekommen. Ein Hund im Schwimmbad!" Er rümpfte die Nase. „Und noch dazu ein stinkiger!"

Lotte kniete sich neben ihre Bullydame und streichelte sie sanft. Tränen bildeten sich in ihren Augen.

„Komm, mein Käthchen! Komm, das packst du!"

Beherzt drückte sie ein paarmal auf den Brustkorb der Hündin. Das hatte sie im Fernsehen gesehen, vielleicht half das ja auch bei Hunden?

In der Tat ging plötzlich ein Zucken durch den klatschnassen kleinen Körper und ein Schwall Wasser ergoss sich aus ihrem Maul. Keine zwei Sekunden später rappelte sich die Bullydame auf und schüttelte ausgiebig ihr triefend nasses Fell.

Lotte strahlte! Ihre Käthe lebte! Sie herzte und streichelte ihre Hündin ausgiebig und bemerkte gar nicht, dass sowohl der Bademeister als auch die Badegäste sie verärgert ansahen. Der Schwimmer, dem sie die bereits leicht bläulich verfärbte Beule auf ihrer Stirn verdankte, schüttelte den Kopf.

Lotte fixierte ihn mit einem strengen Blick und fauchte: „Wenn meinem Käthchen etwas passiert wäre, dann hätten Ihre Plastikdinger Sie nicht schnell genug von mir wegbringen können!"

Ohne eine Antwort abzuwarten, wandte sie sich ihrer Hündin zu, die sich nun leicht zitternd an sie drückte. Ein Räuspern ließ sie aufblicken.

Der Bademeister, der in seiner triefenden, weißen Dienstkleidung vor ihr stand, sah sie streng an: „Hunde sind im Schwimmbad verboten!"

Lotte, die sich gerade von Käthe die Hand abschlecken ließ, lächelte ihn an. „Keine Sorge, so schnell sehen Sie uns nicht wieder!"

Ächzend richtete sie sich auf, schnappte sich ihren Trolley und das Cola-Handtuch und ging hoch erhobenen Hauptes in ihrem hellrosa Badeanzug an dem verblüfften Bademeister vorbei in Richtung Duschkabine. Da Käthe ohnehin schon nass war, verpasste sie ihrer

Hündin eine ordentliche Dusche, um auch den Rest des Vanille-Aas-Gestanks, zu dem sich nun noch eine Chlornote mischte, loszuwerden. Ein einsames, vergessenes Shampoo half ihr dabei.

Frisch geföhnt verließen die beiden Damen anschließend das Gimmersheimer Hallenbad und marschierten zurück zur Bushaltestelle. Die alte Dame stellte fest, wie praktisch so ein Hut war, verdeckte er ihre Beule doch perfekt. Sie machte einen kleinen Umweg über die Gimmersheimer Metzgerei und kaufte einen halben Ring Fleischwurst, den sie, während sie auf den Bus warteten, an ihre zufrieden kauende Bullydame verfütterte. Scheinbar hatte sie ihr Schwimmabenteuer bestens verkraftet.

Es war wieder der jüngere Meier, der eine Stunde später den Bürgerbus vor ihr zum Stehen brachte. Dieser schien erleichtert aufzuatmen, als er feststellte, dass Käthe kein bestialischer Geruch mehr entströmte.

Auf seinen fragenden Blick hin erwiderte die alte Dame schlicht: „Wir waren schwimmen.“

Der Busfahrer nickte nur.

„Kommen Sie heute Abend auch zur Chorversammlung, Fräulein Meisner?“, erkundigte er sich freundlich bei seinem Fahrgast.

Außer Lotte und Käthe, die sich bereits laut schnarchend von ihrem Ausflug ins Wasser erholte, saß niemand in dem Gefährt.

„Aber selbstverständlich, Herr Meier. Ich muss schließlich wissen, ob und wie es weitergeht mit unserem Auftritt.“

Meier nickte, während er den Blinker betätigte. „Es wäre wirklich zu schade, wenn wir den Fernsehauftritt absagen müssten. Immerhin proben wir schon seit kurz nach Weihnachten." Nach kurzem Schweigen fügte er hinzu: „Aber verstehen würde ich es natürlich schon."

Lotte nickte. Dem war nichts mehr hinzuzufügen. Einerseits wäre der Fernsehauftritt nicht nur für den Chor, sondern für den ganzen Ort von Bedeutung, da Ganzenheim überregional bekannt werden würde, was Touristen mit sich brächte. Andererseits fürchtete sie, was noch alles vorfallen könnte, wenn eine Nachfolgerin für die Solistenrolle bestimmt wurde.

Als der Bus anhielt, bedankte sie sich beim Fahrer und begab sich auf dem kürzesten Weg nach Hause. Dort verwöhnte sie ihre Bullydame weiter nach Strich und Faden und sorgte dafür, dass Käthe sich den restlichen Tag ausruhte.

Gegen Abend machte sich Lotte ausgehfertig, um zum Treffen des Kirchenchors zu gehen. Herr Lang hatte den Nebenraum der *Traube* reserviert, da es abends in der Kirche empfindlich kalt sein konnte. Sie wählte ihren hellblauen Hut mit der schicken roten Feder, die ihrer Meinung nach ausgezeichnet zu den roten Gummistiefeln passte, die sie auch heute Abend trug. Die letzten Tage waren nasser gewesen, als es in der Vorderpfalz üblich war. Das machte Lotte aber nichts aus. Die Natur brauchte den Regen.

„Komm, mein Schatz! Los geht's!", forderte sie ihre Bullydame zum Gehen auf.

Diese machte zunächst keinen Wackler, ließ sich dann aber nach erneuter Aufforderung dazu herab, sich zur Tür zu begeben. Der Tag schien das kleine Tier sichtlich mitgenommen zu haben, aber Lotte wollte sie ungern allein lassen.

„Komm, Käthchen. Es ist nicht weit bis zur Wirtschaft."

Kaum im Freien erwachten die Lebensgeister der Hündin und sie sauste davon. Lotte betete, dass sie nicht noch einmal das Aas fand, in dem sie sich am Morgen gewälzt hatte. Flott schritt sie aus und erreichte bald den Treppenaufgang zum Dorfplatz. Es machte sie traurig, die geschlossenen Fensterläden von Magdas Haus zu sehen und zu wissen, dass sie nie wieder ein Schwätzchen mit ihr würde halten können. Sie blickte sich auf der Suche nach Käthe um, da kam diese plötzlich ums Eck geschossen.

„Da bist du ja!"

Vorsichtig schnupperte Lotte und stellte mit Erleichterung fest, dass sie nichts roch.

„Na, wenigstens das bleibt mir erspart", murmelte sie vor sich hin und machte sich an den Treppenaufstieg.

Das Hinterzimmer der Gastwirtschaft war bereits gut gefüllt, als sie eintrat. Agnes, die an einem der hinteren Tische saß, hielt ihren Regenschirm in die Luft und wedelte damit herum, um Lottes Aufmerksamkeit zu erreichen. Die alte Dame schob sich an den laut palavernden Menschen vorbei und nahm neben ihr Platz.

„Was für ein Tag!", seufzte sie. „Sei gegrüßt, Agnes", wandte sie sich an ihre Tischnachbarin.

„Was meinst du, Lotte? Die Tatsache, dass du in einem Prinzessin Lillifee-Anzug schwimmen warst, oder dass dein Hund einem Bad ebenfalls nicht widerstehen konnte?" Agnes grinste sie an.

„Woher ...?“, erstaunt zog Lotte ihre Augenbrauen hoch. Sie überlegte kurz, da erblickte sie am Eingang das rote Gesicht der Metzgersfrau.

„Diese Luise!“, schimpfte sie. „Was für ein Tratschweib!“

Agnes lachte lauthals auf. „Ja, ich war heute Nachmittag bei Schirrachs einkaufen. Morgen will ich Rouladen machen. Und da hat mir Luise alles haarklein von deinem Ausflug heute berichtet.“

Lotte musste grinsen. „Ja, das war ein Abenteuer! Das kann ich dir sagen.“

Sie wollte gerade ansetzen, ihre Version der Geschichte zu berichten, da klopfte Herr Lang dreimal mit dem Holzstock auf seinen Tisch und verlangte Aufmerksamkeit. Die Damen verstummten und auch die anderen Mitglieder der Chorgemeinschaft richteten erwartungsvolle Blicke auf ihren Chorleiter.

Die hohe Stimme des Zweimetermannes erklang: „Liebe Mitglieder des Ganzenheimer Kirchenchors. Wir haben uns heute hier aus einem traurigen Anlass versammelt. Nachdem Frau Giebelhofer in der letzten Chorprobe so plötzlich von uns gegangen ist, hat nun auch Frau Schuster das Zeitliche gesegnet.“ Ein gemurmeltes: „Gott sei ihren Seelen gnädig“, antwortete ihm.

Der Chorleiter fuhr fort. „Wir haben mit den beiden Damen nicht nur ausgezeichnete Sängerinnen verloren, sondern auch wertvolle Mitglieder unserer Gesangs- und Dorfgemeinschaft. Ich denke, Sie sind alle damit einverstanden, wenn wir bei beiden Beerdigungen singen.“

Als Zeichen ihrer Zustimmung klopften die Anwesenden auf die Tischplatten.

Lotte blickte sich unauffällig um. Schräg gegenüber entdeckte sie das Männerquintett. Wolfgang Meier lächelte ihr zu, während sein Bruder mit dem Handy unter dem Tisch spielte. Lotte gefiel dieses Verhalten schon bei Jugendlichen nicht, aber einen älteren Herren bei dieser Unart zu beobachten, fand sie absurd. Karl Pfannenstiel und Hans Schirrach lauschten den Worten des Chorleiters und Fritz Engels sah diesen mit verkniffenem Gesichtsausdruck an. Von der Fröhlichkeit, von der Luise berichtet hatte, konnte Lotte nichts erkennen.

Sie ließ ihren Blick weiter über die Köpfe der Anwesenden schweifen. Wo war bloß Anne Hevers abgeblieben? Für sie musste es doch von allergrößtem Interesse sein, zu erfahren, wie es mit dem Fernsehauftritt weiterging. Ganz hinten an der Wand stehend, entdeckte sie die blonde Frau.

Ist ja typisch, dass die sich nicht zu uns setzt, dachte Lotte. *Wahrscheinlich will sie sofort weg, wenn Herr Lang seine Rede beendet. Wäre ja auch zu schlimm, wenn sie Zeit mit uns einfachen Dörflern verbringen müsste.*

Der großgewachsene Chorleiter räusperte sich und fuhr fort: „Bezüglich des Fernsehauftritts habe ich ebenfalls eine Neuigkeit für Sie."

Schon war er gesamte Aufmerksamkeit der Gruppe auf ihn gerichtet. Auch das letzte Flüstern erstarb und zig Augenpaare richteten sich erwartungsvoll auf ihn.

„Ich habe mit dem Regionalsender gesprochen und ihnen von unserem Unglück erzählt. Sie sprachen uns ihr Beileid aus, meinten aber, dass sie auf die Kürze keine Programmänderung mehr hinnehmen können. Sogar die Programmheftchen sind schon im Druck."

Er schüttelte den Kopf. „Nein, meine Herrschaften, an eine Absage ist leider nicht mehr zu denken."

Aufgeregtes Stimmengemurmel erhob sich. Lotte vermeinte, diesem sowohl Erleichterung als auch Zorn über die Entscheidung des Regionalsenders zu entnehmen. Agnes bekam vor Aufregung ganz rote Backen. Mit ihren Händen hielt sie das rosa Taschentuch umklammert und starrte gebannt nach vorn. Lotte fiel ein, dass sie das braunkarierte Tuch noch aus Käthes Korb entfernen musste.

Herr Lang erhob die Stimme, was bei seiner hohen Tonlage beinahe komisch klang: „Meine Damen und Herren", er klopfte dreimal auf die Tischplatte, „so beruhigen Sie sich bitte. Es gibt schließlich noch einiges zu besprechen."

Das Stimmengemurmel verebbte langsam.

„Bezüglich der Nachfolge von Frau Giebelhofer und Frau Schuster ..."

Der Chorleiter machte eine lange Pause und blickte in die Runde. Schnell schaute Lotte zu Anne Hevers, die ebenfalls vor Aufregung rote Backen bekommen hatte.

„Wer die Nachfolgerin wird, ist noch nicht klar."

Ein enttäuscht klingendes Stimmengewirr erhob sich und Lotte sah, wie Anne Hevers ihren Platz an der Wand verließ und auf den Chorleiter zuging. Ihre Schultern gestrafft, den Kopf hoch erhoben, trat sie vor den großgewachsenen Mann.

Totenstille breitete sich im Raum aus. Atemlos verfolgten die Anwesenden das Geschehen.

„Herr Lang", Anne Hevers Stimme klang leicht schrill. „Es ist mir ein Rätsel, weshalb Sie die Nachfolge nicht direkt benennen können. Wir wissen doch alle, dass nur eine hier dafür infrage kommt!" Mit hochgerecktem Kinn schaute sie ihn auffordernd an.

Der Chorleiter wurde ebenfalls rot. Dies geschah aber nicht aus Zorn, sondern schlicht und ergreifend, weil es ihm peinlich war, Teil dieser Szene zu sein. Herr Lang war ein eher schüchterner Zeitgenosse und er genoss es, ganz im Gegensatz zu Anne Hevers, überhaupt nicht, im Mittelpunkt zu stehen.

„Frau Hevers, Sie werden wohl verstehen –", setzte er an, wurde aber rüde unterbrochen.

„Nichts muss ich verstehen, Herr Lang! Ganz und gar nichts! Ich bin die einzige Person in diesem Raum, die über eine professionelle Gesangsausbildung verfügt, und ich verlange, nun endlich die Solistenrolle zu bekommen. Die hätte mir eh schon längst zugestanden!"

Ein kollektives Luftholen war zu hören, als die Chormitglieder ungläubig die Szene verfolgten. Auch Lotte konnte nicht fassen, dass sich die blonde Sängerin dermaßen anpries.

Vom Männertisch erklang wütendes Stimmengemurmel, das der tiefe Bass von Karl Pfannenstiel beendete.

Herr Lang wippte auf seinen Fußballen auf und ab. Offensichtlich war ihm nicht klar, wie er aus der Situation herauskommen sollte. Da trat Margarete Neuhaus, die Organistin, an seine Seite.

Mit ruhiger Stimme verkündete sie: „Herr Lang wird in Absprache mit mir in Kürze den Namen der neuen

Solistin verkünden. Bitte beachten Sie hierzu den Aushang vor der Kirche, wo wir eine entsprechende Notiz anheften werden."

Mit diesen Worten zog sie den sprachlosen Chorleiter mit sich und verließ den Gastraum.

Nach Luft schnappend, blickte sich Anne Hevers um. „Das ist die größte Frechheit des Jahrhunderts! Mich einfach so stehen zu lassen."

Sie drückte ihre Markenhandtasche an sich und stürmte, an so manchem grinsenden Chormitglied vorbei, aus der Tür.

Kaum war diese ins Schloss gefallen, erhob sich ein gewaltiges Stimmengewirr. Lotte sah, wie Fritz Engels auf den Tisch haute und ihm Wolfgang Meier die Hand auf die Schulter legte. Luise Schirrach hatte eine ganze Horde Chordamen um sich geschart und es wurde mit viel Mimik und Gestik miteinander diskutiert. Lotte vermeinte zu sehen, wie Luise immer wieder in Richtung von Fritz Engels zeigte und schüttelte den Kopf.

Sie blickte neben sich. Agnes hielt ihr Taschentuch an den Mund gepresst. Offensichtlich hatte sie die Szene mitgenommen.

Mitleidig legte ihr Lotte die Hand auf den Arm. „Komm, meine Liebe. Ich glaube, wir brauchen jetzt einen Sherry."

Mit diesen Worten zog sie die rundliche alte Dame hoch und ging in Richtung Ausgang. Käthe, die unter dem Tisch gedöst und das ganze Drama verschlafen hatte, folgte ihrem Frauchen brav. Vor der Tür trafen sie auf Erna Meier, die sich auf ihren Gehstock gestützt daran machte, nach Hause zu gehen. Ihr Rücken war gebückt, was sie noch kleiner erscheinen ließ, als sie es ohnehin schon war. Die hochbetagte Frau war Lotte im Laufe der Jahre eine liebe Freundin geworden.

„Gehst du auch schon, Erna?", fragte Lotte freundlich, sich bei Agnes unterhakend.

„Ja, meine Lieben. So ein Theater! Das halten meine Nerven nicht aus!"

Lotte nickte.

„Weißt du, Lotte, das mit der Hevers ist schon ein starkes Stück! Ich fasse es nicht, wie sie sich heute aufgeführt hat."

Die alte Dame schlurfte ein paar Schritte weiter. Lotte schlenderte, Agnes und Käthe im Schlepptau, gemächlich neben ihr her. Als sie die Treppe erreicht hatten, die in Richtung des Feldweges führte, verabschiedeten sich die Damen voneinander. Zu Lottes Freude schlug Erna Meier vor, dass sie am nächsten Tag zum Kaffee vorbeikommen sollte. Sie hatte schon lange kein Schwätzchen mehr mit ihr halten können und sagte dankend zu. Nach einer kurzen Verabschiedung zog sie Agnes mit sich in Richtung ihres Hauses und sie ließen den Abend bei einem Glas Sherry ausklingen. Käthe schnarchte währenddessen friedlich in ihrem Hundekorb, ein braunkariertes Taschentuch liebevoll zwischen den Pfoten haltend.

9

Die grauen Regenwolken hatten sich verzogen, als Lotte ihre Fensterläden öffnete. Obwohl es noch recht dunkel war, konnte sie erkennen, dass es ein sonniger Tag werden würde. Nachdem sie ihre Hündin gefüttert und sich selbst mit Kaffee versorgt hatte, zog sie ihren gelben Filzhut auf und setzte sich auf ihre Holzbank im Vordergarten. Sie blieb länger als üblich sitzen und genoss die frühe Stunde. Es dämmerte und ein Vogelkonzert erhob sich, welches ihr allmorgendlich das Herz leichter machte. Lotte konnte nicht verstehen, wie manche Menschen so lange schlafen und diese Pracht somit verpassen konnten. Käthe lag, nach einer ausgiebigen Schnupperrunde im Garten, zu ihren Füßen und schien ebenfalls dem Gesang der Vögel zu lauschen.

Das Heulen eines Motors unterbrach urplötzlich das Vogelgezwitscher und Lotte blickte verärgert auf. Ein silberner Mercedes rauschte in überhöhter Geschwindigkeit dicht an ihrem Gartentürchen vorbei. Durch das Fenster vermeinte sie, Gottlieb Meiers Gesicht zu erkennen.

„So ein Affe", murmelte sie vor sich hin, woraufhin Käthe aufblickte und sie fragend ansah. Lotte tätschelte den runden Kopf: „Nicht du, mein Schatz. Nicht du."

Käthe erhob sich schwanzwedelnd und Lotte folgte ihrer Aufforderung zum Gassigang.

Zurück zu Hause erledigte Lotte ihre Hausarbeiten mit gewohnter Sorgfalt. Sie legte großen Wert auf ein gepflegtes Haus. Die Oberflächen ihrer Schränke blitzten und kein Körnchen Staub ließ sich darauf sehen. Das Wischen fiel ihr leicht, musste sie doch keine Bilderrahmen oder sonstigen Tand vorher entfernen. Lotte hatte eine Abneigung gegenüber jeglicher Art von Dekoration und ihre Einrichtung spiegelte diese nüchterne Einstellung wider. Es war ihr ein Rätsel, wie manche Leute sinnlosen Krempel sammeln und dann auch noch ausstellen konnten. Agnes besaß beispielsweise, neben einer beträchtlichen Anzahl an Regenschirmen, eine riesige Sammlung von Fabergé-Eiern. Dabei handelte es sich um zum Teil recht billige Nachahmungen der schmuckvoll verzierten Eier, die einst im Auftrag des russischen Zaren entstanden waren. In allen Farben und Formen begegneten einem diese Prunkeier in Agnes Haus. Keine Abstellfläche blieb davon verschont.

Lotte schüttelte den Kopf. Ihr jedenfalls kam so ein Tand nicht ins Haus. Ihre Hüte als sinnlose Sammlung anzusehen, wäre ihr jedoch nie eingefallen. Jede Dame sollte über entsprechendes Hutwerk verfügen. Es gehörte sich schließlich nicht, das Haus ohne passende Kopfbedeckung zu verlassen.

Das abschließende Kehren fiel Lotte deutlich schwerer, meinte ihre Bullydame doch, dass sie mit dem Besen als Spielzeug vor ihrer Nase herumwedelte. So attackierte die kleine Hündin den Besen mit großer Ausdauer und Freude, was eine Schimpftirade ihres Frauchens auslöste. Erst als Lotte das Tier in den Garten verbannt und die Haustür geschlossen hatte, war ein vernünftiges Kehren überhaupt möglich.

Mittags telefonierte Lotte zunächst mit Agnes und sie verabredeten sich für den nächsten Abend. Beide hofften, dass bis dahin bekannt werden würde, wer den Solistenpart übernehmen sollte. Dann ruhte sie sich, mit Käthe auf der karierten Decke, die sie über ihre Knie gebreitete hatte, ein wenig auf dem Sofa aus. Lotte genoss die Mittagsruhe und da sie zu diesem Zeitpunkt bereits seit über sechs Stunden wach war, schloss sie, begleitet von Käthes Schnarchen, ein wenig die Augen.

Gegen Nachmittag zog sie ihren Mantel an und wählte den blauen Hut mit roter Feder als passenden Begleiter für ihren Besuch bei Erna Meier aus. Die Sonne schien hell vom Himmel und so verzichtete sie auf einen Regenschirm. Mit Käthe im Schlepptau begab sie sich hinauf ins Dorf zum Haus der Meiers, das sich in einer Seitengasse des Dorfplatzes befand.

Das alte Fachwerkhaus war liebevoll restauriert worden. Der jüngere Meier hatte viel Zeit in sein Elternhaus investiert und dieses als gelernter Handwerker gekonnt in Schuss gehalten. Er selbst wohnte im ausgebauten Dachgeschoss, da er nie geheiratet hatte. Seit dem Tod des Vaters kümmerte er sich liebevoll um seine betagte Mutter. Er begleitete sie zu ihren Arztterminen und erledigte Einkäufe für sie in seiner Freizeit. Sein älterer Bruder, Gottlieb, bewohnte ein großes Haus am Rande des Ortes. Der alten Dame war das villenähnliche Gebäude schon seit jeher ein Dorn im Auge, denn es wirkte gänzlich unpassend für die ländliche Gegend. Weiße Säulen am Eingang und zwei steinerne Drachen, die auf Sockeln die Einfahrt bewachten, fügten sich nicht so recht in die pfälzische Landschaft ein. Der ältere Meier hatte das Haus bauen lassen, als er mit beinahe fünfzig geheiratet hatte. Seine Auserwählte, eine Endzwanzigerin mit blondierten Haaren und kurzen Röcken, war zwei Jahre bei ihm geblieben. Seitdem bewohnte er das Haus allein, mit Ausnahme der Einliegerwohnung, die er an Klara Giebelhofer vermietet hatte. Von seiner Untermieterin hatte er einen unverschämt hohen Mietpreis kassiert, den diese aber gern entrichtet hatte, war sie doch selbst ganz vernarrt in das prunkvolle Gebäude gewesen. Das Abblättern der Farbe an den Außenwänden und die ein oder andere nicht erfolgte Reparatur zeigten jedoch an, dass Meier Schwierigkeiten hatte, das Gebäude zu finanzieren. Wie er das jetzt allein stemmen wollte, nachdem die Giebelhoferin als Mieterin ausfiel? Sie schüttelte diesen Gedanken von sich. Es war ihr egal, wie es dem älteren Meier erging. In ihren Augen war er kein freundlicher Mensch.

Das Läuten von Big Ben erklang, als sie die Türklingel betätigte. Aus dem Inneren ertönte ein lautes: „Ich mache das schon, Mutter. Bleib du sitzen", und im nächsten Moment blickte sie in das lächelnde Gesicht von Wolfgang Meier.

„Guten Tag, Fräulein Meisner. Wie schön, dass Sie Mutter besuchen kommen. Sie hat sich schon den ganzen Tag auf Sie gefreut." Lächelnd hielt er ihr die Tür auf und nahm ihr im Gang galant Mantel und Hut ab.

„Mutter wartet in der Stube. Ich habe eine Kleinigkeit hergerichtet und bereits Kaffee gekocht. Oder bevorzugen Sie Tee, Fräulein Meisner?" Fragend blickte er sein Gegenüber an.

Lotte schüttelte den Kopf. „Herzlichen Dank, Herr Meier. Kaffee ist mir recht.“

Sie folgte dem großgewachsenen Mann den holzgetäfelten Gang entlang. Für ihren Geschmack war das Holz etwas zu dunkel, aber sie bemerkte, dass alles sauber und ordentlich war. *Was für ein Glück, dass Erna so einen tüchtigen Buben hat*, dachte Lotte.

Ihr Begleiter hielt ihr die Tür zur großzügigen Stube auf. Obwohl Lotte schon mehrfach hier gewesen war, war sie von der Fülle an Möbeln überwältigt, die dieses Zimmer beherbergte. Erna hatte schon immer ein Faible für Antiquitäten gehabt und, wie es schien, ihre gesamte Sammlung in diesem Zimmer untergebracht. Kleine Holztischchen mit filigran geschnitzten Oberflächen reihten sich neben zierliche Schränkchen und Sekretäre mit Goldgriffen an den Schubladen. Hinzu kamen weiße Häkeldeckchen, die nahezu jede freie Oberfläche bedeckten. Diverse, ebenfalls antike Glasgefäße verteilten sich darauf. Lotte hatte Mühe, Erna zu entdecken, die inmitten dieser Möbelfülle am hübsch eingedeckten Esstisch saß. Die Kleinigkeit, die ihr Sohn hergerichtete hatte, bestand aus einem selbstgebackenen Apfelkuchen und frischen Windbeuteln, die auf einer gläsernen Servierplatte bereitstanden.

Lotte staunte. „Herr Meier, haben Sie das alles etwa selbst gebacken?“

Der Angesprochene winkte ab. „Das war doch kein Aufwand, und außerdem backe ich sehr gerne.“ Er begab sich in Richtung der Tür, wandte sich aber noch einmal um.

„Benötigst du noch etwas, Mutter?“, fragte er die betagte Dame.

„Nein, Wolfi. Ich danke dir, mein Schatz."

Der großgewachsene Mann strahlte, sichtlich erfreut über das Kompliment.

Lotte nahm Erna gegenüber Platz.

„Guten Tag, meine Liebe." Ernas Stimme klang fester, als man der gebückten Gestalt zutrauen würde.

Die betagte Dame konnte kaum mehr sehen konnte, deshalb griff sie nach deren Hand und drückte sie leicht.

„Hallo, Erna. Es ist schön, dich zu sehen. Ich danke dir für die Einladung."

Die über 90-Jährige lächelte. „Wir machen das viel zu selten."

„Da hast du recht", stimmte ihr Lotte zu.

Erna fuhr fort: „Es ist aber auch viel passiert in letzter Zeit, meinst du nicht? Furchtbar, das mit der Magda und der Giebelhoferin, Gott sei ihren Seelen gnädig."

Ihre Hand suchte tastend nach dem Kuchenschieber. Lotte kam ihr zuvor und servierte ihr ein Stück des himmlisch duftenden Apfelkuchens. Sich selbst legte sie ebenfalls eines der großgeschnittenen Stücke auf den Teller und gab einen dicken Klacks Sahne oben drauf. Wohlweislich hatte sie auf das Mittagsmahl verzichtet und verspürte nun Hunger.

„Ja, es ist in der Tat eine Tragödie. Ich hatte noch am Vorabend mit Magda gesprochen. Sie fühlte sich nicht gut, wollte aber nicht, dass ich den Doktor rufe."

Erna hob die Gabel zu ihrem Mund, wobei ein paar Krümel ihren Weg auf den Boden fanden. Prompt erklangen Käthes Staubsaugergeräusche.

Lotte fuhr fort. „Ich glaube trotzdem nicht, dass die Magda einfach so, mir nichts dir nichts, an Herzversagen gestorben ist." Dann schob sie sich selbst eine Gabel des köstlichen Kuchens in den Mund. Eine Zeitlang kauten sie genüsslich.

„Weißt du, Lotte, so ist es halt. Heute noch gesund, morgen schon tot. Das kann jeden von uns treffen. Nur der Herrgott alleine weiß, wann er uns zu sich holen wird."

Lotte nickte ihrer Gesprächspartnerin zu. „Da gebe ich dir recht, meine Liebe. Aber manchmal hilft jemand dem Herrgott ein wenig nach, glaube ich."

Erna blickte sie erschrocken an. „Willst du damit sagen, dass jemand die Magda – Gott sei ihrer Seele gnädig – auf dem Gewissen hat?" Vor lauter Aufregung vergaß sie das Stück Kuchen auf ihrer Gabel und bemerkte auch nicht, wie es herunterrutschte und dort mit einem zufriedenen Schmatzen in Empfang genommen wurde.

„Ich meine nur, dass es schon sehr seltsam ist, dass erst die Giebelhoferin und dann die Magda so kurz nach ihrer Ernennung zur Solistin gestorben sind."

Erna schüttelte den Kopf. „Das kann ich mir nun wirklich nicht vorstellen. Wer soll denn die beiden getötet haben?" Sie richtete ihre milchigen Augen auf ihre Gesprächspartnerin.

Lotte überlegte kurz. Sie wollte ihr nichts von ihrem Verdacht über deren Sohn erzählen und so sagte sie schlicht: „Meine Nichte Franzi – du weißt schon, die Kommissarin aus Augsburg – meint, dass meist Eifersucht oder Geld das Motiv wären."

Erna nickte wissend. „Das stimmt. Im *Tatort* wurde erst neulich eine Frau umgebracht, weil sie eine hohe Lebensversicherung abgeschlossen hatte. Zum Glück hab ich so etwas nicht."

Die Wangen der alten Dame verfärbten sich vor Aufregung ein wenig. Dann sagte sie nachdenklich: „Die Giebelhoferin hatte schon so einiges auf der hohen Kante liegen, das hat mir mein Gottlieb erzählt."

Lotte horchte auf, doch ihr Gegenüber fuhr bereits fort. „Aber die Magda besaß doch kaum etwas. Das kann es also nicht gewesen sein." Nachdenklich spießte Erna ein weiteres Stück Kuchen auf ihre Gabel. „Es sei denn ..."

„Es sei denn was?", bohrte Lotte direkt nach.

„Nun ja, der Grund von Magdas Haus ist einiges wert. Du weißt doch, dass es direkt an das Weinfeld grenzt. Sie hat mir schon öfter erzählt, dass sie Angebote bekommen hat. Aber sie hat alle abgewiesen, auch Gottlieb damals."

Lotte lauschte interessiert.

„Gottlieb wollte Magdas Haus?"

„Nein, er wollte das Grundstück. Zum Investieren hat er mir gesagt, aber ich verstehe von dem ganzen Zeug doch nichts. Auf jeden Fall hat die Magda nicht verkauft. Und irgendwann konnte er es sich dann nicht mehr leisten." Der Gesichtsausdruck der alten Dame wurde traurig.

Lotte nahm einen Schluck Kaffee und wartete darauf, dass diese fortfuhr.

„Mein Gottlieb, der arme Bub, hat bei der Scheidung viel Geld verloren und kann sich schon länger nur mit Ach und Krach über Wasser halten. Hätte er doch nur nie dieses unglückselige Haus gebaut! Dann ist auch noch mein Heinz gestorben – Gott sei seiner Seele gnädig – und Wolfgang und ich haben unser ganzes Geld in den altersgerechten Umbau dieses Hauses stecken müssen. Du weißt doch, ich bin schon länger nicht mehr so gut zu Fuß, und das Treppensteigen setzt mir sehr zu."

Sie deutete auf eine Tür. „Da hinten hat Wolfi sogar ein behindertengerechtes Bad eingebaut, sollte ich mal einen Rollstuhl benötigen. Der gute Bub! Er denkt einfach an alles! Und aus dem Arbeitszimmer meines Mannes im vorderen Teil des Hauses hat er mir eine gemütliche Schlafstube geschaffen."

Lotte nickte. Sie hatte die Umbauarbeiten vor zwei Jahren besichtigt.

„Was hat das aber mit dem Gottlieb zu tun?", bohrte Lotte nach.

„Der Gottlieb konnte sein Haus nicht mehr halten und so hat er uns um Geld gebeten. Aber leider hatten wir keines mehr. Der Umbau hatte alles verschlungen." Erna griff nach einem Windbeutel und Lotte tat es ihr nach.

„Das war dann auch der Zeitpunkt, als er die Giebelhoferin als Untermieterin nahm."

Lotte hörte leise Geräusche aus dem Hausflur, wandte ihre Aufmerksamkeit aber wieder ihrer Gesprächspartnerin zu.

Diese sprach weiter: „Da das auch nicht reichte und er von der Bank nichts mehr bekam, hat er dann sogar etwas Geld von der Magda leihen müssen."

Mit gewaltiger Wucht wurde in dem Moment die Tür aufgerissen und Gottlieb Meier erschien mit vor Wut verzerrtem Gesicht im Türrahmen.

„Was erzählst du der alten Krähe da für Sachen, Mutter?", fauchte er wütend.

Erna hatte vor Schreck die Gabel fallenlassen. Käthe setzte sich, wie sie es immer tat, wenn sie Angst hatte, auf Lottes Fuß.

„Alte Krähe? Was ist denn das für eine Ausdrucksweise?", empörte sich seine Mutter.

„Na, die ist doch bloß da, um dich auszuhorchen. So wie sie und ihr hässliches Vieh neulich Abend beim Männerstammtisch so zufällig", hier malten seine Finger Anführungszeichen in die Luft, „auftauchten."

Lotte schob Käthe von ihrem Fuß und erhob sich.

„Ich muss doch sehr bitten, Herr Meier. Ihre Unterstellungen sind unzutreffend. Ich bin hier, um Ihre Mutter zu besuchen und wir haben uns nur ein wenig unterhalten."

„Unterhalten! Dass ich nicht lache! Ausgehorcht haben Sie sie! Dass Sie sich nicht schämen."

Gottlieb Meier machte einen Schritt auf Lotte zu. Er war zwar bei Weitem nicht so groß wie sein Bruder, doch hatte er durchaus eine gedrungene Gestalt.

Ein tiefes Grollen ertönte, was den graumelierten Mann zum Stehenbleiben veranlasste.

„Das ist ja typisch. Selbst hierher schleppen Sie ihre Lausschleuder mit."

Das Grollen wurde lauter.

„Ich würde Ihnen raten, nicht in diesem Ton von meiner Käthe zu sprechen. Das mag sie nämlich gar nicht!"

Erna, die dem Schlagabtausch sprachlos zugesehen hatte, erhob sich mühsam. Mit einem lauten *Klirr* hüpfte das geblümte Geschirr auf dem Tisch, als sie ihre Faust auf die Tischoberfläche knallen ließ.

„Jetzt ist aber Schluss, Gottlieb! Was sind denn das für Manieren! Einfach so meinen Gast beleidigen, wo kommen wir denn da hin? Ich denke, es ist besser, wenn du das Haus verlässt!"

Fast blind, aber entschlossen, blickte Erna Meier ihren Sohn an.

Gottliebs Gesicht verzerrte sich noch mehr. „Na klar. Damit du der alten Schachtel noch mehr deiner Lügenmärchen auftischen kannst."

Eine tiefe Stimme hinter ihm ließ ihn zusammenzucken.

„Ich denke, es ist besser, wenn du jetzt gehst, Gottlieb."

Der jüngere Meier legte seine große, schwielige Hand auf Gottliebs Schulter.

Vergeblich versuchte der kleinere Mann, diese abzuschütteln.

„Nimm deine Pranke von mir", fauchte er.

„Vor der Haustür, sehr gerne", erwiderte Wolfgang ungerührt und dirigierte seinen zeternden Bruder nach draußen.

Lottes Blick fiel auf Erna, die kalkweiß und mit zitternden Armen auf der Tischoberfläche gestützt, dastand. Schnell eilte sie um den Tisch herum und nahm sie sanft beim Arm.

„Komm, Erna. Lass uns zum Sofa gehen."

Vorsichtig führte sie die betagte Frau zu dem roten Biedermeiersofa. Dort schob sie ein paar Zierkissen zur Seite und half ihr, sich zu setzen.

Wie klein und zerbrechlich Erna zwischen all den Kissen doch aussieht, dachte Lotte. Sie setzte sich neben die andere Frau und hielt deren Hand in der ihren.

„Es tut mir so leid, Lotte. Wie sich mein Gottlieb aufgeführt hat ..." Die Stimme der alten Frau brach.

Beruhigend tätschelte Lotte ihre Hand.

„Mach dir nichts draus, Erna. Das ist doch nicht deine Schuld! Der Gottlieb war einfach ein wenig aufgeregt, das ist alles", spielte sie den Ausbruch des älteren Meiersohnes herunter.

Erna schüttelte den Kopf. „Nein, Lotte. Das war ein unverzeihlicher Auftritt von ihm. Was ist nur in Gottlieb gefahren? So kenne ich ihn ja gar nicht!"

Es gab nichts, womit sie die alte Frau im Moment trösten konnte. So tätschelte sie einfach beruhigend weiter deren Hand.

Es klopfte leise an die Stubentür und Wolfgang trat ein.

„Ist alles in Ordnung, Mutter? Fräulein Meisner? Kann ich irgendetwas für dich oder Sie tun?", wandte er sich den beiden Damen zu.

Lotte erhob sich und erwiderte: „Wenn Sie sich ein wenig um Ihre Mutter kümmern könnten, wäre das schön. Ich denke, Erna muss sich vielleicht ein wenig hinlegen und ich mache mich auf den Nachhauseweg."

Erna nickte schwach.

„Ich bedanke mich für den leckeren Kuchen, Herr Meier."

Wolfgang begleitete Lotte und Käthe hinaus in den Gang und half ihr in den Mantel.

Nachdem sie ihren Hut festgesteckt hatte, flüsterte sie ihm zu: „Der Auftritt Ihres Bruders hat Ihre Mutter sehr mitgenommen. Vielleicht rufen Sie Herrn Doktor Lohe an. Nur zur Sicherheit."

Wolfgang nickte ernst. „Vielen Dank, dass Sie sich so rührend um Mutter gekümmert haben. Und verzeihen Sie den Auftritt meines Bruders. Die Geldsorgen scheinen ihn sehr zu belasten."

Lotte nickte ihm zum Abschied zu und trat hinaus in die Gasse. Da der Abend nahte, war es etwas kühler geworden und sie zog ihren Mantel fest um sich. Es sprach für Wolfgang Meiers sanftes Wesen, dass er selbst nach diesem Auftritt seines Bruders noch nach plausiblen Gründen für dessen Verhalten suchte. *Er ist in der Tat ein guter Mann und auch ein ganz passabler Bäcker*, fügte sie in Gedanken hinzu. Der zufriedene Gesichtsausdruck ihrer Bullydame schien dies zu bestätigen.

Während sie nach Hause ging, überlegte Lotte, wer ihr mehr über die finanziellen Verhältnisse von Gottlieb Meier erzählen konnte. Sie war überrascht, dass ihm Magda Geld geliehen hatte. Davon hatte ihr diese nie etwas erzählt. Wobei Magda sowieso eine zurückhaltende Person gewesen war, die mit so etwas nie hausieren gegangen wäre. Ob Agnes etwas wusste? Nein, die bezog ihre Weisheiten auch nur aus dem Dorftratsch. Da konnte sie genauso gut direkt mit Luise sprechen.

Lotte bog an der nächsten Straße rechts ab und hielt auf die Metzgerei zu. Käthe, die das Ziel des Ausflugs erahnte, rannte eifrig voraus. Ein junger Mann verließ gerade den Laden, in der Hand ein dick belegtes Wurstbrötchen haltend und Käthe nutzte die Gelegenheit, an ihm vorbei in die Metzgerei zu sausen. Die junge Aushilfe, die Benedikt Schirrach ab und an beschäftigte, kreischte auf, als Käthe anfing, lautstark zwischen ihren Füßen „staubzusaugen". Lotte hastete ihrer Bullydame nach, aber Benedikt Schirrach, der aus der hinteren Metzgereistube durch die Schwingtür kam, war schneller. Wie eine Katze packte er Käthe am Kragen und beförderte sie in den Verkaufsraum.

„Fräulein Meisner, Sie wissen doch, dass Hunde hier drin nichts verloren haben."

Lotte setzte gerade zu einer passenden Antwort an, da ertönte ein lautes: „Papperlapapp!", und Benedikts Mutter watschelte durch die Schwingtür, die die Wurstküche von den Verkaufsräumen trennte.

„Mein feines Käthchen! Was bist du nur für ein feines Hundilein!"

Heftiges Hinterngewackel antwortete der Metzgersfrau, die sich mit Mühe nach unten beugte. Käthe schnupperte eifrig an den dicken Händen und schien enttäuscht, als sie diese leer vorfand.

Luise lachte, trat hinter den Tresen und schnappte sich ein Wienerwürstchen. Ihren Sohn, der zu einer maulenden Bemerkung ansetzen wollte, stoppte sie mit einem strengen Blick.

„Das wäre ja gelacht, wenn mein feines Käthchen in meiner Metzgerei nichts zu essen kriegen würde. Sie ist ja so klein und mager, der arme Schatz!"

Der *magere, arme Schatz* machte sich mit Wonne über das Würstchen her und beachtete die dicke Frau nicht weiter.

Lotte kannte Luises Einschätzung, was den körperlichen Zustand ihrer Bullydame anbelangte. Keine Belehrung der Welt hätte die Metzgersfrau von ihrer Meinung, dass die arme Käthe untergewichtig sei, abbringen können. Da ihre Hündin die extragroßen Wurststücke, die immer für sie abfielen, wenn Luise in der Nähe war, sehr liebte, machte dies Lotte jedoch nichts weiter aus.

„Luise, sei gegrüßt", wandte Lotte sich an ihre Chorkollegin.

„Hallo, Lotte. Wolltest du etwas einkaufen?" Luise deutete auf die Wursttheke hinter sich.

„Nein, danke, Luise. Ich war gerade bei Erna zum Kaffee und wollte auf dem Rückweg noch kurz bei dir vorbeischauen."

Die Metzgersfrau fühlte sich sichtlich geschmeichelt. „Das ist aber sehr nett von dir. Wie geht es der alten Erna denn?"

Lotte zuckte mit den Schultern. „Nun ja, ich habe den Eindruck, dass sie etwas wackelig auf den Beinen ist. Aber an und für sich geht es ihr gut."

Nie im Leben wäre Lotte auf die Idee gekommen, Luise von den Vorkommnissen beim Kaffee zu erzählen. Sie wollte auf keinen Fall, dass über Erna getratscht wurde.

„Das ist schön." Luise beugte ihre beachtliche Körperfülle ächzend und kraulte das Bullymädchen hinter dem herabhängenden Ohr.

„Der Wolfgang kümmert sich ja auch wirklich reizend um seine Mutter. Das muss man schon sagen!", lenkte Lotte das Gespräch auf die Meierbrüder.

Sie musste nicht lange warten. Die Metzgersfrau biss an.

„Der Wolfgang ist wirklich ein Netter. Jeden Montag und Donnerstag kommt er hier für seine Mutter einkaufen. Die Erna kann von Glück reden, dass sie so einen tollen Sohn hat." Luises Miene verfinsterte sich leicht. „Was man von ihrem anderen Sprössling leider nicht behaupten kann!"

Lotte mimte Unschuld. „Ach ja? Wieso das denn?"

„Na, der Gottlieb kümmert sich überhaupt nicht um seine eigene Mutter. Wenn er zu ihr geht, will er immer nur eines: Geld! Aber ich habe es damals ja schon gesagt, als er sich das blonde Bobbsche angelacht hat. Die wird ihm noch teuer zu stehen kommen, die bleedi Goie."

Luise redete sich in Rage und die Pfälzer Dialektworte sprudelten nur so aus ihr raus. Nach den vielen Jahrzehnten in Ganzenheim hatte Lotte keine Probleme die „Bobbsche" als „Püppchen" und die „bleedi Goie" als „dummes Mädchen" zu verstehen.

Wie gewohnt wartete sie ab, bis Luise fortfuhr.

„Dieses furchtbare Haus zu bauen, hat ihm schließlich das Genick gebrochen. Wie ein König hat er sich gefühlt, der Dabbschädl" – was Lotte als „Dummkopf" übersetzte – „und keine zwei Jahre später war sie" – Luise machte eine eindeutige kurvige Handbewegung mit beiden Händen – „weg mit all seinem Geld." Vor Eifer nahmen ihre Wangen einen rötlichen Farbton an.

„Aber das geschieht ihm ganz recht, dem alten Griwwelbisser." Hier musste Lotte kurz überlegen, bis ihr einfiel, dass die Einheimischen so gerne besonders mürrische Menschen bezeichneten.

Da fuhr ihr Gegenüber direkt fort. „Immer grantig und nie hilfsbereit. Da kann sich der Gottlieb eine dicke Scheibe bei seinem Bruder Wolfgang abschneiden. Der ist immer zur Stelle, wenn es was zu tun gibt."

Lotte nickte zustimmend. Dann erinnerte sie die Metzgersfrau an das eigentliche Thema. „Das Geld?"

„Ah ja, das Geld. Der Gottlieb war also blank nach seiner Scheidung. Als Bauunternehmer verdient er zwar nicht schlecht, aber er hatte keinerlei Rücklagen mehr. Ich meine, du musst dir das Haus ja bloß anschauen. Überall blättert der Putz von den Wänden, nicht mal dafür reicht es noch. Erst als er die Giebelhoferin – Gott sei ihrer Seele gnädig – als Untermieterin aufgenommen hat, schien er einigermaßen flüssig zu sein. Schau dir bloß das dicke Auto an, das der fährt. Aber das ist typisch für ihn. Immer raushängen lassen, was er hat." Luise rieb Daumen und Zeigefinger aneinander.

„Aber jetzt wird er sich umschauen, der Gottlieb Meier. Nach dem Ableben der Giebelhoferin ist es aus die Maus für seine Geldquelle." Flüsternd fügte sie hinzu: „Ich habe gehört, dass er ihr ordentlich was abgeknüpft hat, um sie da wohnen zu lassen."

Lotte wunderte sich, woher Luise all ihre Informationen bezog und wie akkurat diese waren. Aber die Metzgerei war nun einmal Dreh- und Angelpunkt des Dorflebens und somit des Dorftratsches. Sie saß sozusagen direkt an der Quelle.

Schon fuhr die rotwangige Metzgersfrau in verschwörerischem Ton fort: „Aber wer weiß, schließlich hat er sich ja von der Magda auch Geld geliehen, vielleicht reicht ihm das noch eine Weile aus."

Zufrieden blickte Luise ihr Gegenüber an. Lotte ließ sich nicht anmerken, dass sie durch Erna schon bestens aufgeklärt war und fragte nach: „Warum hat Magda wohl ausgerechnet ihm Geld geliehen? Das verstehe ich nicht."

„Ist doch ganz einfach. Der Gottlieb hat der Magda erzählt, dass er seine Mutter nicht mit seinen Geldsorgen belasten wollte und da die arme Magda mit der Erna richtig gut befreundet war, wollte sie ihm helfen."

Nachdenklich nickte Lotte. Wenn Magda gedacht hatte, dass sie Erna damit helfen würde, dann ergab die Geschichte für sie Sinn.

„Und jetzt muss er die Knete noch nicht mal zurückzahlen! An wen denn auch? Die Magda hatte ja niemanden mehr!"

Lotte horchte auf. Die Metzgersfrau hatte recht. Magda hatte keine Kinder und es gab auch keine anderen Verwandten. Ihr fielen Franzis Worte ein: „Eine Person tötet aus Habgier, weil sie Geldprobleme hat." Lotte musste schlucken. Gottlieb Meier hatte demnach tatsächlich ein starkes Motiv. Ihr Gefühl hatte sie nicht getrogen. Magda brauchte er, so wie es aussah, die beachtliche Summe nicht mehr zurückzahlen und bei der Giebelhoferin war er sogar zur Testamentseröffnung geladen. Damit hatte er doch neulich Abend am Stammtisch geprahlt?

„Lotte", riss sie die Stimme ihrer Gesprächspartnerin aus ihren Gedanken. „Geht es dir nicht gut? Du bist ja ganz blass geworden."

Lotte wollte abwinken, da kreischte Luise schon nach hinten: „Benedikt, hol einen Stuhl und ein Glas Wasser. Und zwar pronto!"

Keine zwanzig Sekunden später saß Lotte auf einem Hocker vor der langen Wursttheke und hielt ein Glas Wasser in den Händen.

„Soll ich schnell zu Doktor Lohe hinübergehen und ihn holen?" Luise schickte sich an, ihre Schürze abzunehmen, die mit allerlei undefinierbaren Flecken versehen war.

Lotte winkte ab. „Nein, ist schon gut, Luise. Ich danke dir für deine Fürsorge."

Sie erhob sich und reichte der Metzgersfrau das Glas.

„Käthe und ich packen es jetzt."

Suchend blickte sie sich um. „Käthe, wo steckst du denn?"

Da öffnete sich die Drehtür und ein finster dreinblickender Benedikt Schirrach hielt eine schmatzende Käthe am Kragen.

„Das Vieh hat sich über die Schüssel mit frischem Rinderhack hergemacht, die auf dem Tisch stand. Wie sie da hochgekommen ist, weiß der Teufel."

Lotte, die die Kletterkünste ihrer Bullydame, wenn es um das Erreichen von Essbarem ging, nur zu gut kannte, schnappte sich schnell das Fellbündel und beeilte sich, nach draußen zu gelangen.

„Vielen Dank, Luise", rief sie über die Schulter, dann machte sie sich auf den Heimweg.

10

Nach einer unruhigen Nacht saß Lotte auf der kleinen Gartenbank, einen dampfenden Kaffeebecher in der Hand. Nachdenklich schweifte ihr Blick über die Weinberge. Der leichte Nebel, der über ihnen lag, schien sich bis in ihre Gedanken auszubreiten. Lotte versuchte, diese zu sortieren, doch wollte ihr dies nicht so recht gelingen. Zu verworren wirkte das Gedankenkarussell, das sich immer schneller zu drehen schien. Wer hatte denn nun letztendlich das stärkere Motiv für den Mord an der Giebelhoferin und der armen Magda? An vorderster Front stand für sie Gottlieb Meier mit seinen Geldnöten. Er drängte sich geradezu perfekt als Täter auf. *Zu perfekt vielleicht?* Direkt dahinter stand Anne Hevers auf Lottes Liste der Tatverdächtigen, da deren Eifersucht auf die Solistinnen offenkundig war. Das Verhalten der Sängerin bei der Sitzung des Chors war skandalös gewesen, doch Gottlieb Meier war nicht viel besser. *Die arme Erna*, dachte sie.

Lotte nahm sich fest vor, sich heute nach deren Befinden zu erkundigen. Sie wollte später hoch ins Dorf, erwartete sie doch täglich die Ankündigung über die neue Besetzung der Solistenrolle.

Die Decke fester um ihre Knie ziehend, grübelte sie weiter. Auch wenn Hevers und Meier über hervorragende Tatmotive verfügten, waren sie tatsächlich dazu in der Lage, einen Menschen umzubringen? So sehr sie darüber nachdachte, sie wusste es einfach nicht. Verwirrt schüttelte sie den Kopf, auf dem der zitronengelbe Filzhut auf und ab wippte.

Plötzlich kam Käthe aus dem Kirschlorbeerbusch geschossen und raste zum Gartentürchen. Die kleine Bullydame zeigte immer zuverlässig an, wenn jemand des Weges entlangkam und so sah Lotte neugierig auf. Sie erblickte eine dunkle Limousine, die langsam an ihrem Haus vorbeifuhr. Dieses Fahrzeug hatte sie noch nie in der Straße gesehen. Lotte schaute genauer hin.

Komisch, ein Ludwigshafener Kennzeichen, dachte sie. Die Städter verirren sich doch sonst nur zu Weinfesten hier aufs Land?

Da Käthes morgendlicher Gassigang noch ausstand, legte Lotte kurzentschlossen die Decke zusammen und packte sie in die Holzkiste. Dann lief sie, begleitet von einer freudig hüpfenden Käthe, so schnell sie konnte den Feldweg entlang. Diesmal schlug sie nicht den Weg zur Dorfmitte ein, sondern spazierte in die Richtung, die der Wagen genommen hatte. Es dauerte nicht lange, da sah sie schon von Weitem das dunkle Gefährt am Straßenrand parken. Na sowas! Das war doch das Haus von Fritz Engels!

Lotte beschleunigte ihren Schritt. *Die Luise wird doch mit ihrem Verdacht nicht recht haben?*, dachte die alte Dame. Agnes Erzählung darüber, wie der alte Herr fröhlich pfeifend durch den Ort spaziert war, kaum hatte er von Magdas Tod erfahren, kam ihr wieder in den Sinn.

Als sie in die Nähe des Hauses kam, das von einer schulterhohen Mauer umgeben war, ging sie langsamer. Sie glaubte, Männerstimmen zu hören, blieb stehen und lauschte. Ja, eindeutig! Eine tiefe Stimme sagte etwas in ruhigem Tonfall und eine zornig klingende antwortete. Lotte schlich näher. Da sie nicht besonders groß war, musste sie sich nur leicht bücken, um nicht gesehen zu werden.

„Herr Engels, jetzt regen Sie sich nicht gleich so auf! Es war doch nur eine Frage!"

Lottes Augen wurden groß. Das war doch die Stimme von Hauptkommissar Gruber! Was machte der denn hier?

„Ich verbitte es mir, dass Sie mir nichts, dir nichts hierherkommen und irgendwelche Unterstellungen machen!", antwortete ein hörbar wütender Fritz Engels.

„Von Unterstellungen kann doch gar keine Rede sein, Herr Engels. Ich habe sie lediglich gefragt, wo sie am Abend des Todes von Frau Magda Schuster waren."

Lotte wurde heiß und kalt. Hieß das, dass die Polizei nun doch an einen unnatürlichen Tod der Freundin glaubte? Und dass sie Fritz Engels verdächtigte?

Vor Aufregung hatte sie ganz vergessen zu atmen. Sie japste nach Luft, schlug aber schnell die Hand auf den Mund, um sich nicht durch das Geräusch zu verraten. Die Männer schienen jedoch so in ihr Gespräch vertieft, dass sie sie nicht hörten.

Lotte blickte sich gehetzt um. Wo war nur Käthe? Wenn die Bullydame am Tor des Engelschen Anwesens auftauchte, würde sie auffliegen. Eine Amsel flog wild zwitschernd auf, als die Hündin endlich aus dem angrenzenden Weinfeld angerannt kam. Lotte bedeutete ihr still zu sein, was Käthe mit eifrigem Hinterngewackel quittierte. Da sie heftig hechelte, blieb der alten Dame nichts anderes übrig, als sich schnell auf den Rückweg zu machen. Vielleicht konnte sie den Polizeibeamten ja abfangen und ihm noch das Glas geben, das sie bei Magda mitgenommen hatte. Jetzt wo sie endlich die Ermittlungen aufgenommen hatten! Eilig hastete Lotte los in Richtung ihres Hauses.

Munter schritt Lotte aus. Ein Motorengeräusch hinter sich ließ sie an den Rand gehen und sich umblicken. Die schwarze Limousine! Lotte erschrak. Sie konnte ihr Häuschen zwar bereits sehen, hatte es aber noch nicht ganz erreicht. Irgendwie musste sie den Hauptkommissar zum Anhalten bringen. Im Schritttempo näherte sich das Fahrzeug. Lotte konnte das leicht säuerlich wirkende Gesicht des Ermittlers bereits erkennen und winkte heftig, um ihn zum Stehen bleiben zu bringen. Hauptkommissar Gruber schien sie aus dem Fenster heraus direkt anzustarren. Er zuckte jedoch nicht einmal mit der Wimper, richtete seinen Blick dann geradeaus und fuhr langsam weiter. *Der machte ja keinerlei Anstalten anzuhalten*, ging es Lotte durch den Kopf. Ohne weiter nachzudenken, trat Lotte entschlossen einen großen Schritt auf die Straße und hob die Hand. Obwohl der Polizeibeamte im Schritttempo unterwegs gewesen war, quietschten die Bremsen, als er abrupt vor ihr zum Halten kam. Eine leichte Zornesröte überzog seine Wangen, als er Lotte einige Momente lang durch die Windschutzscheibe hindurch anstarrte. Dann schnallte er sich ab und stieg aus dem Fahrzeug.

„Ja, sind Sie denn von allen guten Geistern verlassen?", herrschte sie der Beamte an. „Ich hätte Sie überfahren können, das ist Ihnen schon klar?"

Lotte blickte zu dem großen Mann auf. „Haben Sie aber nicht", erwiderte sie ungerührt.

Ihr Gegenüber zerzauste sich mit einer Hand das schüttere Haupthaar. „Was wollen Sie denn von mir?"

„Gut, dass Sie fragen. Jetzt, da Sie offensichtlich die Ermittlungen in den Mordfällen aufgenommen haben, wollte ich Ihnen das Wasserglas von Magda Schuster aushändigen, das ich von ihrem Nachtkästchen mitgenommen habe. Dann können Sie es gleich analysieren lassen." Stolz blickte Lotte den Ermittler an.

Dieser schüttelte weiter den Kopf. „Ermittlungen? Was denn für Ermittlungen? Ich bin nur hier rausgekommen, weil mich so ein paar Dorftratschen", er kramte in seiner zerknitterten Anzugtasche und zog ein Stück Papier hervor, „allen voran eine gewisse Luise Schirrach angerufen und mir ihre absurden Theorien über einen gewissen Herrn berichtet haben. Die hätten keine Ruhe gegeben, wenn ich nicht wenigstens einmal hergekommen wäre. Aber von Ermittlungen kann keine Rede sein. Ich bin immer noch davon überzeugt, dass es sich um natürliche Todesfälle handelt."

Nun war es an Lotte, den Kopf zu schütteln. Wie konnte jemand nur so stur sein? Aber nicht mit ihr! „Herr Gruber, ich glaube auch nicht, dass Herr Engels etwas mit den Morden zu tun hat. Aber wenn Sie nur endlich einsehen würden, dass es sich bei der Giebelhoferin und der Magda um Mord handelt, dann könnten Sie vernünftig ermitteln. Sie nehmen jetzt das Glas von der Magda mit und lassen es analysieren. Ist das

Ergebnis von dem Glas der Giebelhoferin noch nicht da?“

Die Gesichtszüge des Beamten verfinsterten sich. „Das Ergebnis von was bitte? Ich habe keine Analyse in Auftrag gegeben.“

Lotte dachte kurz nach. Sie wollte Martin Klopfer auf keinen Fall in Schwierigkeiten bringen, so entschied sie sich, das Thema nicht weiter zu verfolgen. Wichtiger war, dass er Magdas Glas mitnahm. Kurzentschlossen griff sie nach der Hand des Hauptkommissars und zog ihn in Richtung ihres Hauses.

„Was machen Sie denn da?“, versuchte sich dieser kurz zu wehren. Nach einem Blick in Lottes entschlossenes Gesicht, gab er jedoch seufzend auf und marschierte neben ihr in Richtung Gartentür.

„Nehmen Sie auf meinem Bänkchen Platz, ich hole das Glas“, wies Lotte ihren Begleiter an. Mit Argusaugen beobachtete sie, wie sich dieser hinsetzte. Sie wollte schließlich nicht riskieren, dass er davonfuhr. Zufrieden eilte sie ins Haus und holte das Glas.

Als sie zurückkam, schaute ihr ein etwas verdattert dreinblickender Hauptkommissar entgegen. Käthe hatte es sich auf der Bank neben ihm gemütlich gemacht und ihr rundes Köpfen auf sein Bein gelegt.

„Was will denn das Vieh von mir?“ Argwöhnisch begutachtete der große Mann das Fellbündel.

„Das *Vieh* will nur gestreichelt werden.“ Lotte grinste. Mit ihren großen Kulleraugen hatte Käthe schon so manchen Menschen um den Finger – oder besser gesagt – um die Pfote gewickelt.

Lotte beobachtete, wie sich die große Hand des Hauptkommissars hob und flüchtig über Käthes Kopf streichelte. Dann räusperte er sich, schob die Bullydame zur Seite und sprang auf. Auffordernd streckte er die Hand aus. „In Herrgotts Namen, dann geben Sie mir halt das Glas. Damit Sie Ruhe geben."

Triumphierend überreichte ihm Lotte das Gewünschte, das der Hauptkommissar direkt zu seinem Auto trug. Dort holte er aus einem Koffer, der auf dem Rücksitz der Limousine lag, einen Plastikbecher und -beutel, schüttete den Inhalt in ersteren und verstaute das Glas dann für den Rücktransport.

„Geben Sie jetzt Ruhe?", fragte der Ermittler müde.

„Ja, jetzt gebe ich Ruhe." Lotte klopfte dem Hauptkommissar zum Abschied auf die Schulter und beobachtete, wie dieser – diesmal mit beachtlich hohem Tempo – davonbrauste.

Lottes Gedanken überschlugen sich. Endlich hatte sie es geschafft, den Beamten zum Analysieren des Beweisstückes zu überreden. Sie hoffte immer noch, dass es Martin Klopfer gelungen war, auch das erste Glas zur Untersuchung zu bringen. Irgendwann musste ihr die Polizei doch glauben! Lotte brauchte dringend jemanden zum Reden. Ein Plausch mit Agnes würde ihr jetzt guttun. Nach zehn Minuten erreichte sie Agnes' kleines Reihenhäuschen. Der Vorgarten sah aus, als habe eine Firma all ihre Gartenfiguren dort ausgestellt. Steinerne Rehe weideten im Gras, während ähnlich große, weiße Puttenengel mit Gießkannen unterwegs waren. Eine tönerne Igelfamilie zog ihre Kreise um einen Korb voller steinerner Katzenbabys. Agnes hatte eine Vorliebe für Dekoration. Vor allem die Jahreszeiten hatten es ihr angetan und so lagen bereits allerlei bunte Plastikeier im Gras und warteten darauf, gefunden zu werden. Ein

Strohhase saß auf einer der drei Stufen, die zu der Eingangstür führte, an der ein großer Kranz hing, an dem Plastikküken festgebunden waren.

Lotte bahnte sich ihren Weg durch die unzähligen Figuren, die von Käthe eifrig beschnuppert wurden. Wie Agnes hier noch Rasen mähen konnte?

Sie betätigte die Klingel und ein lauter, schriller Glockenton erklang im Inneren des Hauses. Lotte zuckte kurz zusammen. Agnes behauptete immer, wenn sie sie darauf ansprach, sie könne nicht so gut hören, weshalb sie für die Glocke die lauteste Einstellung gewählt habe. Lotte war jedoch der Meinung, dass diese nur panische Angst hatte, Besuch zu verpassen, da sie es gern mochte, wenn jemand vorbeikam.

Es dauerte nicht lange und eine freudestrahlende Agnes öffnete ihr die Tür. Käthe raste die drei Stufen hoch, drängte sich an der alten Frau vorbei und verschwand im Inneren des Hauses.

„Ja, so eine angenehme Überraschung! Guten Morgen, Lotte!", rief die rundliche Dame aufgeregt. „Komm doch rein!"

Lotte betrat den ebenfalls österlich dekorierten Flur. Sie musste aufpassen, wo sie hintrat, denn ganze Hasen- und Kükenfamilien verteilten sich auf der kleinen Fläche. Lotte begriff nicht, wie Käthe da durchgekommen war, ohne Unheil anzurichten.

Agnes nahm ihr Mantel und Hut ab und hängte beides sorgfältig in ihrer Garderobe auf. Dann ging sie voraus in ihre Stube und bot Lotte mit einer Handbewegung Platz auf dem ausladenden Sofa an.

„Setz dich doch, meine Liebe! Was darf ich dir anbieten? Wasser, Tee oder magst du noch einen Kaffee?"

„Ein Tee wäre schön, wenn es nicht zu viele Umstände macht."

Agnes wackelte in ihre rustikale Küche und den Geräuschen nach zu schließen, setzte sie Teewasser auf. Dann hörte Lotte das Aufreißen einer Packung und das Klirren kleiner Gegenstände auf Porzellan. Schon kam Agnes zurück in die Stube, in ihren Händen einen Teller mit Goldrandverzierung, auf dem sich diverses Knabbergebäck befand. Diesen platzierte sie, nachdem sie einige ihrer unzähligen Imitat-Fabergé-Eier zur Seite gestellt hatte, in der Mitte des Tisches.

Agnes schien einen unerschöpflichen Vorrat an Salzbrezeln, Nüssen und anderen Knabbereien zu besitzen, denn Lotte bekam immer, egal zu welcher Tageszeit sie Agnes besuchte, etwas davon vorgesetzt. Heute war sie dankbar dafür, denn aufgrund ihres vorgezogenen Spazierganges hatte sie noch nicht gefrühstückt. Sie griff beherzt zu, was die andere mit einem zufriedenen Lächeln quittierte. Käthe, die mittlerweile sämtliche Ecken der Stube ausführlich beschnuppert hatte, begab sich zu ihrem Frauchen. Zwischen ihren Zähnen hielt sie, beinahe zärtlich, ein rosa Stofftaschentuch mit Bordüre. Dann hüpfte die Bullydame auf die Couch und rollte sich, ihr Fundstück zwischen den Pfoten haltend, zusammen. Keine zehn Sekunden später ertönte das sonore Schnarchen und eine strenge Duftnote breitete sich aus.

Agnes erhob sich mit einem grimmigen Blick auf die friedlich schnarchende Käthe und kippte ein Fenster.

„Wenn es dir zu kalt wird, sag's mir", forderte sie ihren Besuch auf, der zustimmend nickte.

Nachdem Agnes die dampfenden Teetassen aus der Küche geholt und auf den Tisch gestellt hatte, ließ sie sich mit einem leisen Ächzen nieder. Lotte begann zu erzählen.

„Stell dir vor, was heute schon passiert ist", begann sie ihre Ausführungen. „Ich saß gerade auf der Bank im Vordergarten, da fuhr ein dunkles Auto an meinem Haus vorbei. Da ich dieses noch nie zuvor gesehen hatte, bin ich hinterhergegangen."

„Du bist was? Ja, bist du denn verrückt geworden? Da hätte ja weiß Gott wer drin sitzen können!" Offenbar hatte Agnes den am Vorabend ausgestrahlten *Tatort* gesehen.

„I wo." Lotte winkte ab. „Ich bin also den Feldweg entlang und siehe da, der fremde Wagen parkte direkt vor dem Haus von Fritz Engels!" Triumphierend blickte sie ihr Gegenüber an.

„Und? Wer saß drin?"

„Keiner!" Ein enttäuschter Blick von Agnes antwortete ihr und Lotte fügte schnell hinzu: „Aber *vor* dem Haus stand wer."

„Nun mach es nicht so spannend, Lotte! Ich halte es ja kaum mehr aus." Aufgeregt wurschtelte Agnes an ihrem Blusenärmel herum und zog ein zerbeultes Taschentuch hervor. Offenbar hatte sie zu Hause einen anderen Ort für diese gefunden, um sie immer griffbereit zu haben.

Lotte wartete ab.

„Hatschi!" Wild wischte Agnes ihre Nase. Dann blickte sie Lotte an, der die Ungeduld anzusehen war. „Erzähl weiter!", forderte Agnes diese schließlich auf.

„Ich bin also zu dem Haus geschlichen –"

„Geschlichen?“ Agnes schrie entsetzt auf.

„Natürlich! Wer auch immer da war, musste mich ja nicht gleich sehen.“

Agnes bekam vor lauter Aufregung ganz rote Backen.

Lotte fuhr fort: „Ich stehe also geduckt hinter der Mauer und da vernehme ich plötzlich zwei Stimmen.“

Aufgeregt hielt Agnes die Luft an. Ein kleines Tuten durchbrach die gespannte Stille und Käthe seufzte zufrieden.

„Es waren der Hauptkommissar und Fritz Engels, die sich vor dessen Haus unterhielten!“

Agnes riss die Augen auf. Ihr rundliches Gesicht drückte Erstaunen, aber auch Ungläubigkeit aus.

„Der Griebler? Was will denn der von dem Engels?“

„Na, über die Mordnacht reden!“

Agnes schauderte.

„Mordnacht!“, rief sie entsetzt aus. „Welche Mordnacht denn?“

Ungeduldig schüttelte Lotte den Kopf. Wieso konnte ihr Agnes denn nicht folgen? Sie schilderte doch alles glasklar.

„Na, die Nacht, in der die arme Magda – Gott sei ihrer Seele gnädig – ermordet wurde!“

Agnes wurde blass. „Aber das würde ja bedeuten, dass die Luise doch recht hatte!“

Lotte stieß ein lautes: „Pah!“, hervor und Käthe regte sich. Sie rollte auf den Rücken, in eine ihrer Lieblingsschlafpositionen, in der sie alle vier Pfoten in die Luft streckte, und schnarchte lauter als zuvor.

„Ich habe es dir schon einmal gesagt. Die Magda ist ermordet worden, aber ich glaube immer noch nicht, dass es der Fritz Engels war! Und der Hauptkommissar glaubt das auch nicht. Der war ja bloß in Ganzenheim, weil ihn die Luise telefonisch belästigt hat."

Entsetzt schüttelte Agnes die grauen Locken. „Wie schrecklich das alles ist! Oje, oje, oje", jammerte sie. Dann fragte sie weiter: „Was hat der Griebler denn so alles zum Engels, Fritz gesagt?"

„Na ja, so ganz genau konnte ich das Gespräch nicht hören, außer eben, dass der Gruber wissen wollte, wo der Engels in der Nacht war, in der Magda umgekommen ist!"

„Nein!" Agnes presste das Stofftuch auf ihren Mund.

„Doch!" Nun hatte sie selbst ganz rote Backen. Aufgeregt führte sie die Teetasse zum Mund und nahm einen tiefen Schluck.

„Dass ich das noch erleben muss! Mord im Ganzenheimer Kirchenchor! Wie entsetzlich!" Die rundliche Dame fächelte sich mit ihrem Tuch Luft zu. Dann fragte sie: „Und was ist dann passiert?"

Lotte erzählte Agnes ausführlich von ihrem anschließenden Treffen mit dem Hauptkommissar.

„Du hast dich vor sein Auto geworfen?" Entsetzt presste Agnes ihr Taschentuch vor den Mund.

„Sonst wäre der ja einfach weitergefahren, der ungehobelte Kerl! Der glaubt ja immer noch nicht, dass es Mord war, aber das wird sich bald ändern, wenn er das Ergebnis der Glasanalyse zurückbekommt."

Agnes schüttelte den Kopf. Auch sie nahm nun einen großen Schluck von dem heißen Getränk. Ein wenig schwappte aus der Tasse über und tropfte auf ihren Rock. Wild mit dem Stofftaschentuch schrubbend, trocknete die rundliche Seniorin den Fleck.

Nach einer kleinen Gesprächspause, in der beide ihren Gedanken nachhingen und Gebäck knabberten, fragte Lotte: „Warst du heute eigentlich schon am Aushang oben? Ob die Gretl und der Herr Lang schon die Besetzung der Solistenrolle angekündigt haben?"

Agnes verschluckte sich an dem Knabbergebäck, das sie sich in den Mund geschoben hatte und hustete. Dann schüttelte sie den Kopf. „Nein, es war ja noch viel zu früh dafür!"

Lotte blickte auf die Uhr. Halb neun zeigte ihr diese an.

Unternehmungslustig stand sie auf. „Hast du Lust auf einen kleinen Spaziergang, Agnes?"

Bei dem Wort „*Spaziergang*" rappelte sich die kleine Bullydame auf, schnappte sich das rosa Tuch und sauste zur Stubentür.

„Pfui, Käthe, lass aus", schimpfte Lotte und bückte sich, um ihr das mittlerweile triefend nasse Tuch abzunehmen.

„Hier, Agnes, dein Tuch!"

Mit spitzen Fingern und leicht angeekeltem Gesichtsausdruck nahm diese das Stofftuch in Empfang. Dann öffnete sie die Stubentür und trat in den Gang hinaus.

„Lass uns nachsehen, ob die Ankündigung schon aushängt!"

Vorsichtig stiegen sie über die Hasen- und Kükenansammlung hinweg und zogen ihre Mäntel an. Lotte setzte ihren Hut auf und Agnes griff nach einem ihrer zahlreichen Regenschirme. Dann verließen sie gemeinsam das Reihenhaus.

Die Kirchturmspitze der St. Marienkirche war bereits zu sehen und so mussten sie nicht lange laufen, bis sie den Dorfplatz erreichten. Überrascht sahen sie, dass eine kleine Menschentraube um das Anschlagbrett herumstand. Lotte erkannte Luise Schirrach, die ihrer weißen Schürze nach zu schließen, wohl direkt aus dem Geschäft gekommen war. Neben ihr standen drei Frauen aus der zweiten Stimme und Wolfgang Meier und Fritz Engels befanden sich direkt hinter den Damen. Alle starrten wie gebannt auf den Aushang.

Ihren Regenschirm zu Hilfe nehmend, schob Agnes kurzerhand ihre Gesangskolleginnen und -kollegen zur Seite und platzierte sich und Lotte direkt vor dem Brett.

Herr Langs krakelige Schrift verkündete:

Ganzenheimer Kirchenchor: Die Solistenrolle übernimmt Anne Hevers. Probe: morgen Abend 18h, St. Marienkirche.

Sprachlos, wie die anderen auch, starrten Lotte und Agnes auf die Ankündigung. Sie konnten es nicht fassen! Anne Hevers wurde tatsächlich Solistin!

Nach deren skandalösen Auftritt bei der Chorversammlung hätte keiner von den Anwesenden ernsthaft mehr damit gerechnet.

Fritz Engels war der Erste, der die Sprache wiederfand: „Was für eine unverschämte und bodenlose Frechheit! Diese eingebildete Kuh soll den Solopart singen!"

Zustimmendes Gemurmel erhob sich ringsum, auch wenn ihn einige der Frauen argwöhnisch zu betrachten schienen.

„Was für eine Überraschung", hörte Lotte Luise murmeln. Scheinbar hatte sie ausnahmsweise nicht als

Erste die Neuigkeit erfahren. Ihr Gesicht drückte deutlich ihre Verblüffung aus.

Fritz Engels wollte ansetzen zu schimpfen, als ihm Wolfgang Meier beruhigend die Hand auf die Schulter legte. „Reg dich nicht auf, Fritz. Irgendjemand muss schließlich die Solistenrolle übernehmen. Vielleicht singt Frau Hevers ja ganz gut?"

Wütend schnaubte Fritz Engels aus. „Meine Eva – Gott sei ihrer Seele gnädig – würde sich im Grabe umdrehen, wenn sie wüsste, wer ihre Nachfolge antritt!"

Luise wisperte etwas zu der neben ihr stehenden Frau, während sie Fritz Engels nicht aus den Augen ließ, woraufhin ihre Gesprächspartnerin eifrig nickte.

„Was habt ihr denn schon wieder zu tratschen? Reicht es nicht, dass ihr mir die Polizei auf den Hals gehetzt habt?"

Einige der Beistehenden sahen verblüfft auf. Scheinbar hatte sich der Besuch von Hauptkommissar Gruber in Ganzenheim noch nicht ganz rumgesprochen.

„Aber eines sage ich euch, wenn ihr weiterhin solche Unwahrheiten verbreitet, dann scheppert's!" Fritz Engels schüttelte seine Faust in Richtung der Metzgersfrau, die ganz blass um die Nase wurde.

Der jüngere Meierbruder tätschelte dem aufgebrachten Herrn beruhigend den Rücken, griff ihn dann am Ellenbogen und führte ihn weg vom Aushangbrett. Noch bis zum Dorfrand war das Gezeter des alten Herrn zu vernehmen.

Lotte und Agnes blickten sich an.

„Ich glaube, auf die Nachricht brauche ich einen Sherry", sagte Agnes.

Lotte zog mit Blick auf die Kirchturmuhr eine Augenbraue hoch. Doch auch ihr hatte die Neuigkeit auf den Magen geschlagen, da konnte ein kleiner Sherry nicht verkehrt sein.

Sie wollten sich gerade abwenden, da kam Erna, tief gebückt, am Arm ihres Jüngsten auf den Dorfplatz geschlurft.

Verblüfft sah Lotte ihr entgegen. „Erna, na so eine Überraschung!"

Die alte Dame blickte sie mit milchigen Augen an. „Mein Wolfi", sie tätschelte die Hand ihres Sohnes, „hat mir erzählt, was auf dem Aushang steht. Ich wollte es mit eigenen Augen lesen."

Mit diesen Worten schob sie sich an der Menge vorbei in Richtung des Aushangbretts.

Lotte sah Wolfgang Meier an und sagte grinsend: „Ich dachte schon, Sie hätten mit Herrn Engels noch alle Hände voll zu tun, Sie Armer!"

Lachend schüttelte der großgewachsene Mann den Kopf. „Der Fritz ist davongestapft, kaum hatten wir die Gasse erreicht. Da bin ich schnell heim, um Mutter die Neuigkeiten mitzuteilen."

Lotte nickte freundlich.

Die alte Erna schob sich aus der Menge und gesellte sich zu ihnen. „Tatsächlich! Ich hatte dem Wolfi noch gesagt, dass er sich bestimmt verlesen hat. Aber da steht es schwarz auf weiß! Die unverschämte Zugereiste bekommt den Solopart." Erna schüttelte erschüttert den Kopf.

„Was heißt denn hier *unverschämte Zugereiste*, Sie alte Krähe?", ertönte plötzlich eine keifende Stimme hinter der kleinen Gruppe.

Die vier Köpfe flogen herum. Mit zu Fäusten geballten und in die Hüfte gestemmten Händen, stand Anne Hevers direkt hinter ihnen. Mit verkniffenem Gesichtsausdruck starrte sie die Gruppierung herausfordernd an.

Wolfgang Meier drehte sich um. „Frau Hevers, ich verbitte mir, dass Sie mit meiner Mutter in diesem Ton sprechen!"

Die Sängerin beachtete den Mann gar nicht, was bei dessen Größe wahrlich nicht einfach war.

Sie wandte sich weiter Erna zu. „Eifersüchtig seid ihr, alle miteinander! Nur weil aus euren Kehlen nichts weiter als ein grässliches Kratzen kommt, neidet ihr mir meinen Erfolg!"

Ernas Gesicht wurde rot. „Mit so einer unverschämten Person wie Ihnen rede ich doch gar nicht weiter."

Hevers lachte laut auf. „Ist ja klar. Kaum sagt einer die Wahrheit, wird er abgewürgt." Mit einem giftigen Blick auf Erna, Lotte und Agnes fügte sie hinzu: „Vielleicht sollten sich die Damen", dem letzten Wort gab sie einen besonders gehässigen Klang, „überlegen, ob es nicht Zeit für sie wäre, vom Kirchenchor Abschied zu nehmen. Das würde der Qualität des Chores sicher guttun!"

Erna schnappte nach Luft.

Wolfgang Meier schob sich nun genau zwischen Hevers und seine Mutter. In ruhigem, aber bestimmtem Tonfall sagte er: „Es ist wohl besser, Sie gehen jetzt, Frau Hevers!"

Die deutlich kleinere Sängerin ließ sich nicht irritieren.

„Zum Glück hat sich das mit meinen krächzenden Vorgängerinnen ja von selbst geklärt", schob sie giftig hinterher.

Noch während die Anwesenden nach Luft schnappten, fiel Anne Hevers giftiger Blick auf Lotte und Agnes.

„Und wenn wir schon dabei sind ... Auf Ihr ekelhaftes Getröte", hierbei zeigte sie auf Agnes, „und Ihre stinkende Töle", der ausgestreckte Zeigefinger wanderte weiter zu Lotte, „kann der Chor sicher auch sehr gut verzichten."

Triumphierend sah sie die beiden an.

Die rundliche Agnes ballte nun ihrerseits die Fäuste und schickte sich an, an Lotte vorbei nach vorn zu treten. Diese hielt sie sanft am Arm fest.

„Die ist es gar nicht wert, Agnes", wisperte Lotte.

Agnes zögerte kurz, dann nickte sie. „Du hast recht! Mit so einer müssen wir uns nicht abgeben. Komm, Lotte, wir gehen!", sagte sie laut.

Schwungvoll schwang sie ihren Regenschirm, dessen Spitze ganz zufällig kurz vor dem beigen Mantel von Anne Hevers auf- und absauste, was diese mit einem kleinen Aufschrei quittierte. Dann verabschiedeten sie sich liebevoll von Erna, die sich, gestützt von ihrem Sohn, anschickte, ebenfalls den Heimweg anzutreten.

Sie waren erst ein paar Schritte gegangen, da rief Agnes über ihre Schulter: „Aber von so einer wie Ihnen lassen wir uns nicht aus *unserem* Chor vertreiben. Dass Sie es nur wissen!"

Gemütlich hakte sie sich bei Lotte ein und gemeinsam schlenderten sie weiter.

„Das hast du gut gesagt, Agnes. Ich bin stolz auf dich."

Das rundliche Gesicht strahlte. „Hattest du nicht was von einem Sherry gesagt?", grinste sie.

Lotte lachte laut auf. „Ich glaube, den haben wir uns mehr als verdient!"

Agnes' herzliches Lachen antwortete ihr.

11

Am nächsten Morgen verharrte Lotte länger als gewohnt auf ihrer Holzbank. Zu gespannt war sie, ob sie die dunkle Limousine noch einmal zu Gesicht bekam. Sicher hatte Hauptkommissar Gruber weitere Fragen. *Wobei der sich durchaus auch die Hevers vorknüpfen sollte,* dachte sie.

Lottes Gedanken gingen zurück zum gestrigen Tag. Obwohl sie bereits dreimal einen ähnlichen Auftritt von Anne Hevers miterlebt hatte, verstand sie nicht, wie sich jemand so aufführen konnte. Agnes und sie hatten den ganzen restlichen Tag über, selbstverständlich mithilfe des einen oder anderen Glases Sherry, die erlebte Szene immer wieder rekapituliert. Die Boshaftigkeit, mit der Anne Hevers agiert hatte, hatte sie jedes Mal an einer Antwort für das Warum scheitern lassen. So etwas hatte keine von ihnen in ihrem langen Leben erlebt! Sie hatten sich darauf geeinigt, dass es einfach bösartige Menschen auf der Welt gab.

Grübelnd saß Lotte auf der Bank. Die abfälligen Bemerkungen der neuen Solistin über die Verstorbenen hatten ihren Verdacht gewaltig verstärkt, dass diese etwas mit deren Tod zu tun hatte. Vielleicht standen ja Gottlieb Meiers Geldnöte in keinerlei Zusammenhang zu den Geschehnissen?

Etwas Feuchtes berührte ihre Handfläche. Käthes Schnauze drückte sich an sie und verlangte Aufmerksamkeit. Lotte musste grinsen. Sanft streichelte sie den runden Kopf.

„Bin ich froh, dass ich dich habe!"

Heftiges Hinterngewackel antwortete ihr.

„Jaja, wir gehen ja gleich Gassi."

Lotte erhob sich und trug ihre Tasse zurück in die Küche. Dann machte sie sich auf ihre allmorgendliche Runde mit Käthe. Auf den geplanten Gang in die Metzgerei verzichtete sie, konnte sie sich doch lebhaft den Dorftratsch dort vorstellen. Da heute Abend Chorprobe war, würde sie noch früh genug hören, wie Anne Hevers Auftritt bei den anderen Chormitgliedern angekommen war. So verbrachte Lotte, neben einem Kirchenbesuch, den restlichen Tag mit Haus- und Gartenarbeit, damit die Zeit bis zum Abend schneller verging.

Als Lotte kurz vor der Chorprobe den Kirchenvorplatz erreichte, war es zu ihrem Erstaunen noch relativ ruhig. Die älteren Herrschaften, die sich vor der Probe unterhielten, schienen andere Themen als das Verhalten der Solistin zu haben. Lotte hielt sich nicht lange bei ihnen auf und betrat die Kirche. Kühle Luft schlug ihr entgegen, vermischt mit einem leichten Geruch nach Weihrauch. Am Nachmittag war ein Rosenkranz für Magda gebetet worden, an dem auch Lotte und eine sichtlich zerknittert aussehende Agnes teilgenommen hatten. Eigentlich war es unüblich, dass Weihrauch bei einem einfachen Rosenkranzgebet zum Einsatz kam, aber Margarete Neuhaus, die Organistin des Chores, die sich in ihrer Freizeit liebevoll um die Marienkirche

kümmerte, ließ es sich nicht nehmen, ein Weihrauch-
fässchen für die beliebte Chorkollegin zu entzünden.

Lotte schob sich zwischen die Holzbankreihen hindurch auf ihren Platz. Käthe balancierte hinter ihr her
über die Kniebank und rollte sich dann auf dem kalten
Steinboden unter Lottes Platz zusammen. Eine dezente
Duftnote, die in der weihrauchgeschwängerten Luft jedoch nicht weiter auffiel, verriet, dass die Bullydame
eingeschlafen war.

Lotte drehte sich auf der Suche nach Erna um. Sie
wollte wissen, wie es ihr ergangen war. Immerhin hatte
sie nun bereits zwei unerfreuliche Erlebnisse an aufei-
nanderfolgenden Tagen hinter sich. Ernas Platz war jedoch verwaist und auch kurz vor Beginn der Chorprobe
erschien diese nicht.

Heftig schnaufend ließ sich nun Agnes auf die harte
Holzbank plumpsen. Nach kurzem Kramen in der
Handtasche putzte sie sich kräftig die Nase.

Dann wandte sie sich Lotte zu. „Was schaust du denn
immer nach hinten? Wenn du die Hevers suchst, die
steht bereits vorne neben der Orgel."

Agnes' Kinn zeigte in Richtung des gewaltigen Instru-
ments. Sie hatte recht. Die neue Solistin hatte bereits
Aufstellung bezogen. Stolz reckte sie ihr Kinn in die
Höhe. Den Chor beachtete sie nicht weiter.

„Ich habe nur geschaut, wo die Erna bleibt. Aber sie
ist immer noch nicht hier." Besorgnis schwang in Lottes
Stimme mit.

„Frag doch den Wolfgang oder den Gottlieb. Die sind
beide bereits da."

Einträchtig saßen die Meierbrüder nebeneinander
am anderen Ende der langen Holzbank. Lotte erhob

sich und schob sich, unter einigem gemurmelten Protest, an den bereits sitzenden Chormitgliedern vorbei in Richtung der Brüder.

Wolfgang Meier, der sie als Erster erblickte, erhob sich. „Fräulein Meisner, guten Abend."

Sein älterer Bruder blieb sitzen und warf Lotte einen finsteren Blick zu.

Ihn ignorierend wandte sich diese an den Jüngeren: „Guten Abend, Herr Meier. Ich wollte mich nur kurz nach Ihrer werten Frau Mutter erkundigen. Ich konnte sie noch nicht entdecken."

Wolfgang schüttelte traurig den Kopf.

„Die Ereignisse der letzten Tage waren einfach zu viel für sie. Sie kam heute Morgen kaum aus dem Bett. Ich habe natürlich sofort Doktor Lohe gerufen. Der meinte, dass es sich wohl um einen Schwächeanfall handelt. Er hat ihr ein paar stärkende Tropfen und viel Ruhe verschrieben."

Entsetzt blickte zu dem großen Mann auf. „Das ist ja schrecklich! Gibt es irgendetwas, was ich für Erna tun kann?"

Nun ertönte Gottliebs spöttisch klingende Stimme. „Sie könnten sie mit ihren Besuchen verschonen und aufhören, Ihre neugierige Nase in anderer Leute Angelegenheiten zu stecken!"

Wolfgang, der sich zwischenzeitlich gesetzt hatte, um nicht ganz so hoch über Lotte zu thronen, versetzte seinem Bruder einen leichten Stoß mit dem Ellenbogen.

„Aua!", rief dieser aus.

„Benimm dich einfach", zischte ihn Wolfgang an. „Du weißt, was Mutter gesagt hat."

Gottlieb Meiers Gesicht verzog sich. Scheinbar hatte Erna ein kräftiges Wörtchen mit ihrem Sprössling nach dessen unrühmlichen Auftritt beim Kaffee der beiden Damen gewechselt.

„Ist ja schon gut", winkte der ältere Meier prompt ab.

Was auch immer Erna zu ihm gesagt hat, es musste Eindruck hinterlassen haben, dachte Lotte.

Sie wandte sich nochmals an Wolfgang. „Bitte richten Sie Ihrer Mutter die allerbesten Genesungswünsche aus. Wenn Sie irgendetwas braucht, soll sie mich anrufen!"

Der Angesprochene nickte freundlich und Lotte trat den Rückweg, vorbei an leise maulenden Chormitgliedern, an.

Käthe hatte von der Abwesenheit ihres Frauchens offensichtlich nichts mitbekommen. Ihr sonores Schnarchen hatte an Lautstärke zugenommen. Kaum hatte Lotte auf der Holzbank Platz genommen, löcherte Agnes sie bereits mit Fragen.

„Und? Hast du was rausgefunden? Was ist denn mit der Erna?"

Lotte erzählte Agnes von ihrem Gespräch und auch diese äußerte sich besorgt über Ernas Zustand.

Das energische Klopfen eines Holzstabes auf das Dirigentenpult ließ die Damen verstummen. Erwartungsvoll wandten sie ihre Blicke nach vorn.

„Meine sehr verehrten Damen und Herren. Es freut mich sehr, dass sie heute fast vollständig zu dieser äußerst wichtigen Chorprobe erschienen sind." Aufgeregt wippte Herr Lang auf seinen Fußballen auf und ab.

„Wie Sie wissen, haben wir nicht mehr viel Zeit und müssen uns nun, aufgrund der traurigen Geschehnisse, auf eine neue Solistin einstellen." Mit einer Armbewegung deutete er auf eine strahlende Anne Hevers.

„Ich bitte Sie alle, Ihr Bestes zu geben. Die Ehre des Ganzenheimer Kirchenchors hängt davon ab." Er machte eine kleine Pause, um seinen Worten Nachdruck zu verleihen.

„Wir beginnen mit unseren Aufwärmübungen." Mit seinem Arm wedelte er nun in Richtung der Organistin. „Frau Neuhaus, wenn ich bitten darf."

Margarete Neuhaus leitete den Chor durch einige Übungen, um die Stimmen auf die folgenden Herausforderungen vorzubereiten. Dann übergab sie an Herrn Lang, der die Missa brevis einleitete.

Die wunderschöne Musik erfüllte den Kirchenraum. Lotte und Agnes sangen mit Inbrunst. Ihr Einsatz galt allein der Chorgemeinschaft und nicht der Solistin. Diese erhob nun die Stimme.

Erstaunt wisperte Lotte Agnes zu: „Oha! Die ist ja gar nicht so schlecht!"

Anne Hevers Stimme navigierte sicher und variantenreich durch den ersten Solopart. Ihre Arme fuchtelten – in Lottes Augen ein wenig zu theatralisch – in der Luft, doch an ihrer Gesangsleistung gab es in der Tat nichts auszusetzen.

Lottes Blick glitt durch die Reihen und blieb an dem wutverzerrten Gesicht von Fritz Engels hängen. Die Lippen fest zusammengepresst, ließ seine Mimik keinen Zweifel an dessen Gefühlen. Sie bemerkte, wie Wolfgang ihm die Hand auf die Schulter legte, die dieser jedoch gleich wieder abschüttelte.

Auch den zweiten Solopart stemmte Anne Hevers ohne Probleme und voller Hingabe. Erst als der Chorleiter eine kurze Pause ankündigte, genehmigte sie sich einen Schluck aus dem bereitgestellten Wasserglas.

Der Rest der Probe lief ereignislos. Man einigte sich darauf, direkt am nächsten Abend weiterzuproben. Der große Auftritt war immerhin nur noch ein paar Tage entfernt. Die meisten Chormitglieder begaben sich im Anschluss zur *Traube* und auch Agnes und Lotte schlossen sich der Gruppierung an. Zu ihrem großen Erstaunen betrat Anne Hevers ebenfalls das Wirtshaus und setzte sich an die hastig zusammengeschobene lange Tafel.

„Was will die denn hier?" Missbilligung war deutlich aus Agnes Stimme herauszuhören.

Lotte zuckte mit den Schultern. „Vielleicht wird sie jetzt ja zahm, wo sie endlich die heiß ersehnte Solorolle innehat?"

„Die kann von mir aus bleiben, wo der Pfeffer wächst." Agnes schnaubte.

Lotte tätschelte sanft deren Hand, griff dann nach ihrem Dubbeglas und hielt es in die Luft.

„Lass uns anstoßen. Auf die Magda – Gott sei ihrer Seele gnädig – und auf die Giebelhoferin, die heute beide nicht mehr bei uns sein können."

Lotte musste lauter gesprochen haben, als sie dachte. Rings um sie herum wurden Gläser in die Luft gehalten und der verstorbenen Chormitglieder gedacht. Selbst Anne Hevers streckte ihr Sektglas kurz in die Luft, wie Lotte erstaunt bemerkte.

Da die Probe problemlos verlaufen war, war die Stimmung der Chorgemeinschaft fast ausgelassen. Die Gespräche drehten sich um den kommenden Auftritt und nicht mehr ausschließlich um die Geschehnisse der vergangenen Woche.

Lotte selbst war hin- und hergerissen. Auf der einen Seite musste das Leben weitergehen. Andererseits machte es sie betroffen, dass Magda so schnell in Vergessenheit geriet.

Sie seufzte leise, dann fiel ihr auf, dass sie Käthe schon seit geraumer Zeit nicht mehr gesehen hatte. Da Lotte nicht mit einem Treffen im Wirtshaus geplant hatte, hatte sie keine Leine eingepackt. Ihre Bullydame suchend, wanderte ihr Blick unter den Tisch. Da vorn saß sie, genau zwischen Anne Hevers Füßen und starrte wie gebannt nach oben. Lotte erhob sich, um ihre Hündin zu sich zu holen. Beim Näherkommen bemerkte sie den fast leeren Teller vor der Solistin. Die Reste darauf verrieten, dass sie einen Pfälzer Saumagen mit Sauerkraut geordert hatte. Das hätte sie der ehemaligen Städterin gar nicht zugetraut. Das einheimische Gericht sah doch recht gewöhnungsbedürftig aus, auch wenn es, wie man ihr immer versicherte, hervorragend schmecken sollte. Das erklärte natürlich auch, warum ihre Hündin wie angewurzelt zu Füßen der Sängerin saß. Sie hoffte sicher, dass ein paar Krumen für sie abfielen.

Lotte setzte sich auf den freien Platz neben der Solistin und bückte sich kurz.

„Komm her, Käthe."

Die Bullydame ließ sich nicht ablenken und starrte weiterhin gebannt nach oben. Ein kleines Grollen erklang, wie Lotte erstaunt bemerkte.

„Ja, sag einmal! Wo kommen wir denn da hin! Einfach sein Frauchen anknurren. Da kommst du her, Fräulein!"

Die Bullydame rückte keinen Zentimeter von ihrem Platz ab.

Lotte seufzte. Es wunderte sie, dass die Solistin sich noch nicht wortreich über das Verhalten der Hündin beschwert hatte und sie richtete ihren Blick auf diese.

Ein einsamer Schweißtropfen saß auf der Stirn der Sechzigjährigen. Die linke Hand hielt sich verkrampft an der Stuhllehne fest, die rechte presste sie auf ihren Bauch.

„Ist Ihnen nicht gut?"

Anne Hevers schüttelte mit zusammengepressten Lippen den Kopf. „Ich denke, ich habe etwas Schlechtes gegessen." Mit ihrem Kinn deutete sie auf den Teller vor sich. „Vorhin war noch alles in Ordnung, aber seit ich dieses Gericht gegessen habe, grummelt es ganz schön in meinem Magen."

Lotte seufzte. Jetzt musste sie sich auch noch um diese unverschämte Person kümmern. In Gedanken schimpfte sie ihre Hündin, die sie in diese Situation gebracht hatte.

„Möchten Sie vielleicht ein Glas Wasser?"

Anne Hevers zuckte mit den Schultern und Lotte winkte der Bedienung.

Die Gesichtsfarbe der Sängerin wurde trotz mehrerer Schlucke Wasser immer blasser und so verkündete diese, nach Hause gehen zu müssen. Der Chorleiter, dem der Zustand seiner neuen Solistin nicht verborgen geblieben war, bot besorgt an, sie nach Hause zu bringen.

„Dass Sie sich richtig auskurieren! Morgen müssen Sie fit sein für die Probe!"

Anne Hevers nickte schwach. „Ich lege mich gleich hin. Das wird bestimmt bald wieder."

Herr Lang nahm Anne Hevers beim Arm und führte sie ins Freie.

„Ein wenig frische Luft wird Ihnen sicher guttun", hörte sie den Chorleiter beim Hinausgehen noch sagen.

„Die hat wohl die gute Pfälzer Küche nicht vertragen", ertönte eine spöttische Stimme hinter Lotte. Sie drehte sich um und erblickte einen hämisch grinsenden Fritz Engels.

„Ist halt Feineres gewohnt als unseren guten alten Saumagen!" Nun lachte er laut auf.

Karl Pfannenstiel, der neben ihm stand, zog eine Augenbraue hoch, sagte jedoch nichts.

Der Abgang der Solistin hatte offensichtlich niemandem die gute Laune verdorben. Eine weitere Runde wurde geordert und Neuigkeiten ausgetauscht.

Auch Lotte und Agnes saßen noch eine Weile beieinander. Der Sherry am Tag vorher ließ sie heute dem Alkohol jedoch etwas vorsichtiger zusprechen und sie tranken beide eine dünne Schorle. Bald darauf verabschiedeten sich die Damen von der Chorgemeinschaft und gingen in verschiedene Richtungen nach Hause.

Nach ihrem Morgenspaziergang am nächsten Tag konnte Lotte den verschobenen Metzgereibesuch nicht länger hinauszögern. Gähnende Leere schaute ihr bei einem Blick in den Kühlschrank entgegen.

Die Ganzenheimer Metzgerei bot nicht nur Wurst- und Fleischwaren an, sie ersetzte auch den nicht mehr vorhandenen Supermarkt im Ort. Vor fünf Jahren hatte, zum großen Bedauern der Ganzenheimer Senioren, das letzte Lebensmittelgeschäft seine Pforten geschlossen. Der damals neu erbaute, große Discounter in Gimmersheim hatte diesem einen Großteil der Kundschaft entzogen, so wie es vielen kleineren Lebensmittelläden auf dem Land erging. Seitdem versorgten die Schirrachs die zum größten Teil nicht mobilen Senioren mit dem Nötigsten. Milch und Butter fanden sich neben verschiedenen Käse- und Joghurtsorten in einem Kühlregal. Konservendosen und Hygieneartikel teilten sich ein Holzregal und ein Bäcker aus dem Nachbarort belieferte die Metzgerei mit frischen Brotwaren.

Lotte kaufte kaum auf Vorrat ein. Sie selbst benötigte nicht viel und so ging sie einmal die Woche zu Schirrachs. Wolfgang Meier war so lieb und besorgte ihr halbjährlich einen größeren Vorrat an Hundetrockenfutter aus dem Nachbarort, sodass auch Käthe bestens versorgt war.

Lotte schlurfte in den Gang und betrachtete ihre Hutauswahl. Für welches Modell sollte sie sich heute entscheiden? Der schwarze Organzahut lachte sie an, aber eigentlich war der zu festlich für den Anlass. So entschied sie sich für den blauen Hut mit der roten Feder, griff nach ihrem Einkaufskorb und verließ, in Begleitung einer aufgeregt hechelnden Käthe, das Haus.

Schon von Weitem konnte sie Gottlieb Meiers Auto vor Magdas Haus sehen. Lotte zog die Stirn kraus. Was machte ausgerechnet der denn hier?

Sie beschleunigte ihren Schritt. Als sie den Holzzaun erreichte, der das Grundstück umgab, erspähte sie Meier, wie er gemeinsam mit einem ihr fremden Mann um das Haus ging. Der Begleiter trug, soweit Lotte erkennen konnte, einen feinen Anzug und nicht unbedingt das passende Schuhwerk für einen Gang durch Magdas Garten. Immer wieder hob er die Füße hoch und betrachtete seine hellgrauen Lederschuhe, an denen Matschklumpen hingen. In den Händen hielt er eine Art Klemmbrett, auf dem er sich Notizen zu machen schien.

Lotte fand die Situation höchst merkwürdig. Gottlieb Meier war der Letzte, der ihrer Meinung nach hier etwas verloren hatte. Schuldete er Magda nicht noch eine beträchtliche Summe Geld, die sie ihm in ihrer Herzensgüte geliehen hatte?

Die Herren hatten den Zaungast noch nicht gesehen und Lotte überlegte kurz, ob sie sich bemerkbar machen sollte. Wenn sie das Gartentürchen öffnete, könnte ihre Käthe das sicher für sie übernehmen. Nein, ausgeschlossen. Gottlieb Meier würde ihre Hündin höchstens mit einem Tritt davonjagen und sie selbst mit Spott überschütten. Das konnte sie sich wirklich sparen. Sie würde schon noch herausfinden, was der ältere Meiersohn hier wollte. Seine Anwesenheit fand sie jedenfalls äußerst verdächtig!

So wandte sie sich der Treppe zu, die hoch zum Dorfplatz führte und machte sich an den Aufstieg.

In der Metzgerei war zum Glück nicht viel los. Benedikt Schirrach schnitt gerade vier Schnitzel von einem großen Fleischstück ab und Luise rechnete den Einkauf eines Kunden ab. Lotte behielt Käthe streng im Auge, während sie wartete. Diesmal würde sie ihr nicht entkommen und Unheil in der Fleischküche anrichten.

Es duftete verführerisch nach frisch gebratenen Schnitzeln und Lotte überlegte kurz, ob sie eines zum Mittagessen mitnehmen sollte. Geduldig wartete sie, bis Luises Kunde gegangen war und trat dann zum Tresen.

„Hallo, Lotte!" Das runde Gesicht der Metzgersfrau strahlte sie an. „Bist du zum Einkaufen hier? Mit dir hatte ich eigentlich gestern schon gerechnet."

„Hallo, Luise! Ja, eigentlich wollte ich gestern schon vorbeikommen, aber mit der kurzfristig angesetzten Chorprobe war mir das dann doch zu viel."

Luise nickte. „Das kann ich verstehen. Aber du hast Glück. Heute ist Schnitzeltag." Die Metzgersfrau zeigte stolz auf den Wärmebehälter, in dem mindestens zehn Schnitzel auf einen Käufer warteten.

„Hinten habe ich noch zwanzig liegen, die ich panieren muss. Unsere Schnitzel sind so beliebt, dass ich kaum mit dem Braten nachkomme." Mit einem verzückten Blick betrachtete die Metzgersfrau liebevoll ihre Fleischware.

„Die Schnitzel riechen vorzüglich, Luise. Mein Kompliment!"

Luise strahlte.

„Ich glaube, davon nehme ich in der Tat eines mit. Schnitzel hatte ich schon lange nicht mehr. Für mich alleine rentiert es sich kaum, das ganze Hantieren mit Mehl, Eiern und Semmelbröseln."

„Jaja, das glaub ich dir gerne." Mit einer großen Fleischgabel spießte Luise ein dampfendes Schnitzel auf und packte es in eine mit Aluminium verkleidete Tüte.

„Darf es sonst noch etwas sein?"

„Ich brauche Milch, Eier, Butter, Käse und Brot."

Geschäftig wuselte die Metzgersfrau zwischen Theke und Kühlfach hin und her und häufte das Gewünschte auf den Tresen.

„Ach ja, einen halben Ring Fleischwurst bräuchte ich auch noch."

Luise zwinkerte Lotte zu: „Für den armen mageren Schatz, gell?"

Lotte nickte als Antwort und vergewisserte sich mit einem Blick nach unten, dass die Bullydame noch in ihrer Nähe war. Große, unschuldig dreinblickende Augen sahen sie an.

Nachdem Lotte bezahlt hatte, trat Luise hinter der Theke hervor. In ihrer schwieligen Hand hielt sie ein großes Stück Fleischwurst. Käthe raste auf die korpulente Dame zu und führte einen seltsam anmutenden Tanz auf. Dieser Bestand aus einer Mischung von Hochhüpfen und Sich-im-Kreis-drehen.

„Ist ja schon gut, mein armer, magerer Schatz. Die Luise hat was Feines für dich. Damit du ein wenig Speck auf die Rippen bekommst."

Lautes Schmatzen verriet, wie sehr der Hundedame das feine Mahl mundete.

Mit einem Schmunzeln beobachtete Lotte das Schauspiel, bemerkte dann aber Luises Blick und erwiderte ihn.

„Wie fandst du die Chorprobe gestern?"

Lotte zuckte mit den Schultern. „Ich finde, wir haben das ganz gut hinbekommen."

„Hm, und was hältst du von der Hevers als Solistin?"

Lotte überlegte kurz. „Ich muss zugeben, dass ich etwas verwundert war, als ich sie hörte. Es ist unleugbar, dass sie eine Gesangsausbildung genossen hat. Sie ist sehr sicher im Treffen der Töne."

Luise nickte. „Ja, so habe ich das auch empfunden."

Lotte war überrascht. Sie war sich sicher, dass die Metzgersfrau das Thema nicht angeschnitten hatte, um Anne Hevers ein Kompliment zu machen.

„Schade nur, dass Erna nicht kommen konnte." Noch immer machte sich Lotte Sorgen um sie. Sie würde später Wolfgang Meier anrufen und sich nach deren Befinden erkundigen.

„Die Erna? War die nicht da?", erwiderte Luise verblüfft, eine Augenbraue hochziehend.

„Nein, sie hatte wohl einen Schwächeanfall, nach dem, was vorgestern am Aushangbrett passiert war."

Entgeistert starrt Luise Schirrach ihr Gegenüber an. „Was soll denn da passiert sein? Ich war doch auch dabei, als wir die Neuigkeit erfahren haben. Oder meinst du das skandalöse Verhalten von Fritz Engels? Der hat sich ja aufgeführt ..."

Schlagartig wurde Lotte bewusst, dass wohl nur die direkt Umstehenden etwas von Anne Hevers Auftritt mitbekommen hatten. Nur sie, Agnes, Erna und Wolfgang Meier.

Sie wollte kein Tratschweib sein und so sagte sie schnell: „Ach, nichts weiter ist passiert. Die Nachricht hat Erna halt sehr erstaunt, nach dem Auftritt der Hevers beim letzten Chortreffen."

Luise nickte wissend. „Das war ein starkes Stück, das kann man wohl laut sagen!" Mit leiser Stimme fügte sie hinzu: „Also mich wundert es ja schon, dass der Herr Lang sich für die entschieden hat, nachdem sie sich so aufgeführt hat." Ihr Ton wurde noch konspirativer: „Wer weiß, wie sie ihn dazu gebracht hat, die Hevers."

Entsetzt blickte Lotte in Luises rotwangiges Gesicht. Das ging ihr nun doch zu weit! Hermann Lang war ein verheirateter Mann und jedem im Ort war bekannt, dass er sich liebevoll um seine Frau und zwei fast erwachsenen Töchter kümmerte.

„Luise", sagte sie in strengem Tonfall. „Ich muss mich doch sehr wundern."

Die Metzgersfrau errötete, was aufgrund ihrer von Grund auf geröteten Hautfarbe kaum zu erkennen war. Schnell verschwand sie hinter dem Tresen.

„Wir sehen uns ja dann heute Abend", sagte sie in deutlich kühlerem Tonfall.

Lotte nickte.

„Komm, Käthe."

Suchend blickte sie sich um. Keine Käthe weit und breit.

Ein lautes Scheppern und Klirren erklang plötzlich aus der Küche. Benedikt Schirrach fluchte leise und stieß die Schwingtür zur Fleischküche auf. Ein schwarz-weißes Etwas, das mit einer bräunlichen Kleckermasse überzogen war, kam wie vom Blitz getroffen um das Eck gejagt und versteckte sich zitternd hinter Lotte.

„Was hast du denn nun schon wieder angestellt?"

Kopfschüttelnd betrachtete Lotte ihre Bullydame. Große Teile des ehemals schwarzen Fells waren weiß und etwas Zähflüssiges tropfte von ihrem Kopf auf den Boden. Ein feinstaubiger brauner Belag zierte weite Teile ihres Rückens.

„Ja, das schlägt dem Fass den Boden aus", ertönte die wütende Stimme des Metzgers von hinten. „Das blöde Vieh kommt mir nicht mehr in die Metzgerei!"

Lotte konnte die beschwichtigenden Worte von Luise, die ebenfalls nach hinten gehastet war, nicht verstehen, aber der Tonfall machte deutlich, dass sie ihren Sohn beruhigen wollte.

Kurze Zeit später öffnete sich die Drehtür und Luise erschien mit einem triefenden Lappen in der Hand.

„Ich denke, es ist besser, du und Käthe gehen jetzt. Der Benedikt ist ganz schön sauer auf sie."

„Um Himmels willen, was hat sie denn angestellt?"

„Na, an die Schnitzel wollte sie ran und hat bei ihrer Kletteraktion die vorbereiteten Mehl-, Eier- und Semmelbröselschüsseln umgeschmissen. Das ist eine ganz schöne Sauerei, das kann ich dir sagen."

Betroffen blickte Lotte ihre Gesangskollegin an. „Lass mich den Schaden wenigstens bezahlen."

Luise winkte ab. Sie blickte über den Tresen und grinste, als sie die unglücklich dreinschauende, halb panierte Käthe erblickte.

„Ist ja nichts weiter passiert. Die Schnitzel sind noch ganz und um die paar Eier musst du dir keine Gedanken machen." Mit einem Blick auf die Schwingtür fügte sie hinzu: „Der Benedikt, der kriegt sich schon wieder ein. Das Käthchen darf also auch gerne in Zukunft mitkommen. Schließlich habe ich hier immer noch das eine oder andere Wörtchen mitzureden." Dann drehte sie sich um und verschwand nach hinten.

Lotte beeilte sich, nach Hause zu kommen. Ihre Hündin brauchte dringend eine Dusche. Sie seufzte tief. Was für eine Sauerei! Den ganzen Boden bis zum Bad würde sie wischen müssen, wenn das erledigt war. Selbst hier auf dem Steinboden waren Käthes mehlige Pfotenabdrücke deutlich zu sehen. Sie hastete die Treppe hinunter. Vor Magdas Haus stand kein Auto mehr, aber dafür hätte sie jetzt keine Zeit.

Zu Hause bugsierte Lotte die sich sträubende Bullydame in die Dusche. Käthe war kein Fan von Wasser und so stand sie, als sie gemerkt hatte, dass Widerstand zwecklos war, zitternd und mit eingezogenem Schwanz da und ließ die verhasste Prozedur über sich ergehen. Lotte seifte sie ordentlich mit Hundeshampoo ein und brauste sie mit warmem Wasser ab. Zweimal noch musste sie Käthe einseifen, denn die Mischung aus Ei, Mehl und Semmelbrösel hatte sich in ihrem Fell zu einer zähen Masse geformt. Beinahe tat ihr ihre Hündin leid, wie sie so mitleiderregend in der Dusche stand. Vielleicht könnte sie ihr später ja ein großes Stück von der eben gekauften Fleischwurst abschneiden – ausnahmsweise sozusagen.

Am Ende war Lotte fast genauso nass wie ihre Bullydame, die sich, kaum war sie der Duschwanne entstiegen, ausgiebig schüttelte. Selbstverständlich direkt neben ihrem Frauchen. Lotte zog sich um und ging mit Käthe in die Stube, wo sich die Hündin in ihr Körbchen zurückzog. Sicherheitshalber deckte Lotte sie mit einer Decke zu, da sie immer noch zitterte und begab sich dann in die Küche, um das Stück Fleischwurst für Käthe und eine Tasse Tee für sich zu holen. Kurze Zeit später schlummerten die beiden nach diesem Abenteuer gemeinsam auf dem Sofa. Ein leises Schnarchen erklang und niemand konnte sagen, von wem genau es stammte.

Am späten Nachmittag wärmte Lotte das Schnitzel auf, das ihr Luise mitgegeben hatte. Das Mittagessen hatte sie ausfallen lassen und sie verspürte Hunger. Auch ohne Beilagen schmeckte ihr das Schnitzel vorzüglich. Die Uhrzeit war zwar unüblich für eine Mahlzeit, aber Lotte dachte, dass sie später nicht mehr zum Kochen käme. Am Abend stand schließlich eine weitere Chorprobe an. Sie musste unbedingt Luise davon erzählen, wie ausgezeichnet es ihr geschmeckt hatte. Nichts machte die Metzgersfrau glücklicher als zufriedene Kunden.

Nachdem sie abgespült und noch ein Sudoku-Rätsel gelöst hatte, machte sie sich bereit für die Chorprobe. Sie freute sich darauf, noch einmal die wunderbaren Töne zu hören und Teil dieser großartigen Aufführung zu sein. Lotte war fast ein wenig feierlich zumute. So durfte sie heute ihr schwarzer Organzahut begleiten.

Käthe sauste den Feldweg entlang. Mit Wonne beschnupperte diese jeden Laternenpfahl und jagte herumfliegenden Blättern hinterher. Wie immer erfreute sich Lotte am Anblick ihrer ausgelassenen Hündin.

Magdas Haus stand verlassen da. Kein Gottlieb Meier in Sichtweite. Doch war der eine Fensterladen nicht ein Stückchen geöffnet? Lotte sah genauer hin. Ja, eindeutig. Der Laden zu Magdas Schlafzimmerfenster stand einen Spalt offen.

Die alte Frau zog die Stirn kraus. Wer hatte denn was in Magdas Haus zu suchen? Soweit sie wusste, gab es keine Verwandten. Allerdings war Lotte nicht bekannt, wer sich in so einem Fall um den Nachlass kümmerte. Wer auch immer es war, sie fand es pietätlos, in den Sachen der gerade erst Verstorbenen zu wühlen, wo diese noch nicht einmal beerdigt war. Magdas Beerdigung sollte am Dienstag in fünf Tagen stattfinden. Hierfür wollte der Chor heute Abend noch ein kurzes Stück einüben.

Auf der Treppe zum Dorfplatz kam ihr eine kleine Touristengruppe entgegen. Obwohl die Weinsaison offiziell erst nach der Ostermesse eröffnet wurde, zog die landschaftliche Schönheit der Vorderpfalz ganzjährig Besucher an. Lotte amüsierte sich über die Ausstattung der Gruppe. Obwohl man den eher beleibteren Damen und Herren ansah, dass Bewegung nicht zu ihrem täglichen Programm gehörte, trugen sie perfekt aufeinander abgestimmte, wind- und wasserabweisende Wanderklamotten, die sündhaft teuer gewesen sein mussten. Zwei Damen klapperten mit Nordic-Walking-Stöcken, eine Sportart, die Lotte gänzlich fremd war. Weshalb sollte sie mit zwei Stöcken fuchteln, während sie lief? Das wollte ihr nicht in den Kopf. Nichtsdestotrotz grüßte sie die Gruppierung mit einem Nicken und hatte gleich darauf Mühe, Käthe von den Wanderstöcken wegzubekommen. Die Bullydame schien der Ansicht zu sein, dass die Damen mit ihr spielen wollten und versuchte begeistert, sich die Stöcke zu schnappen. Die Touristinnen hielten kreischend ihr Sportgerät in die Luft.

„Karl-Herbert, so hilf mir doch!", japste eine blondhaarige Dame. „Das Vieh attackiert mich!"

Bevor Karl-Herbert der Blondine zu Hilfe eilen konnte, hatte Lotte ihre Hündin schon am Nackenfell gepackt und sanft weitergezogen. Mit einem bösen Blick über die Schulter in Richtung der Blondine ging sie schließlich weiter. Was hatten die Leute denn nur? Es sah doch herzallerliebst aus, wie ihr Käthchen vor Freude auf- und absprang.

In den zwei Jahren, seit denen sie Käthe besaß, waren ihr aber schon ganz andere Dinge passiert. Nie würde sie den stattlichen Herrn vergessen, der auf eine Sitzbank gehüpft war, als ihm die kleine Käthe, damals noch ein winziger Welpe, fröhlich entgegengesprungen war.

„Der ist ja gemeingefährlich! Nehmen Sie Ihren Kampfhund weg!", hatte der Mann geschrien.

Lotte konnte verstehen, wenn Menschen, die schlimme Erfahrungen gemacht hatten, Angst vor Hunden hatten. Aber Käthe war als Welpe ein winzig kleines Fellbündel mit großem, rundem Kopf und Knopfaugen gewesen. Wie man da von einem Kampfhund sprechen konnte, war ihr unbegreiflich. Heute sah das etwas anders aus. Obwohl sie für ihre Rasse immer noch recht klein war, zeichnete sie sich durch einen muskulösen Körperbau aus. Ihre Beine hatten die für Bulldoggen typische, leichte O-Form und ihre Oberschenkelmuskeln zeichneten sich deutlich ab. Trotzdem sah Käthe für sie immer noch dem klitzekleinen, hilflosen Hundebaby ähnlich und das würde sich vermutlich auch nie ändern. Den runden Kopf und die großen Augen hatte sie behalten, was sie Lottes Einschätzung nach eher kindlich wirken ließ.

Am Kirchenvorplatz fand sie die übliche Menschenansammlung vor. Die Seniorinnen und Senioren nutzten die Gelegenheit für ein Schwätzchen, bevor sie sich in den Kirchenraum begaben. Lottes Blick schwenkte suchend über die Gruppe, doch sie konnte weder Erna noch Agnes entdecken. *Hoffentlich geht es Erna besser,* dachte Lotte.

Da kam Wolfgang Meier mit großen Schritten auf sie zu.

„Fräulein Meisner, einen wunderschönen Hut tragen Sie heute!"

„Guten Abend, Herr Meier. Haben Sie Dank für das nette Kompliment!", Lotte lächelte den großen Mann freundlich an.

Der bückte sich und kraulte die heftig hinternwackelnde Käthe hinter dem Schlappohr.

„Wie geht es denn Ihrer Mutter? Ich hoffe, sie fühlt sich schon besser?"

Wolfgang Meier nickte und antwortete strahlend: „In der Tat. Mutter saß heute bereits für einige Zeit auf dem Sofa und hat auch von der Hühnersuppe gegessen, die ich für sie gekocht habe. Doktor Lohe kam auch vorbei und war sehr zufrieden mit ihren Fortschritten."

Lotte fiel ein Stein vom Herzen.

„Natürlich kann sie noch nicht zur Probe kommen, aber wir hoffen sehr, dass sie bis zu unserem großen Auftritt wieder fit ist."

Lotte richtete dem Mann Grüße und herzliche Genesungswünsche an seine Mutter aus, dann wandte sie sich in Richtung Kirchenportal. Käthe flitzte an ihr vorbei und die Stufen zum Chorraum hinauf. Lotte hastete ihr nach. Oben musste sie kurz durchschnaufen. Erstaunt sah sie, dass Agnes bereits auf ihrem Platz saß. Dies war eher unüblich für die rundliche Seniorin. Meist kam diese als eine der Letzten zur Probe.

„Hallo, Agnes! Du bist aber früh hier", begrüßte Lotte ihre Banknachbarin.

Agnes schubste Käthe sanft mit dem Fuß weiter, da diese sich gerade daran machte, nach Agnes' Regenschirm zu schnappen.

„Lass das, Käthe", wurde sie von der Seniorin gescholten.

Auf einen Wink von Lotte hin, trollte sich die Bullydame unter die Kirchenbank und schlief mit einem zufriedenen Pupser ein.

Agnes wandte sich Lotte zu. „Ich war vorhin noch bei der Luise und habe Brot gekauft. Meines war alle." Sie deutete auf den gefüllten Jutebeutel neben sich. „Sonst gibt es heute nichts zum Abendessen."

Eine Weile sahen sie still dem Treiben um sich herum zu. Immer wieder mussten sie aufstehen, um andere Chormitglieder in die lange Kirchenbank rutschen zu lassen.

Herr Lang wippte nervös auf den Fußballen auf und ab, seinen Taktstock zu einer Musik schwingend, die nur er zu hören schien. Margarete Neuhaus breitete die

Noten aus und schraubte den Orgelstuhl höher. So
langsam füllten sich die Reihen. Kurt Pfannenstiel kam
in Begleitung eines finster dreinblickenden Fritz Engels die Treppe hinauf, knapp gefolgt von Gottlieb
Meier und kurze Zeit später gesellten sich auch der jüngere Meierbruder und Hans Schirrach zu dem Männerquintett. Unruhig ging der Blick des Chorleiters über
die Menge und dann zurück zum Treppenabgang. Da
fiel Lotte auf, dass die Solistin noch nicht aufgetaucht
war. Das war seltsam, denn gestern hatte sie doch bereits vor allen anderen neben der Orgel gestanden und
es kaum erwarten können, mit der Probe zu beginnen.

„Agnes, hast du die Hevers gesehen?"

Diese packte das rosa Taschentuch weg, das sie gerade noch in der Hand hatte und blickte sich suchend
um.

„Nein! Jetzt wo du es sagst ... Wo bleibt die bloß?" Mit
einem hämischen Gesichtsausdruck schob sie ein: „Die
will bestimmt einen besonders dramatischen Auftritt
hinlegen", hinterher.

Herr Lang entschied, nicht länger zu warten. Er stieg
auf seine Holzkiste, klopfte dreimal mit dem Holzstock
auf den Notenständer und gab Margarete Neuhaus das
Zeichen zum Einsingen. Just in dem Moment kam Anne
Hevers die Treppe hochgestürzt, im wahrsten Sinne des
Wortes. Sie konnte sich gerade noch am Handlauf abfangen, sonst wäre sie hingefallen. Mit hochrotem Kopf
stolperte sie in Richtung der Orgel, begleitet von dem
strengen Blick des Chorleiters. Leises Gemurmel erhob
sich, das jedoch direkt durch das Klopfen von Herrn
Langs Holzstab unterbrochen wurde. Während der

Chor sich weiter warm sang, betrachtete Lotte die Solistin. Die immer gepflegt auftretende Dame wirkte etwas zerzaust. Ihre blonden Haare standen leicht verstrubelt vom Kopf ab und ihre pinke Weste passte farblich überhaupt nicht zu ihrer roten Bluse. Anne Hevers war normalerweise ein sehr stilsicherer Mensch, weshalb dieser Fauxpas Lotte besonders auffiel.

Sie sah genauer hin. Die Notenblätter in der linken Hand der Sechzigjährigen schienen leicht zu zittern und mit ihrer rechten hielt sie sich an der Stuhllehne neben ihr fest, als suche sie Halt. Die rote Gesichtsfarbe war einer Blässe gewichen, mit einem, wie Lotte meinte, leicht grünlichem Farbton um die Nase. Lag der Sängerin das Essen von gestern immer noch im Magen? Wieder und wieder griff Anne Hevers zum bereitgestellten Wasserglas. *Na, hoffentlich hält sie die Probe durch*, dachte Lotte.

Andächtige Stille senkte sich über den Chorraum, als Margarete Neuhaus endlich die ersten Akkorde zur Ostermesse anspielte. Die einzelnen Chormitglieder sangen mit Inbrunst und die Melodie versetzte Lotte in Verzückung. Jetzt kam die erste Solostelle und –

Ein heiseres Krächzen setzte ein.

Lotte und Agnes sahen sich an. Dann fuhren ihre Köpfe herum und beide starrten auf eine halb zusammengesunkene Anne Hevers, der der Schweiß im Gesicht stand.

Sie setzte erneut an.

Nein. Das Krächzen hatte nun einen pfeifenden Unterton bekommen. Anne Hevers wankte. Lotte sprang von der Kirchenbank auf, kletterte hastig über Agnes hinweg und war in dem Moment bei der Solistin, als diese zusammenbrach. Zum Glück stand der Stuhl neben ihnen, sonst wäre Lotte vermutlich samt Anne Hevers zu Boden gestürzt. Irgendwie gelang es ihr, die Sängerin auf den Stuhl gleiten zu lassen. Ein heiseres Bellen erklang. Käthe hatte ihr Nickerchen beendet und saß nun direkt neben Anne Hevers Stuhl. Ein weiteres Bellen ertönte.

„So hilft mir doch endlich jemand!", schrie Lotte die verdutzt dreinblickenden Chormitglieder an.

Sie hatte Mühe, die Solistin, die abzurutschen drohte, auf dem Stuhl zu halten. Wolfgang Meier kam angerannt. Er war als Erster aus seiner Erstarrung erwacht und hob die Solistin ohne viel Umschweife auf die kräftigen Arme. Dann bettete er sie vorsichtig auf die erste Reihe der Kirchenbank, nachdem Lotte die dort Stehenden verscheucht hatte.

Vorsichtig beugte sich Lotte über die Solistin. Ihr Ohr ganz nah an den Mund der Liegenden geführt, verharrte sie kurz.

„Sie atmet!", schrie sie erleichtert auf.

Ein kollektives Aufatmen machte sich breit.

„Ruft sofort den Krankenwagen", fügte sie hinzu. Und nach kurzer Pause ergänzte sie: „Und die Polizei!"

Nachdem sie den Puls der Ohnmächtigen gefühlt hatte, der schwach, aber regelmäßig zu schlagen schien, versuchte Lotte ihre Bullydame zu beruhigen, deren Bellen immer heiserer klang. Da dies nichts nützte, wies sie Margarete Neuhaus an, bei der Ohnmächtigen sitzen zu bleiben, während sie den Hund nach draußen brachte, um dort auf den Krankenwagen zu warten.

An der frischen Luft beruhigte sich die Bullydame schnell. Durstig schleckte sie Wasser vom Boden um den Brunnen auf.

Lotte beobachtete sie und überlegte. Was hatte das zu bedeuten?

Ihre Gedanken rasten. Neben Gottlieb Meier war Anne Hevers ihre Hauptverdächtige gewesen und die würde sich wohl kaum selbst vergiftet haben! Dann musste es Gottlieb Meier gewesen sein! Oder hatte Luise doch recht mit ihrem Verdacht gegen Fritz Engels? Lotte blickte sich um, konnte die Herrn aber nirgendwo entdecken.

Ein immer lauter werdendes Martinshorn unterbrach Lottes Gedanken und kündigte die Ankunft des Krankenwagens an. Erleichtert sah Lotte, dass eine Notärztin dabei war und winkte den Fahrzeugen zu. Die zwei Sanitäter sprangen aus der Fahrerkabine, öffneten die Schiebetür und ergriffen sofort diverse Koffer und medizinisches Gerät. Die Ärztin, eine etwa fünfzigjährige Dame mit einem modischen dunkelbraunen Bobhaarschnitt, eilte bereits, den Arztkoffer in der Hand, die Stufen zum Eingangsportal der Marienkirche hinauf.

„Was ist geschehen?", fragte ein Sanitäter mit einem langen Pferdeschwanz, als sie in Lottes Begleitung die Kirche betraten.

Mit ein paar Worten umriss diese die Situation und eilte den jungen Männern voraus. Im Chorraum herrschte ein heilloses Durcheinander, sodass sie Mühe hatten, die Bewusstlose zu erreichen.

„Alle miteinander raus!", brüllte Lotte die verwirrten Seniorinnen und Senioren an, woraufhin sich diese, angeführt von einem zitternden Chorleiter, erleichtert zum Treppenabgang begaben. Innerhalb von zwei Minuten herrschte vollkommene Stille in der Kirche.

Die Sanitäter gaben der Ärztin in kurzen Worten wieder, was sie eben von Lotte erfahren hatten. Als sie ihren Bericht beendet hatten, ertönte ein leises Winseln.

Die Notärztin, deren Namensschild sie als Frau Doktor Berberich auswies, zog eine Augenbraue hoch, als sie das Bullymädchen erblickte.

„Ist das Ihr Tier?", fragte sie mit Blick auf Anne Hevers.

„Nein, Frau Doktor, das ist meine Käthe."

Der Blick der Ärztin wanderte nach unten und blieb an dem haarigen, runden Gesicht hängen, aus dem heraus sie zwei kohlschwarze Knopfaugen ansahen.

Das erwartete Donnerwetter blieb aus.

Die Ärztin fischte ein weißes Stethoskop aus der Tasche und lauschte angestrengt. Dann nickte sie zufrieden. „Die Herztöne sind regelmäßig. Das ist ein gutes Zeichen."

Mit einer kleinen Lampe leuchtete sie in die Augen ihrer Patientin, die seltsam nach oben verdreht waren. Doktor Berberich zog die Stirn kraus.

„Schildern Sie mir bitte noch einmal die Geschehnisse des heutigen Abends", forderte sie Lotte auf.

Diese begann ihre Geschichte am Vorabend, mit der aller Voraussicht nach verdorbenen Speise, die Anne Hevers zu sich genommen hatte und der darauf folgenden Übelkeit der Sängerin.

Doktor Berberich schüttelte den gebobbten Kopf. „Die Symptome passen nicht zu einer Lebensmittelvergiftung. Die Übelkeit und das Bauchweh schon, die Ohnmacht und der schwache Puls hingegen nicht."

Eine tiefe Stimme hallte durch das Kirchenschiff: „Hallo, ist da jemand?"

Lotte lief zum Treppenabgang und rief nach unten: „Wir sind hier oben, Herr Hauptkommissar."

Frau Doktor Berberich runzelte die Stirn. „Sie haben die Polizei gerufen?"

Lotte nickte. „Das ist die dritte Solistin des Ganzenheimer Kirchenchors, die auf mysteriöse Art und Weise ums Leben kommt."

Eine hochgezogene Augenbraue antwortete ihr.

„Ich meine, in diesem Fall, *fast* ums Leben gekommen ist."

Heftig schnaufend kam Hauptkommissar Gruber oben an der Treppe an. Mit seiner linken Hand versuchte er das halb heraushängende Hemd in die Hose zu stopfen. Die Haare standen ihm wirr vom Kopf. Als er Lotte erblickte, verdüsterte sich sein Blick.

„Sie schon wieder!"

Seine Augen suchten den Boden ab und blieben an Käthe hängen, die immer noch vor der Kirchenbank saß, auf der die Ohnmächtige lag.

„Und das grässliche Vieh ist auch hier."

Lotte vermeinte, keine Wut aus seiner Stimme zu vernehmen, auch wenn seine Worte das genaue Gegenteil bezeugten. Vielleicht hatte er sich ja mit Käthe angefreundet, als sie auf ihrer Gartenbank gesessen hatten? Sie seufzte leise, dann wandte sie sich dem jungen Uniformierten zu, der den Hauptkommissar begleitete.

„Hallo, Herr Klopfer, wären Sie wohl so lieb und bringen meine Käthe nach unten zu Agnes? Ich glaube, Ihr Chef hat ein wenig Angst vor ihr." Spott war aus Lottes Stimme zu vernehmen.

Der Blick des Polizisten wechselte zwischen seinem Chef und dem kleinen Fellbündel hin und her.

„Echt jetzt, Chef?"

Lotte grinste.

„Jetzt tun Sie endlich, was die Dame Ihnen angeschafft hat und dann kommen Sie schnell wieder rauf. Aber zack, zack, wenn ich bitten darf."

Der junge Mann wurde blass, ging dann aber in die Hocke und rief die kleine Bullydame zu sich. Diese gehorchte ausnahmsweise prompt und lief hinternwackelnd zu ihm. Dann ging er mit ihr nach unten.

Lotte wandte sich dem Ermittler zu. Ihre Augen funkelten. „Das ist jetzt das *dritte* Mal, dass jemand versucht, die Solistin des Kirchenchors zu ermorden!"

„Sie geben wohl nie auf, wie?" Er seufzte laut.

Fassungslos schüttelte Lotte den Kopf. „Sie wollen doch nicht immer noch behaupten, dass das alles mit rechten Dingen zugeht, junger Mann? Bestimmt haben Sie schon das Ergebnis der Glasanalysen?"

Hauptkommissar Gruber fuhr sich mit einer Hand durch das schüttere Haupthaar, in einem vergeblichen Versuch, es in Ordnung zu bringen. „Ja, meinen Sie denn, ich könne zaubern? Das geht nicht so schnell!"

Er wandte sich an die Notärztin. „Und wie sieht es hier aus?" Mit seinem unrasierten Kinn zeigte er auf die immer noch bewusstlose Anne Hevers.

Frau Doktor Berberich klang nachdenklich. „Nun, ihr Zustand ist kritisch, aber stabil. Ich habe ihr einen Zugang gelegt und wir verpassen ihr Flüssigkeit, um ihren Kreislauf zu stabilisieren. Aber was die genaue Ursache hierfür ist …?" Sie zog die Schultern hoch. Ihr Blick wanderte zu Lotte.

„Sie wollen mir doch wohl nicht weismachen, dass Sie den Gehirngespinsten einer alten Dame glauben?" Ungläubigkeit lag in der Stimme des Hauptkommissars.

„Gehirngespinste hin oder her. Irgendetwas ist seltsam hier. Aber ich werde schon noch herausfinden was", ergänzte sie mit Nachdruck.

„Tun Sie, was Sie nicht lassen können. Und schicken Sie mir Ihren Bericht."

Mit diesen Worten schickte sich der Hauptkommissar an, den Chorraum zu verlassen. Lotte stellte sich ihm in den Weg.

„Was muss denn noch alles passieren, bis sie mir endlich glauben, dass ein Mörder im Ganzenheimer Kirchenchor zugange ist?"

Die Hände in die Hüften gestemmt, den eisigen Blick auf den Beamten gerichtet, baute sich die kleine Dame vor ihm auf.

„Gute Frau, es gibt keinerlei Beweise dafür", hier warf Lotte ein kurzes „noch nicht" ein, „dass etwas nicht mit rechten Dingen zugegangen ist und ich wäre Ihnen ausgesprochen dankbar, wenn Sie nicht immer die Polizei rufen würden!"

„Keine Beweise, dass ich nicht lache! Und was ist das?" Lottes Arm zeigte auf das kleine Beistelltischchen neben dem Solistinnenplatz.

Grubers Blick folgte dem Finger.

„Was soll denn da sein? Ein Tisch?", fragte er spöttisch.

Lotte kniff die Augen zusammen. Tatsächlich, das Glas, aus dem Anne Hevers getrunken hatte, war verschwunden.

Verwundert schüttelte sie den Kopf. „Aber ... aber ...", stammelte sie.

„Ich denke, es wird das Beste für Sie sein, wenn Sie jetzt nach Hause gehen, Frau Meisner."

„Fräulein Meisner", erwiderte sie schwach.

Sämtliche Energie schien aus ihr gewichen zu sein und sie fühlte sich tonnenschwer. Dass das Glas weg war ... Sie konnte es nicht fassen.

Hauptkommissar Gruber gab der Notärztin, die gerade ihre Utensilien zusammenpackte, seine Karte und wartete auf Sanitäter, die sich abmühten, eine Krankentrage die Treppe hochzubringen. Dann stieg er ohne ein weiteres Wort die Holztreppe hinab und verließ die Kirche.

Ein besorgter Blick streifte Lotte.

„Geht es Ihnen nicht gut?" Die Notärztin betrachtete sie kritisch.

„Doch, doch, es geht schon", winkte Lotte ab. „Vielen Dank für Ihre Mühe. Wo bringen Sie Frau Hevers denn hin?"

„Wir transportieren Sie ins Gimmersheimer Bezirkskrankenhaus", antwortete einer der beiden Sanitäter freundlich.

Lotte nickte und verließ, einen Abschiedsgruß murmelnd, den Chorraum.

Draußen wurde sie stürmisch von einer wild hüpfenden Käthe begrüßt. Sie tätschelte den runden Kopf und machte sich dann auf, den Heimweg anzutreten.

„Lotte!", rief ihr Agnes fragend hinterher.

„Ein anderes Mal, Agnes. Ich bin müde."

Langsam schlurfte sie über den Dorfplatz in Richtung der großen Treppe. Sie wusste kaum, wie sie nach Hause gekommen war und begab sich, nachdem sie Käthe gefüttert hatte, sofort ins Bett.

12

Am nächsten Morgen fühlte sich Lotte wie gerädert. Fest in ihre warme Decke gehüllt, saß sie auf ihrer Gartenbank. Der Kaffee wollte ihr heute nicht so recht schmecken und sie fragte sich, ob sie etwa krank würde. Litt Anne Hevers vielleicht an irgendeiner Viruserkrankung und hatte sie sich bei ihr angesteckt? Sie schüttelte den Kopf. Nein, nach wie vor war sie der festen Überzeugung, dass die Geschehnisse im Ganzenheimer Kirchenchor nicht natürlichen Ursprungs waren. Egal, was der Hauptkommissar sagte.

Sie richtete sich auf, indem sie ihren Rücken durchstreckte und atmete tief ein und aus. Die kühle Morgenluft schien ihr gut zu tun.

Ein lautes Rascheln ertönte und ein runder Kopf schaute aus dem Lorbeerstrauch in Richtung Gartentürchen. Nach kurzem Lauschen huschte die Bullydame an die Holztür. Dort verharrte sie in wartender Stellung.

Nanu, wer kommt mich denn so früh besuchen?, dachte Lotte und erhob sich.

Mit einem leisen Quietschen hielt ein altes, leicht verrostetes Fahrrad an und Wolfgang Meier rief: „Guten Morgen, Fräulein Meisner.“

Lotte schlurfte zum Gartentürchen.

„Na sowas, Herr Meier. Was für eine Überraschung!“

Die alte Dame überlegte kurz. Hatte sie ihn für irgendwelche Reparaturarbeiten bestellt? Sie konnte sich
nicht erinnern.

„Ich bin vorbeigekommen, um zu sehen, wie es Ihnen
heute geht. Sie sind gestern so schnell gegangen.“

„Das ist aber nett von Ihnen. Das war schon ein
Schock, darum bin ich so schnell nach Hause gelaufen.“

Wolfgang Meier nickte mitfühlend.

„Dann ist es Ihnen bestimmt zu viel, heute Nachmittag zu Mutter zum Kaffee zu kommen? Sie hatte mich
gestern vor der Chorprobe gebeten, Sie einzuladen,
aber Sie waren ja so schnell weg.“

Lotte lächelte. Ein Besuch bei Erna würde ihr sicher
guttun.

„Ich komme sehr gerne. Um fünfzehn Uhr?“

„Wenn es Ihnen recht ist, dann bitte bereits um vier-
zehn Uhr.“

Lotte wunderte sich ein wenig, war das doch recht
früh für ein Kaffeekränzchen.

„Mutter hat später noch einen Arzttermin“, schob
Wolfgang Meier erklärend hinterher, als er ihren Gesichtsausdruck bemerkte.

„Dann ist es mir recht. Sagen Sie ihr liebe Grüße und
bis später.“

Wolfgang Meier schwang sich auf seinen Drahtesel
und radelte mit einem letzten Winken über die Schulter davon.

Lotte entschloss sich, ein leichtes Frühstück zu sich
zu nehmen, obwohl sie keinen Hunger verspürte. Sie
musste schließlich bei Kräften bleiben. Einen Schwächeanfall, wie ihn Erna erlitten hatte, wollte sie unbedingt vermeiden. Sie schnitt eine Scheibe Brot ab und

legte Käse auf einen kleinen Teller. Käthe, die den Käse sofort entdeckt hatte, setzte sich erwartungsvoll an Lottes Füße am Küchentisch. Sie kannte ihr Frauchen. Ein kleines Eckchen würde bestimmt für sie abfallen.

Das Frühstück hatte Lotte gut getan und so entschloss sie sich, mit ihrer Bullydame einen ausgiebigen Spaziergang entlang der Weinfelder zu unternehmen. Den gelben Filzhut auf dem Kopf verließ sie mit Käthe das Haus.

Die lange Wanderung hatte sie müde werden lassen und sie legte sich für ein frühes Nickerchen auf das Sofa. Fünf Minuten später ertönten bereits ein leises und ein lautes Schnarchen.

Als sie erwachte, lauschte sie als Erstes in sich hinein. Fühlte sie sich krank? Tat ihr etwas weh? Nein, zum Glück hatte das Unwohlsein, das sie in der Früh empfunden hatte, nachgelassen. Sie freute sich auf den Besuch Erna, aber sie hoffte inständig, dass der ältere Meiersprössling sich nicht dazu entschloss, heute Nachmittag seiner Mutter die Aufwartung zu machen.

Der Weg zu Ernas Haus verlief ereignislos, wenn man davon absah, dass Käthe beinahe eine tote Maus gefressen hätte, die die Nachbarskatze wohl mitten auf dem Feldweg liegen gelassen hatte. Nur mit Müh und Not war es Lotte gelungen, ihre Bullydame zum Weitergehen zu überreden.

Sie betätigte die Klingel und das Läuten von Big Ben erklang. Sie musste noch einmal klingeln, bis sich endlich die Tür öffnete und ihr Wolfgang Meier entgegen lächelte.

„Entschuldigen Sie bitte, Fräulein Meisner. Ich habe die Klingel nicht gehört. Treten Sie doch bitte ein."

Lotte betrat den dunkelgetäfelten Gang. Wolfgang nahm ihr Mantel und Hut ab und geleitete sie zur Stube.

„Bitte nehmen Sie doch Platz. Mutter kommt gleich. Sie macht sich noch zurecht."

Der Esstisch war festlich gedeckt. Ein Käsekuchen duftete herrlich und frische Blumen standen auf dem Tisch.

„Das haben Sie ja herrlich hergerichtet, Herr Meier! Mhm, Käsekuchen, den esse ich am liebsten!", rief Lotte entzückt aus.

Der großgewachsene Mann lächelte. „Das weiß ich doch, Fräulein Meisner. Es freut mich sehr, dass es Ihnen gefällt."

Auffordernd zog er einen Stuhl hervor und Lotte nahm Platz. Zu ihrer Überraschung setzte er sich ihr gegenüber.

„Mutter wollte, dass ich Ihnen etwas Gesellschaft leiste, bis sie nach unten kommt. Ich hoffe, das ist Ihnen recht?" Fragend blickte er sie an.

„Aber selbstverständlich, Herr Meier." Lotte freute sich über die Höflichkeit des Mannes.

Etwas unsicher blickte er sie an. „Dürfte ich fragen, was die Polizei gestern gesagt hat? Das war doch der Hauptkommissar, der gekommen ist?"

Lotte nickte und seufzte kurz. „Ja, Hauptkommissar Gruber. Aber da gibt es eigentlich nicht viel zu erzählen. Die Polizei geht nach wie vor von natürlichen Todesumständen aus und sieht auch im Fall von Anne Hevers keinen Handlungsbedarf."

Wolfgang Meier, der ihren Worten aufmerksam gelauscht hatte, schien kurz nachzudenken, dann hakte er nach: „Aber das sind doch gute Neuigkeiten, oder etwa nicht?"

Schulterzuckend antwortete Lotte: „Wie man es nimmt. Natürlich ist die Vorstellung, dass ein Mörder im Ganzenheimer Kirchenchor sein Unwesen treibt, schrecklich. Verstehen Sie mich da bitte nicht falsch, Herr Meier. Aber ich bin nach wie vor überzeugt davon, dass es beim Tod der Giebelhoferin und der Magda – Gott sei Ihren Seelen gnädig – nicht mit rechten Dingen zugegangen ist." Dem letzten Satz verlieh sie besonderen Nachdruck.

„Weshalb sind Sie sich denn so sicher, dass es Mord war?", fragte der großgewachsene Mann.

„Zum einen waren alle drei Solistinnen pumperlgesund und nun sind zwei davon tot und eine liegt in kritischem Zustand im Krankenhaus. Zum anderen hat mich das Verhalten des ein oder anderen Chormitglieds zum Nachdenken gebracht." Lotte brach ihre Ausführungen rasch ab, war ihr doch gerade eben bewusst geworden, dass ihr Hauptverdächtiger, neben Fritz Engels, kein anderer als der Bruder des Anwesenden war.

Aber es war zu spät.

Meier bohrte nach: „Wer hat sich denn, Ihrer geschätzten Meinung nach, auffällig verhalten, Fräulein Meisner?"

Die alte Dame zögerte.

Wolfgang Meier machte den Anfang. Sanft bohrte er nach. „Sie meinen vermutlich meinen Bruder Gottlieb, nicht wahr?"

Lotte schaute in das freundliche Gesicht ihres Gegenübers und entschloss sich dazu, offen mit ihm zu sprechen. Wolfgang Meier war ein sehr besonnener Mensch, der ihre Gedankengänge sicher ernst nehmen und nicht verurteilen würde.

„Sie haben leider recht, Herr Meier. Ihr Bruder hatte sowohl für den Mord an der Giebelhoferin als auch für den an der Magda ein Motiv – Geld. Bei seiner Untermieterin erhoffte er sich vermutlich ein Erbe, schließlich hat er mir persönlich erzählt, dass er zum Nachlassgericht geladen wurde.“

Wolfgang nickte nachdenklich und Lotte fuhr fort. „Und von der Magda hat er sich eine größere Summe Geld geliehen, die er nun nicht mehr zurückzahlen muss.“

Meier nickte erneut. Dann hellte sich sein Gesicht auf. „Aber für das, was Frau Hevers passiert ist, hatte er kein Motiv, oder?“

„In der Tat, da stimme ich Ihnen zu. Ich habe noch keinen Zusammenhang zwischen Ihrem Bruder und Anne Hevers gefunden. Eigentlich hatte ich unsere neue Solistin, neben ihrem Bruder, als Haupttatverdächtige ausgemacht.“

Wolfgang Meier zog die Augenbrauen hoch. „Wie das denn?“

„Nun, ihr ungebührliches Benehmen zeigte deutlich, wie wenig ihr an ihren Mitmenschen lag. Und die Vehemenz, mit der sie die Solistenrolle für sich forderte, ließ sie mir äußerst verdächtig erscheinen.“

Meier nickte eifrig. „Vielleicht war sie es ja tatsächlich?“

Lotte schüttelte den Kopf. „Sie kann sich ja nicht selbst vergiftet haben!"

„Gift? Wie kommen Sie denn auf Gift?" Aufrichtiges Erstaunen stand im Gesicht des großen Mannes.

„Das ist die einzig vernünftige Erklärung, auch wenn Hauptkommissar Gruber anderer Meinung ist. Ich habe sogar Beweise gesichert, die –"

„Beweise?", unterbrach sie Wolfgang Meier schnell. „Was denn für Beweise?"

„Die Trinkgläser der Verstorbenen. Bis jetzt wollte der Hauptkommissar davon ja nichts wissen, aber wenn die Ergebnisse der Untersuchung von Anne Hevers zurück sind, wird er sicherlich anders darüber denken. Am besten rufe ich ihn morgen früh gleich an und fordere ihn noch mal auf, die Gläser untersuchen zu lassen. Wer weiß, ob er das endlich in Auftrag gegeben hat. Meinen Sie nicht auch, Herr Meier?"

Dieser nickte abwesend. Dann schüttelte er den Kopf und sagte: „Wo bleiben denn meine Manieren?"

Mit einem Blick auf die Stubentür fügte er hinzu: „Mutter lässt ganz schön lange auf sich warten. Am besten sehe ich kurz nach ihr. Darf ich Ihnen in der Zwischenzeit einen Kaffee anbieten?"

Lotte nickte und Wolfgang Meier ging in die Küche, von wo er kurze Zeit später mit einer silbernen, reich verzierten Kanne wiederkam. Da er ihr diese auffordernd entgegenstreckte, hob sie die Kaffeetasse. Dampfend floss das dunkle Gebräu hinein. Vom vielen Sprechen war Lottes Hals trocken und dankbar setzte sie die Tasse an ihre Lippen.

Plötzlich ertönte ein dunkles Grollen. Lotte erstarrte. Ein dunkler, haariger Kopf legte sich auf ihren Schoß und das Grollen wurde lauter.

Lotte setzte die Tasse langsam ab. Ihr Gegenüber beobachtete sie dabei.

„Ich denke es ist besser, Sie trinken den Kaffee, Fräulein Meisner." Die Stimme des Mannes klang ruhig.

Lotte blickte auf Käthe, die immer noch leise knurrte und dann zurück auf die Tasse in ihrer Hand.

„Was haben Sie nur getan?", flüsterte sie schließlich entsetzt.

Wolfgang Meier erhob sich und fuhr fort, während er langsam ein paar Schritte in ihre Richtung ging. „Frau Giebelhofer machte meinem Bruder das Leben zur Hölle. *Reparieren Sie dies, säubern Sie das*, so ging das den ganzen lieben Tag. Ich habe ihm natürlich geholfen, wo ich nur konnte, aber man konnte es ihr nie recht machen. Ihre Miete hat sie auch nie pünktlich bezahlt, sodass es finanziell für ihn immer enger wurde. Eines Tages – ich reparierte gerade die Wohnzimmerlampe – habe ich ein Schreiben an ihren Anwalt gefunden, das auf dem Kaffeetischchen lag. Es war nicht schwer, das Kuvert zu öffnen. Ein klein wenig Wasserdampf und es sieht aus, als wäre es noch nicht verschlossen gewesen." Meiers Gesicht strahlte vor Stolz. „Clever, nicht? Wie auch immer. In dem Schreiben verfügte Frau Giebelhofer, dass ihr nichtsnutziger Sohn keinen Cent von ihrem Vermögen erhalten sollte. Die Spalte mit dem Empfänger hatte sie leer gelassen. Es war nicht schwer, Gottliebs Namen einzutragen. Nachdem er diese hochnäsige Frau bei sich wohnen ließ, hatte er sich das schließlich verdient!"

Sprachlos lauschte Lotte den Ausführungen des jüngeren Meiersohns, dessen Gesicht einen beinahe entrückten Ausdruck angenommen hatte, den sie noch nie vorher bei ihm gesehen hatte.

„Und Anne Hevers ... Tja, die hat sich das alles selbst zuzuschreiben. Noch nie hat es jemand gewagt, mit meiner Mutter so unverschämt zu sprechen. Sie hätten Mutter sehen sollen, nachdem wir vom Kirchenaushang zurückgekehrt waren. Sie sah aus, als habe sie einen Geist gesehen. Ganz weiß war sie im Gesicht und am ganzen Leib hat sie gezittert. Die arme Mama!"

Er schüttelte den Kopf. Ein beinahe fanatischer Ausdruck stahl sich in sein Gesicht, als er fortfuhr. „Nein, die Boshaftigkeit dieser Frau musste bestraft werden. Ich konnte doch nicht zulassen, dass sie noch einmal so mit Mutter spricht und sie womöglich damit ins Grab bringt!"

Leise sagte Lotte: „Aber Anne Hevers lebt noch."

Verärgerung blitzte im Gesicht des großgewachsenen Mannes auf, der keine zwei Meter vor ihr stehen geblieben war. Käthe hatte sich nun zwischen ihm und Lotte platziert und ließ ihn nicht aus den Augen. Immer wieder ertönte ein leises Knurren.

Belustigt sah Meier auf die kleine Bullydame hinab.

„Ich werde mich gut um sie kümmern, Fräulein Meisner. Da brauchen Sie sich keine Sorgen machen."

Dann fuhr er fort, als er das Entsetzen in ihrem Blick bemerkte.

„Sie werden doch sicher verstehen, dass ich Sie mit Ihrem Wissen nicht weiterleben lassen kann, Fräulein Meisner, oder? Ich mag Sie sehr, doch Sie sind die Einzige, die mir oder meinem Bruder gefährlich werden kann. Selbst wenn die Polizei herausfindet, dass es Gift war, könnten Sie mir nichts nachweisen."

„Sie sind ja verrückt!" Die Worte waren raus, bevor sie darüber nachdenken konnte.

Belustigt blickte sie ihr Gegenüber an. „Verrückt nennen Sie das? Ich schütze nur meine *Familie*!" Bei dem Wort glaubte Lotte, ein irres Glitzern in seinen Augen aufblitzen zu sehen.

Verzweifelt versuchte sie, Zeit zu schinden. Irgendwann musste Erna ja endlich nach unten kommen. Sie schielte zur Stubentür.

„Falls Sie auf das Erscheinen meiner werten Frau Mutter warten, muss ich Sie leider enttäuschen. Die ist bei einem Augenarzttermin in Gimmersheim und wird vor sechzehn Uhr nicht fertig sein. Sie wissen ja, wie das mit den Fachärzten so ist, Fräulein Meisner."

Deshalb hat er mich also so früh herbestellt, ging es durch Lottes Kopf. Sie musste es irgendwie schaffen, ihn am Reden zu halten, bis ihr etwas einfiel, wie sie sich aus der Situation retten könnte. Nicht eine Sekunde zweifelte sie daran, dass der Mann keine Probleme damit haben würde, sie und ihre Bullydame zu überwältigen.

„Aber warum haben Sie denn die arme Magda getötet? Sie war so ein sanftes Wesen!"

Lotte sah ehrliche Verwunderung im Blick des Mannes.

„Mit dem Tod von Frau Schuster habe ich nichts zu tun. Darauf gebe ich Ihnen mein Ehrenwort. Sie hatte mir schon vor geraumer Zeit versichert, dass sie nicht auf einer Rückzahlung des Kredits, den sie Gottlieb liebenswerterweise gewährt hatte, bestehen würde."

Strahlend fügte er hinzu. „Mir hat sie sogar ihr Haus und Grundstück vermacht, weil ich mich immer um sie gekümmert habe.“

„Aber ich habe doch erst Ihren Bruder mit einem anderen Mann auf Magdas Grundstück gesehen?“

„Natürlich weiß Gottlieb von dem Erbe und da er der Geschicktere von uns beiden ist, was Geldanlagen betrifft, übernimmt er die Bauentwicklung. Wir haben schon mehrere Anfragen von Winzern, die den Grund gerne kaufen würden. Immerhin gehört ein größerer Teil des anschließenden Weinberges dazu, den Frau Schuster allerdings immer verpachtet hatte.“

Kopfschüttelnd lauschte Lotte der Geschichte. Ihr lief die Zeit davon.

„Es ist besser, Sie trinken jetzt Ihren Kaffee, Fräulein Meisner. Wir wollen doch nicht, dass er kalt wird.“

Einen letzten Versuch wagend, setzte Lotte nochmals an: „Aber was ist denn bei Frau Hevers schiefgegangen? Immerhin lebt sie noch.“

Wolfgang Meiers Blick drückte erneut Verärgerung aus.

„Ich weiß auch nicht, was da schieflief. Vermutlich hat sie nur einen Teil des Gifts in ihrem Essen zu sich genommen oder durch die Verdauung hat das Gift seine Wirkung nicht vollends entfalten können. Bei Frau Giebelhofer hat immerhin das Wasserglas ausgereicht. Aber das wollte ich bei Frau Hevers gestern Abend in der Probe ja nachholen.“

„*Sie* haben das Wasserglas entwendet!“

Wolfgang Meier grinste.

„Natürlich, ich lerne schließlich aus meinen Fehlern. Ich habe die Aufregung genutzt und das Wasserglas verschwinden lassen."

Lotte konnte es nicht fassen. Der vor ihr Stehende war so gänzlich anders wie jener Wolfgang Meier, den sie sonst kannte.

Dieser setzte, ihren Blick richtig deutend, zu einer Erklärung an.

„Fräulein Meisner, meine Familie ist mir heilig, das müssen Sie doch verstehen. Ich konnte nicht zulassen, dass mein Bruder finanziell zugrunde geht oder dass Mutter etwas geschieht."

Er machte einen weiteren kleinen Schritt in ihre Richtung. Die Bullydame knurrte lauter.

„Es ist besser, Sie rufen Käthe zu sich und trinken dann Ihren Kaffee. Ich will Ihnen beiden schließlich nicht wehtun müssen."

Lotte musste ob der Absurdität dieser Aussage beinahe hysterisch lachen. Er wollte ihr nicht wehtun, aber umbringen wollte er sie schon.

Plötzlich fiel ihr ein, was sie machen könnte. Sie rief Käthe zu sich und wartete, bis diese zögerlich an ihre Seite trat. Ihre Augen verließen ihr Gegenüber dabei kein einziges Mal. Sie erhob sich und griff dann, scheinbar folgsam, nach der Kaffeetasse.

„So ist es recht, Fräulein Meisner. Es wird auch nicht lange dauern."

Mit aller Kraft schleuderte Lotte den Inhalt der Tasse auf ihr Gegenüber. Sie wollte sein Gesicht treffen und verbrühen, um Zeit zu haben, zur Haustür zu gelangen und um Hilfe zu schreien. Doch sie hatte sich verrechnet. Wolfgang Meier war zu groß. Dieser machte einen großen Satz auf sie zu und versuchte, sie am Arm zu pakken. Ein Aufschrei ertönte, als sich Käthes spitze Zähne in seinen Unterschenkel gruben. Lotte nutzte den Moment und duckte sich unter dem Arm des Mannes hindurch und hastete, so schnell sie konnte, in Richtung Tür. Hinter sich erklang ein schmerzerfülltes Jaulen und ihr Herz wurde schwer bei dem Gedanken, was dieser grässliche Mann ihrer Bullydame antat. Dies war jedoch ihre einzige Chance zu überleben.

Lotte hatte beinahe die Haustür erreicht und streckte gerade ihre Hand nach dem Türgriff aus, als sie eine kräftige Pranke an der Schulter packte. Dies brachte sie zum Taumeln und mit einem Aufschrei stürzte Lotte zu Boden. In dem Moment flog die Haustür mit einem lauten Knall auf. Drei uniformierte Polizisten und allen voran ein verstrubbelt aussehender Hauptkommissar Gruber drangen mit gezogenen Waffen in den schmalen Gang ein.

„Bleiben Sie stehen! Polizei!", riefen die Beamten wie aus einem Munde.

Wolfgang Meier, der eben noch den Rückzug in die Wohnstube antreten wollte, sah ein, dass eine Flucht sinnlos war und drehte sich, mit erhobenen Händen, um. Hauptkommissar Gruber zog die Arme des Mannes hinter dessen Rücken und legte ihm Handschellen an.

„Führen Sie ihn ab", wies er die Uniformierten an und diese brachten Meier, an der immer noch auf dem Boden sitzenden Lotte vorbei, aus dem Haus.

Eine kräftige Hand streckte sich ihr entgegen.

„Darf ich Ihnen aufhelfen, Fräulein Meisner?" Die tiefe Stimme des Hauptkommissars klang besorgt.

„Fehlt Ihnen etwas? Soll ich den Krankenwagen rufen?“

Lotte ließ sich auf die Beine helfen und versuchte sich zu sortieren. Ihr war etwas schwindelig, doch ansonsten schien alles in Ordnung zu sein.

Plötzlich wurde sie blass: „Meine Käthe!“

Am Hauptkommissar vorbei stürzte Lotte durch den Gang nach hinten und stieß die Tür zur Wohnstube auf. Hastig suchten ihre Augen den Boden ab. Da war nichts! Sie ging auf die Knie. Doch, da war etwas! Unter dem Sofa!

Lotte krabbelte, beobachtet von einem verblüfft dreinblickenden Hauptkommissar, zu ihrer Hündin und zog sie sanft unter dem Sofa hervor. Die Zunge hing leicht aus dem Maul und ein kleiner Blutfaden tropfte langsam zu Boden.

Lotte brach in Tränen aus.

„Käthe, meine arme Käthe“, schluchzte sie und nahm den haarigen Körper in ihre Arme, wo sie ihn wie ein kleines Kind hin und her wiegte.

„Wenn ich darf“, sagte der Hauptkommissar sanft.

Er kniete sich, leicht ächzend, neben Lotte auf den Boden und nahm ihr das Fellbündel vorsichtig ab. Dann erhob er sich und ging den Gang entlang nach draußen. Mit hängendem Kopf und tränenverschleiertem Blick folgte Lotte dem Ermittler. Sie konnte es nicht fassen! Ihre kleine Käthe hatte sie beschützen wollen und dafür mit ihrem Leben bezahlt!

Das helle Licht blendete Lotte, als sie nach draußen trat und so dauerte es einen Moment, bis sie sah, wie der Hauptkommissar die kleine Bullydame vorsichtig auf eine Krankenbahre legte.

„Kümmern Sie sich um das Tier!“, herrschte er die verblüfft dreinschauenden Sanitäter an, die zwischenzeitlich wohl dazu gerufen worden waren. Lotte erkannte den Langhaarigen von dem gestrigen Einsatz in der Marienkirche.

Eifrig begannen die Männer an dem Tier zu arbeiten. Der eine hörte mit einem Stethoskop den haarigen Brustkorb ab, während der andere kopfkratzend versuchte, einen Zugang zu legen.

„Sie lebt!“, ertönten schließlich die erlösenden Worte des langhaarigen Sanitäters.

Einen heiseren Schrei ausstoßend, lief Lotte zu ihrer Bullydame und streichelte dieser sanft über den runden Kopf.

„Wo sollen wir sie hinbringen?“, fragte sie der junge Sanitäter sanft.

„Zu Frau Doktor Wagner. Die Praxis ist ganz in der Nähe.“

Unaufgefordert kletterte Lotte voraus in den Krankenwagen.

Hauptkommissar Gruber trat an die Tür und sagte schlicht: „Ich komme später zu Hause bei Ihnen vorbei. Es gibt noch einiges zu besprechen.“

Lotte nickte kurz. Ihre volle Aufmerksamkeit galt ihrer Bullydame, die gerade dabei war, unter großer Anstrengung, ihre runden Knopfaugen zu öffnen.

Die Veterinärin fand bei ihrer sorgfältigen Untersuchung zum Glück keinerlei Knochenbrüche. Wolfgang Meiers Tritt hatte die Hündin wohl am Kopf getroffen, weshalb Käthe ein Zahn abgebrochen und diese ohnmächtig geworden war. Die Tierärztin bot ihr an, die

Hündin zur Beobachtung dazubehalten, doch dies lehnte Lotte vehement ab. Die Sanitäter, die so nett waren und auf ihren haarigen Patienten gewartet hatten, erklärten sich bereit, Lotte und Käthe nach Hause zu fahren.

Hauptkommissar Gruber erwartete sie bereits, an seinen Wagen gelehnt, vor ihrem Häuschen. Die Sanitäter trugen die Bullydame vorsichtig an ihm vorbei ins Haus und er folgte ihnen. Schweigend sah er zu, wie die alte Dame Käthe sanft in deren Körbchen packte und eine Decke um sie breitete. Kaum hatte Lotte die Sanitäter nach draußen begleitet und die Küche betreten, setzte ein lautes sonores Schnarchen ein, das wie Musik in ihren Ohren klang. Die Duftnote, die anschließend den Raum erfüllte, störte sie nicht.

Hauptkommissar Gruber zog die Nase kraus, kommentierte das Geschehen aber nicht weiter. Auf Lottes Aufforderung hin, nahm er am Küchentisch Platz.

„Einen kleinen Sherry?", fragte sie in seine Richtung, während sie sich selbst eines der dickbäuchigen Gläser großzügig befüllte.

„Danke", er schüttelte den Kopf. „Ich bin im Dienst."

Lotte nickte und setzte Kaffee auf.

„Einen Kaffee trinken Sie aber doch sicher?"

Der Hauptkommissar nickte.

„Lassen Sie uns auf die heutigen Geschehnisse zu sprechen kommen, Frau, ähm, Fräulein Meisner." Er zog einen Notizblock hervor, der bereits von oben bis unten vollgekritzelt war.

„Was hatten Sie heute im Haus von Wolfgang Meier zu suchen?" Fragend blickte er sie an.

„Ich wollte Erna besuchen. Sie ist die Mutter von Wolfang Meier und meine langjährige Freundin. Sie hatte mich zum Kaffee eingeladen." Lotte stockte. „Wo ich jetzt so darüber nachdenke, war es wohl Wolfgang Meier, der mich zum Kaffee einlud. Vermutlich wollte er herausfinden, was ich weiß. Er sagte mir, seine Mutter wünschte mich zu sehen."

Gruber nickte und kritzelte etwas in den Block.

„Was geschah dann?"

Die alte Dame schnaufte tief durch. Dann erzählte sie dem großgewachsenen Polizisten in allen Einzelheiten, was sich zugetragen hatte. Hauptkommissar Gruber unterbrach die Ausführungen der alten Dame nicht. Immer wieder nickte er und schrieb etwas auf das Papier. Als Lotte auf die Trinkgläser der Toten zu sprechen kam, blickte der Beamte von seinen Notizen auf und kratzte sich verlegen am Kopf. „Ich gebe zu, dass ich eigentlich nicht vorhatte, das Glas, das Sie mir gegeben hatten, untersuchen zu lassen. Aber Ihr Starrsinn", Lotte grinste, „und der Anruf einer recht energischen Kollegin aus Augsburg, die mich auch darum bat, haben mich umgestimmt, das Glas von Frau Schuster untersuchen zu lassen. Das Ergebnis war jedoch wie erwartet negativ."

Erstaunt riss Lotte die Augen auf. „Das heißt, Magda wurde gar nicht ermordet? Herr Meier hat ja versucht mir weiszumachen, dass er mit ihrem Tod nichts zu tun hätte."

Der Hauptkommissar schüttelte den Kopf. „Das hat er wohl auch nicht. Die kriminaltechnische Untersuchung hat jedenfalls keinerlei Gift im Glas Ihrer Bekannten feststellen können."

„Dann war es also doch ein Herzinfarkt", murmelte Lotte kopfschüttelnd vor sich hin.

„Ja, so ist es wohl. Ich habe noch einmal mit Herrn Doktor Lohe telefoniert. Er hat mir gesagt, dass Frau Schuster schon seit einiger Zeit an Herzrhythmusstörungen litt."

„Davon wusste ich ja gar nichts!", sagte Lotte entsetzt.

„Sie wollte es wohl nicht an die große Glocke hängen. Aber Sie kennen Frau Schuster wohl am besten." Der Hauptkommissar räusperte sich kurz und fuhr fort: „Ich wollte nach dem Befund die Ermittlung beenden, doch da flatterte ein zweiter Bericht auf meinen Schreibtisch – die Analyse vom Glas der Frau Giebelhofer, die ich gar nicht in Auftrag gegeben hatte." Der Hauptkommissar bedachte Lotte mit einem strengen Blick und legte eine kurze Pause ein.

Gebannt blickte ihn Lotte an.

„Sie hatten tatsächlich recht, Fräulein Meisner! In Frau Giebelhofers Glas befanden sich Rückstände eines sehr schnell wirkenden Gifts."

„Heißt das, dass Sie mir endlich glauben?", fragte Lotte aufgeregt.

Der Ermittler nickte. „Ich gehe davon aus, dass auch die Ergebnisse der Blutuntersuchung von Frau Hevers, die wir im Laufe des Tages erhalten sollten, Ihre Theorie eines Giftanschlages bestätigen werden." Er räusperte sich leicht.

Lotte strahlte. Sie musste später unbedingt Franzi anrufen und sich bei ihr bedanken. Dann kam ihr ein Gedanke. „Aber wie haben Sie mich gefunden? Sie haben mir und Käthe das Leben gerettet!" Dankbar blickte sie den leicht errötenden Mann an.

„Die kriminaltechnische Untersuchung hat auf dem Glas von Frau Giebelhofer Fingerabdrücke gefunden. Neben zahlreichen anderen, konnten wir einen deutlichen Abdruck von Herrn Wolfgang Meier feststellen."

Fragend zog Lotte die Augenbrauen hoch.

„Herr Meier war vor knapp zehn Jahren an einer Tätlichkeit beteiligt, weshalb er aktenkundig ist", erklärte der Ermittler. „Damals hat wohl jemand seinem Bruder die Vorfahrt genommen, woraufhin sie den Fahrer verfolgt und anschließend verprügelt haben."

Mit offenem Mund lauschte Lotte den Ausführungen des Hauptkommissars.

„Ich war auf dem Weg, Herrn Meier zu befragen. Viel Hoffnung hatte ich mir allerdings nicht gemacht, da wir ohne ein Geständnis wohl nicht genügend Beweise für eine Verhaftung gehabt hätten. Immerhin waren auch Ihre Fingerabdrücke auf dem Glas." Der Ermittler lächelte Lotte an. „Ohne Sie und Ihre Hartnäckigkeit wäre der Täter davongekommen. Er hat Sie wohl als Gefahr empfunden und wollte Sie beseitigen", Lotte musste schlucken, „aber das ist ja zum Glück nicht passiert."

„Dank Ihnen, Herr Gruber."

„Nein, dank Ihnen, Fräulein Meisner. Hätten Sie Frau Giebelhofers Glas nicht sichergestellt und Polizeimeister Klopfer überreicht, hätten wir nie einen Fingerabdruck gefunden."

„Apropos Herr Klopfer …", setzte Lotte an.

Hauptkommissar Gruber schmunzelte. „Der junge Kollege hat zwar nicht ganz korrekt gehandelt, indem er das Glas über meinen Kopf hinweg zur Analyse gegeben hat. Aber er hatte ja auch eine sehr hartnäckige Auftraggeberin."

Lotte lachte. „Der arme Herr Klopfer! Ich hoffe, er bekommt jetzt keine Schwierigkeiten?"

„Aber nein. Machen Sie sich keine Sorgen. Ich weiß schließlich, wie schwer es ist, Ihren Wünschen zu widerstehen."

Lotte staunte. So viel Großmut hätte sie dem Ermittler gar nicht zugetraut.

Der Beamte fuhr fort: „Dass ich zur rechten Zeit am rechten Ort war, war wohl eher ein Zufall. Aber Sie haben es geschafft, Herrn Meier sogar noch ein Geständnis zu entlocken, trotz der Gefahr, in der Sie sich befanden. Hut ab, kann ich da nur sagen."

Lotte lächelte den großen Mann an, dann wurde sie erneut ernst. „Was passiert jetzt mit Wolfgang Meier?"

Der Ermittler zuckte mit den Schultern. „Nun, er sitzt in Untersuchungshaft und wird dem zuständigen Haftrichter vorgeführt. Die Anklage lautet auf Mord und zweifachen versuchten Mord."

Betroffenheit zeichnete sich in Lottes Gesicht ab. „Die arme Erna! Dass sie das noch miterleben muss. Ausgerechnet der Wolfgang ..."

Nachdenklich nickte der Hauptkommissar, dann blickte er auf Lotte, die einen großen Schluck aus ihrem Sherryglas nahm. Leise sagte er: „Ich hätte Sie nicht so schroff abweisen dürfen, Fräulein Meisner. Aber wenn Sie wüssten, mit wie vielen Spinnern wir es immer zu tun haben ..."

Geflissentlich überhörte Lotte das Wort „Spinner“. Sie streckte sich über den Tisch und tätschelte die große, behaarte Hand des Hauptkommissars.

„Ist schon gut, junger Mann. Hauptsache, es hat sich alles aufgeklärt. Und meiner Käthe haben Sie das Leben gerettet. Das werde ich Ihnen nie vergessen!“

Liebevoll blickte die alte Dame auf ihre Hündin, die mittlerweile auf dem Rücken liegend und alle vier Pfoten in die Höhe streckend, friedlich schnarchte. „Das haben Sie großartig gemacht, Herr Hauptkommissar.“

Lächelnd, mit einem kurzen Blick auf die Uhr, erwiderte dieser: „Ich glaube, jetzt genehmige ich mir doch noch einen Sherry. Schließlich ist Dienstschluss.“

EPILOG

Erwartungsvolle Stille erfüllte die bis auf den letzten Platz besetzte Marienkirche, als Herr Lang dreimal mit seinem Taktstock auf den Notenständer klopfte. Lotte spürte, wie nervös ihre Banknachbarin war, und drückte kurz Agnes' Hand. Ein dankbares Lächeln antwortete ihr. Bei ihr selbst hielt sich die Aufregung in Grenzen. Ihre Freude darüber, dass Erna zum Fernsehauftritt des Chors erschienen war, überwog. Es war bis zuletzt nicht klar gewesen, ob ihre betagte Freundin kommen würde, umso glücklicher war Lotte, als sie diese, auf den Arm von Gottlieb gestützt, am Kircheneingang entdeckt hatte. Da die Zeit eilte, hatte Lotte nicht die Möglichkeit gefunden, sich mit ihr zu unterhalten, wollte dies aber nach dem Auftritt nachholen.

Die Orgelmusik setzte ein und Lotte gab sich ganz der herrlichen Musik hin. Die Ereignisse der letzten Wochen sowie die Fernsehkameras, die um den Chor aufgebaut waren, vergessend, sang sie gemeinsam mit ihren Gesangskolleginnen und -kollegen mit einer Inbrunst, die Herrn Lang ein entzücktes Lächeln auf das Gesicht zauberte. Die rechtzeitig genesene Anne Hevers absolvierte ihre Soli professionell und meisterte auch die hohen Töne mit gefühlvoller Bravour. Lotte spürte, wie sich eine kleine Gänsehaut über ihre Arme zog, als ein besonders heller Ton erklang.

Die Zuhörer waren verzückt von der Darbietung des Chors, was der nicht enden wollende Applaus zum Schluss verriet. Zufrieden lächelnd verließen die Chormitglieder ihre harten Holzbänke und machten sich auf den Weg nach unten, wo sie den gelungenen Auftritt beim ersten Weinfest des Jahres rund um den Dorfbrunnen feiern wollten. Herr Lang und Anne Hevers wurden noch zu einem Interview von dem Regionalsender gebeten und konnten erst später zu der Gruppe stoßen, für die mehrere Tische reserviert waren. Lotte sah, wie Anne Hevers, vor Stolz strahlend, dem Kamerateam folgte. Sie gönnte der Solistin den Erfolg von ganzem Herzen. Seit ihrer Rückkehr aus dem Krankenhaus hatten die von den Ereignissen erschütterten Chormitglieder sich rührend um die Sängerin gekümmert. Lotte glaubte, dass die davon sichtlich überraschte Anne Hevers dadurch immer aufgeschlossener wurde.

Das Wetter hatte sich pünktlich zum Osterfest gebessert und eine weichere, wärmere Luft mit sich gebracht. So war es bereits recht angenehm, im Freien zu sitzen und manch einer zog sogar seine dicke Winterjacke aus. Der Dorfbrunnen war über und über mit Blumen und sonstigem Osterschmuck verziert und musste für so manchen Touristen als begehrtes Fotomotiv herhalten. Um die rings um den Brunnen aufgestellten Biergarnituren reihten sich kleine Holzhütten verschiedener Winzer, die ihre regionalen Besonderheiten anboten. Deftige Pfälzer Spezialitäten, die ein Stand der *Traube* anbot, sorgten für das leibliche Wohl der vielen Besucher.

Lotte genoss das Gefühl der warmen Sonne auf ihrem Gesicht, als sie sich auf eine Bierbank setzte. Ihr gegenüber ließ sich Agnes ächzend auf ihren Platz plumpsen, wühlte in der riesigen Handtasche und hielt kurz darauf ein Stofftaschentuch freudig lächelnd in den Händen. Lotte entdeckte Erna in der Menschenmenge und winkte ihr zu. Gottlieb Meier half seiner Mutter, neben Lotte Platz zu nehmen, setzte sich selbst dann aber zu den männlichen Chorkollegen zwei Tische weiter.

Sanft drückte Lotte die Hand ihrer Freundin. „Schön, dass du gekommen bist, Erna."

Erna lächelte. „Ich freue mich auch, dass ich den schönen Auftritt heute habe miterleben können." Ihr Gesicht verdüsterte sich leicht. „Nach der Sache mit dem Wolfi wollte ich eigentlich erst gar nicht herkommen."

Lotte nickte. „Das kann ich gut verstehen. Umso froher bin ich, dass du hier bist."

„Ich werde wohl nie verstehen, was sich der Bub dabei gedacht hat. Der Gefängnisarzt meinte, dass Wolfi wohl psychisch krank ist. Sie werden ihn einem Psychiater vorführen und alles in die Wege leiten, dass ihm geholfen werden kann."

Lotte, die merkte, dass ihre Freundin nicht weiter über ihren jüngeren Sprössling sprechen wollte, lenkte das Gespräch auf ein anderes Thema. „Es ist wirklich nett von Gottlieb, dass er dich begleitet hat."

Ernas Augen leuchteten auf. „Stellt euch vor, der Gottlieb hat angeboten, sein Haus zu verkaufen und zu mir zu ziehen, damit ich Hilfe habe."

Überrascht blickte Lotte ihre Banknachbarin an. Gottlieb Meier als hilfsbereiter Mensch? Damit hätte sie nicht gerechnet.

Erna schien ihre Gedanken zu erraten. „Ja, ich weiß. Er war nicht immer besonders gewillt, mitanzupacken. Aber es hat für uns beide was Gutes. Er wird seine Schulden los und ich bekomme die Unterstützung, die ich nun mal leider brauche."

Jetzt verstand Lotte. Aber so oder so, sie war einfach nur erleichtert, dass Erna Hilfe hatte.

Plötzlich musste Lotte lächeln. Nach den Ereignissen der vergangenen Wochen war es einfach schön, gemeinsam mit ihren Freundinnen hier sitzen zu können. Sie wünschte nur, Magda wäre noch hier, um mit ihnen den Erfolg des Chors feiern zu können.

Ein lauter Tröter von der gegenüberliegenden Bank unterbrach ihre Gedanken. Agnes versuchte gerade, ihr Tuch zurück in die bauchige Tasche zu stecken, als plötzlich ein kleiner schwarzhaariger Kopf auftauchte und es ihr blitzschnell aus der Hand stibitzte. In Nullkommanichts war der Übeltäter wieder verschwunden und sauste mit seiner Beute einmal rings um den Brunnen.

„Komm sofort zurück, du kleine Diebin!", rief Agnes der Bullydame hinterher, musste dann jedoch selbst lachen, als sie die grinsenden Gesichter ihrer Begleiterinnen sah.

„Ich glaube, ich schulde dir ein paar Stofftaschentücher, meine Liebe", sagte Lotte schmunzelnd.

DANKSAGUNG

Ich möchte mich herzlich bei allen bedanken, die mich beim Erstellen des Buches mit Rat und Tat unterstützt haben.

Allen voran gilt mein Dank meinem Mann Tim und unseren Kindern Sammy und Josie. Ihr hattet stets viel Geduld mit mir, wenn ich stundenlang am Schreibtisch saß. Eure vielen Ideen für die Geschichte waren unglaublich wertvoll für mich!

Vielen Dank auch dir, liebe Uli, fürs Probe- und Korrekturlesen. Vielleicht kann meine Lotte ja mit deiner Protagonistin Franzi aus „Nackabatsch mit Todesfolge" einmal gemeinsam ermitteln? Deine Anregungen waren sehr hilfreich für mich!

Vielen Dank an meine Freunde Biggi und Will für das Zuhören, wenn ich über Lotte und Käthes Abenteuer erzählt habe und für das Ausleihen eures Nachnamens für einen der Charaktere.

Mein Dank gilt natürlich auch der besten Agentin der Welt, Alisha Bionda von der Agentur Ashera. Deine Geduld im Umgang mit deinen Autoren und deine vielen Ratschläge haben das Entstehen dieses und anderer Werke erst möglich gemacht! Auch Uschi Zietsch von der Agentur möchte ich für ihre Hilfe danken.

Natalia von Digital Publishers hat mich hervorragend betreut und hierfür gebührt ihr ebenfalls mein herzlicher Dank.

Danke auch an Daniela Höhne für das ausführliche Lektorat und das Feedback, das mir wirklich geholfen hat, mehr Spannung in die Gesichte zu bringen.
Mein „französischer Mistbock" Käthe hat mich täglich inspiriert und mit ihren Eigenarten neues Futter für die Geschichte geliefert. Das gibt eine Extraportion Leckerlis für dich!
Last but not least, bedanke ich mich von ganzem Herzen bei Ihnen, liebe Leserin, lieber Leser. Ich hoffe, meine Geschichte konnte Ihnen ein wenig Freude bereiten. Über Kommentare und Anregungen freue ich mich immer. Sie finden mich auf Facebook unter „Heike Beardsley – Autorin". Es würde mich freuen, Sie auch für meine anderen Werke begeistern zu können.